O Fogo da Perdição

OBRAS DA AUTORA PUBLICADAS PELA EDITORA RECORD

Trilogia dos Príncipes
O Príncipe Corvo
O Príncipe Leopardo
O Príncipe Serpente

Série A Lenda dos Quatro Soldados
O gosto da tentação
O sabor do pecado
As garras do desejo
O fogo da perdição

ELIZABETH HOYT

A LENDA DOS QUATRO SOLDADOS

O Fogo da Perdição

LIVRO QUATRO

Tradução de
Carolina Simmer

1ª edição

EDITORA RECORD
RIO DE JANEIRO • SÃO PAULO
2022

EDITORA-EXECUTIVA	Anna Carla Ferreira
Renata Pettengill	Mauro Borges
SUBGERENTE EDITORIAL	**CAPA**
Mariana Ferreira	Renata Vidal
ASSISTENTE EDITORIAL	**DIAGRAMAÇÃO**
Pedro de Lima	Beatriz Carvalho
AUXILIAR EDITORIAL	**TÍTULO ORIGINAL**
Júlia Moreira	*To Desire a Devil*
REVISORES	
Eduardo Carneiro	

CIP-BRASIL. CATALOGAÇÃO NA PUBLICAÇÃO
SINDICATO NACIONAL DOS EDITORES DE LIVROS, RJ

H849f

Hoyt, Elizabeth, 1970-
    O fogo da perdição / Elizabeth Hoyt; tradução de Carolina Simmer. – 1. ed. – Rio de Janeiro: Record, 2022.
    ; 23 cm. (A lenda dos quatro soldados; 4)

Tradução de: To Desire a Devil
Sequência de: As garras do desejo
ISBN 978-65-5587-456-3

1. americano. I. Simmer, Carolina. II. Título. III. Série.

22-75497

CDD: 813
CDU: 82-31(73)

Meri Gleice Rodrigues de Souza – Bibliotecária – CRB-7/6439

Copyright © 2009 by Nancy M. Finney

Texto revisado segundo o novo Acordo Ortográfico da Língua Portuguesa.

Todos os direitos reservados. Proibida a reprodução, no todo ou em parte, através de quaisquer meios. Os direitos morais da autora foram assegurados.

Direitos exclusivos de publicação em língua portuguesa somente para o Brasil adquiridos pela
EDITORA RECORD LTDA.
Rua Argentina, 171 – Rio de Janeiro, RJ – 20921-380 – Tel.: (21) 2585-2000, que se reserva a propriedade literária desta tradução.

Impresso no Brasil

ISBN 978-65-5587-456-3

Seja um leitor preferencial Record.
Cadastre-se no site www.record.com.br e receba informações sobre nossos lançamentos e nossas promoções.

Atendimento e venda direta ao leitor:
sac@record.com.br

*Para minha editora, **Amy Pierpont**, cujas observações e cuja paciência tornaram este livro infinitamente melhor.*

Agradecimentos

Agradeço à minha tia, KAY KERR, pela ajuda com as frases em francês — quaisquer erros são exclusivamente meus; à minha agente, SUSANNAH TAYLOR, por seu bom humor; à minha editora, Amy Pierpont, por montar as peças deste livro; à equipe de vendas genial da GCP, incluindo BOB LEVINE; ao maravilhoso departamento de marketing da GCP, incluindo MELISSA BULLOCK, ANNA BALASI e TANISHA CHRISTIE; ao sensacional departamento de arte da GCP, em especial a DIANE LUGER; e à minha revisora fantástica, CARRIE ANDREWS, por encontrar minhas mancadas gramaticais mais vergonhosas.

Obrigada a todos!

Prólogo

Era uma vez, em um país sem nome, um soldado que voltava para casa depois da guerra. Ele havia marchado por muitos quilômetros com três amigos, mas, em uma encruzilhada, cada um escolhera um caminho diferente e seguira em frente, enquanto nosso soldado havia parado para tirar uma pedra do sapato. Agora, ele estava sentado sozinho.

O soldado calçou o sapato novamente, mas ainda não tinha interesse em continuar sua jornada. Ele partira para a guerra fazia muitos anos e sabia que não havia ninguém esperando por ele em casa. Aqueles que poderiam lhe dar as boas-vindas tinham morrido fazia muito tempo. E, se ainda estivessem vivos, ele tinha dúvidas se reconheceriam o homem no qual ele se transformara com o passar dos anos. Quando um homem vai para a guerra, nunca volta o mesmo. O medo e o desejo, a coragem e a perda, a matança e o tédio, tudo o afeta aos poucos, minuto a minuto, dia a dia, ano a ano, até ele se tornar outra pessoa, uma versão distorcida, para o bem ou para o mal, do homem que fora um dia.

Então nosso soldado se sentou em uma pedra e refletiu sobre tudo isso, enquanto uma brisa fria soprava contra o seu rosto. Ao seu lado, encontrava-se uma longa espada que inspirara o nome dele.

Pois o chamavam de Espada Longa...

— Espada Longa

Capítulo Um

A espada do soldado era especial, pois era não apenas pesada, afiada e mortal, mas também só podia ser empunhada pelo próprio Espada Longa...

— Espada Longa

LONDRES, INGLATERRA
OUTUBRO DE 1765

Poucos eventos são tão entediantes quanto chá para políticos. A anfitriã desses encontros costuma ansiar por alguma coisa — *qualquer coisa* — que torne sua festa mais interessante.

Mas talvez a presença de um homem morto e cambaleante durante o chá fosse interessante até *demais*, refletiu Beatrice Corning, mais tarde.

Até a chegada do homem morto e cambaleante, o evento ocorria como de costume, ou seja, era um tédio absurdo. Beatrice havia escolhido o salão azul, que era, como se pode imaginar, azul. Um tom de azul suave, plácido e *chato*. Pilastras brancas decorativas cobriam as paredes, subindo até o teto, com pequenos arabescos discretos no topo. Mesas e cadeiras estavam espalhadas pelo salão e, no centro, encontrava-se uma mesa oval com um vaso cheio de ásteres de fim de época. Os aperitivos consistiam em finas fatias de pão com manteiga e bolinhos cor-de-rosa bem clarinhos. Beatrice insistira em incluir tortinhas de framboesa, pensando que pelo menos elas seriam *coloridas*, mas tio Reggie — o conde de Blanchard, para os demais — não aprovara a ideia.

Beatrice suspirou. Tio Reggie era muito querido, mas gostava de economizar cada centavo. Era por isso que o vinho tinha sido diluído com água até ficar com uma coloração rosada e anêmica, e o chá estava tão fraco que dava para enxergar a pintura de um minúsculo templo budista azul no fundo das xícaras. Ela avistou o tio do outro lado do salão, apoiando-se sobre as pernas arqueadas e rechonchudas, com as mãos no quadril, em uma discussão acalorada com Lorde Hasselthorpe. Pelo menos ele não estava degustando os bolinhos, e Beatrice estava atenta para garantir que não lhe servissem nada além do que uma taça de vinho. A ira de tio Reggie era tamanha que a peruca dele escorregou e ficou torta em sua cabeça. Beatrice sentiu um sorriso afetuoso se formar nos próprios lábios. Minha nossa! Ela fez um gesto para chamar um dos lacaios, entregou a ele seu prato e começou a atravessar lentamente o salão para ajudar o tio a se recompor.

No entanto, quando estava quase na metade do caminho, foi interrompida por um toque suave em seu cotovelo e um sussurro conspirador:

— Não olhe agora, mas Sua Alteza está fazendo sua famosa imitação de bacalhau irritado.

Beatrice se virou e se deparou com olhos castanho-avermelhados brilhantes. Lottie Graham tinha um pouco mais de um metro e cinquenta, um corpo rechonchudo e cabelos escuros. A inocência estampada em seu rosto redondo e cheio de sardas não condizia com a mente astuta dela.

— Não acredito — murmurou Beatrice, então se retraiu ao olhar discretamente em direção ao homem. Lottie tinha razão, como sempre. O duque de Lister de fato parecia um peixe irritado. — Aliás, que motivo um bacalhau teria para se irritar?

— Exatamente — disse Lottie, como se tivesse confirmado seu argumento. — Não gosto daquele homem, nunca gostei. E isso não tem nada a ver com as opiniões políticas dele.

— Shhh — advertiu-a Beatrice.

As duas conversavam sozinhas, mas havia vários grupos de cavalheiros em volta que poderiam ouvir a conversa se quisessem. Como todos os homens presentes eram integrantes convictos do partido Tory, cabia às damas esconder suas inclinações liberais ao partido Whig.

— Ah, francamente, Beatrice, querida — disse Lottie. — Ainda que um desses cavalheiros cultos e refinados ouvisse o que estou falando, nenhum deles teria imaginação suficiente para cogitar que nossas belas cabecinhas sejam pensantes, sobretudo se não concordarem com as deles.

— Nem mesmo o Sr. Graham?

As duas moças se viraram para observar um belo rapaz que usava uma peruca branca como a neve, em um dos cantos do salão. As bochechas dele estavam coradas, os olhos, brilhantes, e, com uma postura altiva, ele entretinha os homens ao seu redor com alguma história.

— Sobretudo Nate — disse Lottie, franzindo a testa, observando o marido.

Beatrice inclinou a cabeça em direção à amiga.

— Mas você não estava progredindo na tarefa de persuadi-lo para o nosso lado?

— Eu me enganei — disse Lottie, baixinho. — Aonde os membros do Tory vão, Nate vai atrás, quer concorde com eles, quer não. Ele é tão firme quanto um chapim no meio de uma ventania. Não, receio que ele votará contra o projeto de lei do Sr. Wheaton para a pensão dos soldados aposentados do exército de Sua Majestade.

Beatrice mordeu o lábio. O tom de Lottie era quase desinteressado, mas Beatrice sabia que a amiga estava decepcionada.

— Sinto muito.

Lottie ergueu um ombro.

— É estranho, mas me sinto mais decepcionada por ter um marido de opiniões tão influenciáveis do que me sentiria com um que pensasse de forma completamente diferente de mim, mas que defendesse seus ideais de maneira apaixonada. Isso é muito quixotesco da minha parte?

— Não, isso mostra apenas que você tem opiniões firmes. — Beatrice entrelaçou seu braço no de Lottie. — Além do mais, eu não desistiria tão cedo de tentar convencer o Sr. Graham. Ele realmente ama você, sabia?

— Ah, eu sei. — Lottie analisou uma bandeja cheia de bolinhos cor-de-rosa em cima da mesa mais próxima. — É isso o que deixa tudo tão trágico. — Ela enfiou um bolinho na boca. — Hummm. São bem mais gostosos do que parecem.

— Lottie! — protestou Beatrice, sorrindo discretamente.

— Mas é verdade! Eles são tão a cara dos membros do Tory que eu achei que fossem ter um gosto horrível de terra, mas até que dá para sentir um leve toque de rosas. — Ela pegou mais um e comeu. — Você notou que a peruca de Lorde Blanchard está torta, não é?

— Notei. — Beatrice suspirou. — Eu estava indo ajeitá-la quando você me agarrou.

— Hummm. Terá que enfrentar o Peixe Velho então.

Beatrice viu que o duque de Lister se juntou ao tio dela e a Lorde Hasselthorpe.

— Maravilha. Mas ainda preciso salvar a peruca do coitado do tio Reggie.

— Que alma corajosa a sua! — comentou Lottie. — Vou ficar aqui, tomando conta dos bolinhos.

— Covarde — murmurou Beatrice.

Ela exibia um sorriso nos lábios ao retomar o caminho até o círculo onde estava seu tio. Lottie tinha razão, é claro. Os cavalheiros reunidos no salão azul de seu tio eram os membros mais influentes do partido Tory. A maioria era da Câmara dos Lordes, mas havia alguns da Câmara dos Comuns presentes também, como Nathan Graham. Todos eles achariam um absurdo se descobrissem que Beatrice tinha opinião política, ainda mais sendo contrária à de seu tio. No geral, ela preferia não verbalizar tais posicionamentos, mas uma pensão justa para soldados veteranos era um assunto importante demais para ser deixado de lado. Beatrice vira de perto o que um ferimento de guerra era capaz de fazer a um homem — e como poderia continuar afetando-o por anos após deixar o exército de Sua Majestade. Não, era simplesmente...

A porta do salão azul foi escancarada violentamente, batendo contra a parede. Todas as cabeças presentes se viraram e encararam o homem que estava parado na entrada. Ele era alto e tinha ombros incrivelmente largos, que preenchiam fácil o vão da porta. Usava perneiras de couro fosco e uma camisa sob um casaco azul vivo. O cabelo, preto e comprido, caía despenteado pelas costas; e uma barba grande quase cobria suas bochechas magras. Uma cruz de metal pendia de uma das orelhas e um facão desembainhado estava preso à cintura dele por uma corda.

Ele tinha os olhos de um homem que estava morto fazia tempo.

— Quem diabos é...? — começou tio Reggie.

O homem, porém, falou por cima dele, com voz grave e rouca.

— *Où est mon père?*

Os olhos do homem estavam fixos em Beatrice, como se não houvesse mais ninguém no salão. Ela estava paralisada, hipnotizada e confusa, com uma das mãos apoiada na mesa oval. Não podia ser...

O homem avançou na direção dela com passos firmes, arrogantes e impacientes.

— *J'insiste sur le fait de voir mon père!*

— Eu... eu não sei onde está o seu pai — gaguejou ela. Os passos longos do homem diminuíam cada vez mais o espaço entre eles. Ele estava quase alcançando-a. Ninguém se movia, e ela esquecera todo o francês que havia aprendido na escola. — Por favor, não sei...

Mas ele já estava na frente dela, esticando as mãos grandes e brutas em sua direção. Beatrice retraiu-se; não conseguiu evitar. Era como se o diabo em pessoa tivesse vindo buscá-la, ali, em sua própria casa, e justamente naquela festa chata.

Então as pernas dele cederam. Com uma das mãos bronzeadas, ele agarrou a mesa, numa tentativa de se equilibrar, mas o pequeno móvel não foi capaz de suportar seu peso. Ele levou a mesa junto quando desabou de joelhos. O vaso de flores se espatifou ao lado dele, criando um caos de pétalas, água e cacos de vidro. Seu olhar raivoso permanecia fixo no dela, mesmo enquanto ele tombava em direção ao tapete. Então, seus olhos pretos se reviraram, e ele caiu.

Alguém gritou:

— Meu Deus! Beatrice, você está bem, querida? Onde diabos meu mordomo se enfiou?

Era tio Reggie quem Beatrice ouvia atrás dela, mas ela já estava ajoelhada ao lado do homem estirado no chão, ignorando a água derramada do vaso. Com hesitação, tocou os lábios do homem e sentiu a respiração fraca dele roçar seus dedos. Ele ainda estava vivo. Graças a Deus! Ela segurou a cabeça pesada dele e a posicionou em seu colo, para que pudesse olhá-lo mais de perto.

Então, ela ficou sem fôlego.

O homem havia sido *tatuado*. Havia três aves de rapina estilizadas que voavam bem acima de seu olho direito, selvagens e bárbaras. Seus olhos pretos e imponentes estavam fechados, e as sobrancelhas eram grossas, levemente franzidas, como se ele estivesse aborrecido com ela, mesmo inconsciente. A barba por fazer tinha pelo menos cinco centímetros de comprimento, mas ela conseguia ver sua boca por trás dela, surpreendentemente elegante. Os lábios eram firmes, e a parte superior formava um arco amplo e sensual.

— Minha querida, por favor, afaste-se dessa... dessa *coisa* — disse tio Reggie. Ele segurava o braço dela, insistindo para que a sobrinha se levantasse. — Os lacaios não conseguirão tirá-lo daqui se você não se mexer.

— Eles não podem levá-lo — disse Beatrice, ainda encarando aquele rosto inacreditável.

— Minha querida...

Ela olhou para cima. Tio Reggie era um amor, mesmo quando ficava com o rosto vermelho de impaciência. A revelação que estava prestes a fazer poderia matá-lo. Quanto a ela... O que aquilo significava para ela?

— Este homem é o visconde Hope.

Tio Reggie pestanejou.

— É o quê?

— Visconde Hope.

E os dois se viraram para olhar o quadro perto da porta. Era o retrato de um rapaz jovem e bonito, o antigo herdeiro do condado. O homem cuja morte possibilitou que tio Reggie se tornasse o conde de Blanchard.

Os olhos pretos do retrato, com pálpebras levemente abaixadas, os fitavam de volta.

Beatrice olhou mais uma vez para o homem vivo no chão. Seus olhos estavam fechados, mas ela se lembrava bem deles. Pretos, raivosos e cintilantes, idênticos aos do retrato.

O coração de Beatrice parou, em choque.

Reynaud St. Aubyn, visconde Hope, o verdadeiro conde de Blanchard, estava vivo.

RICHARD MADDOCK, Lorde Hasselthorpe, observava os lacaios do conde de Blanchard erguerem o corpo do lunático que havia desmaiado no chão do salão. Como o homem havia passado pelo mordomo e pelos lacaios no vestíbulo era um mistério. O conde devia proteger melhor seus convidados — por Deus, a elite do partido Tory estava quase toda ali.

— Maldito idiota — resmungou o duque de Lister ao seu lado, dando voz aos próprios pensamentos. — Se não havia segurança suficiente, Blanchard devia ter contratado mais guardas.

Hasselthorpe grunhiu, dando um pequeno gole em seu terrível vinho aguado. Os lacaios já se aproximavam da porta, obviamente penando para carregar o peso daquele homem louco e selvagem. O conde e a sobrinha seguiam logo atrás deles, aos sussurros. Blanchard olhou de relance para ele, e Hasselthorpe ergueu uma sobrancelha, mostrando sua desaprovação. O conde desviou o olhar de imediato. O título de Blanchard podia ser mais alto, mas a influência política de Hasselthorpe era maior — uma vantagem que Hasselthorpe usava com parcimônia. Blanchard e o duque de Lister eram seus maiores aliados no Parlamento. Hasselthorpe estava de olho no cargo de primeiro-ministro e, com o apoio de Lister e Blanchard, esperava consegui-lo no próximo ano.

Se tudo acontecesse de acordo com seus planos.

A pequena procissão saiu do salão, então Hasselthorpe olhou para os convidados, sua testa ligeiramente franzida. Alguns convidados reunidos perto do local onde o homem havia caído fofocavam baixinho, com certo alvoroço. Algo estava acontecendo. Dava para ver o percurso que a notícia fazia, adentrando e se espalhando pela multidão. Conforme ela alcançava um novo grupo de cavalheiros, sobrancelhas se erguiam e cabeças com peruca se inclinavam para ficar mais próximas umas das outras.

Em um dos grupos mais próximos dele, estava o jovem Nathan Graham. Graham havia acabado de ser eleito para a Câmara dos Comuns, um homem ambicioso que contava com a riqueza para bancar suas aspirações, além de ter o potencial para se tornar um grande orador. Era alguém para ele ficar de olho e, quem sabe, treinar para lhe ser útil no futuro.

Graham afastou-se da roda de conversa e foi até o canto do salão onde Hasselthorpe e Lister estavam.

— Estão dizendo que é o visconde Hope.

Hasselthorpe piscou, confuso.

— Quem?

— Aquele homem! — Graham gesticulou, indicando o local onde uma criada recolhia os cacos do vaso quebrado.

Por um instante, a mente de Hasselthorpe ficou paralisada, em choque.

— Impossível — grunhiu Lister. — Faz sete anos que Hope morreu.

— Por que as pessoas pensariam que é Hope? — perguntou Hasselthorpe, baixinho.

Graham deu de ombros.

— Havia certa semelhança, senhor. Eu estava perto e pude ver o rosto do homem quando ele entrou daquele jeito no salão. Os olhos são... bem, a única palavra possível é *impressionantes*.

— Olhos, ainda que sejam impressionantes, não são prova suficiente para ressuscitar um defunto — declarou Lister.

Lister tinha motivos para falar com tamanha autoridade. Ele era um homem grande, alto, tinha uma barriga protuberante e uma presença inegável. Além disso, era um dos homens mais poderosos da Inglaterra. Portanto, era natural que todos parassem para ouvir quando ele falava.

— Concordo, Vossa Alteza — falou Graham, fazendo uma singela reverência ao duque. — Mas ele estava perguntando pelo pai.

Graham não precisava acrescentar: *E estamos na residência do conde de Blanchard em Londres.*

— Que ridículo! — Lister hesitou, então disse, mais baixo: — Se for mesmo Hope, Blanchard acabou de perder o título.

Ele lançou um olhar preocupado a Hasselthorpe. Se Blanchard perdesse o título, não teria mais lugar na Câmara dos Lordes. Eles perderiam um aliado crucial.

Hasselthorpe franziu o cenho, virando-se para o retrato em tamanho real do visconde, pendurado ao lado da porta. Hope era apenas um jovem rapaz, no máximo em seus vinte anos, quando posara para o quadro. A imagem exibia um jovem sorridente, com bochechas coradas na pele branca, imaculada, e olhos pretos alegres e vivos. Se o homem louco fosse mesmo Hope, ele havia sofrido uma mudança monumental.

Lorde Hasselthorpe virou-se novamente para os outros homens e abriu um sorriso sombrio.

— Um lunático não pode tomar o lugar de Blanchard. E, de toda forma, ninguém provou que se trata mesmo de Hope. Não há motivos para alarde.

Hasselthorpe bebeu um gole de seu vinho. Por fora, estava calmo e sereno, mas, por dentro, sabia o verdadeiro desfecho de sua frase.

Não havia motivos para alarde... ainda.

FORAM NECESSÁRIOS QUATRO lacaios para levantar o visconde Hope, e, mesmo assim, eles tinham dificuldade para carregá-lo. Beatrice observava os passos deles com atenção enquanto os seguia ao lado do tio, temendo que deixassem Hope cair. Ela havia convencido tio Reggie a levar o homem inconsciente para um quarto que não costumavam usar, embora o tio não tivesse gostado nada da ideia. Inicialmente, tio Reggie queria jogá-lo na rua. Ela assumira, porém, uma postura mais cautelosa, não só por caridade cristã, mas também pela preocupação mesquinha de que, caso o homem fosse mesmo Lorde Hope, não ficaria nada bem para eles expulsá-lo da própria casa.

Os lacaios cambalearam, carregando-o até o vestíbulo. Hope estava mais magro do que no retrato, mas era um homem muito alto — tinha mais de um metro e oitenta, estimava Beatrice. Ela estremeceu. Por sorte, ele não havia recuperado a consciência depois de tê-la encarado com um olhar tão maligno. Caso contrário, ela duvidava de que teriam conseguido levá-lo dali.

— Visconde Hope está morto — murmurou tio Reggie enquanto a acompanhava. Ele mesmo não parecia acreditar em sua afirmação. — Morto há sete anos!

— Por favor, tio, não se exalte — pediu Beatrice, nervosa. Ele odiava ser lembrado disso, mas tivera um ataque de apoplexia no mês anterior; algo que a havia deixado apavorada. — Lembre-se do que o médico disse.

— Ah, ora essa! Estou mais saudável do que nunca, apesar do que aquele charlatão diz — rebateu tio Reggie, firme. — Sei que você tem um coração enorme, minha querida, mas esse sujeito não pode ser Hope. Três homens juraram que o viram morrer, assassinado por aqueles selvagens nas colônias americanas. Um dos homens era o visconde Vale, seu amigo de infância!

— Bem, é evidente que eles se enganaram — murmurou Beatrice. Ela franziu o cenho, vendo os lacaios subindo ofegantes a larga escadaria de carvalho escuro. Todos os quartos da casa ficavam no terceiro andar. — Cuidado com a cabeça dele!

— Sim, senhorita — respondeu George, o lacaio mais velho.

— Se esse for Hope, ele enlouqueceu — bufou tio Reggie quando chegaram ao topo da escada. — O sujeito estava delirando, e ainda em francês. Sobre o pai! E tenho certeza absoluta de que o último conde morreu há cinco anos. Eu mesmo fui ao enterro. Você não vai me convencer de que o velho conde também está vivo.

— Sim, tio — respondeu Beatrice. — Mas creio que o visconde não saiba que o pai dele faleceu.

Ela sentiu uma pontada de tristeza pelo homem inconsciente. Por onde Lorde Hope havia andado durante todos aqueles anos? Como acabara com aquelas tatuagens estranhas? E por que não sabia da morte do pai? Meu Deus, talvez o tio tivesse razão. Talvez o visconde tivesse mesmo enlouquecido.

Tio Reggie deu voz aos pensamentos terríveis dela.

— O homem ficou maluco, isso é óbvio. Delirante. Atacou você. Digo, não seria melhor se deitar um pouco, querida? Posso mandar alguém comprar um daqueles doces de limão de que você tanto gosta. Dane-se o preço.

— É muito gentil da sua parte, tio, mas ele não chegou a tocar em mim — murmurou Beatrice.

— Não foi por não ter tentado!

Tio Reggie olhou com desaprovação enquanto os lacaios levavam o visconde para o quarto escarlate. Era o segundo melhor quarto de hóspedes, e, por um instante, Beatrice ficou em dúvida. Se aquele fosse o visconde Hope, certamente merecia o melhor quarto de hóspedes da casa, certo? Ou isso não fazia nenhum sentido, uma vez que, se ele fosse mesmo Lorde Hope, deveria ser acomodado no quarto do conde, onde, é claro, tio Reggie dormia? Ela balançou a cabeça. A situação era toda muito complicada para ser verbalmente expressa, e, de qualquer forma, o quarto escarlate teria de servir por enquanto.

— O homem devia estar em um hospício — dizia tio Reggie. — Depois que ele acordar, é bem capaz de matar todos nós enquanto dormimos. *Se* ele acordar.

— Duvido que ele faça uma coisa dessas — rebateu Beatrice, com firmeza, ignorando o tom esperançoso do tio nas últimas palavras e a própria inquietação que ela sentia. — Certamente é só uma febre. Ele estava pelando quando toquei em seu rosto.

— Imagino que terei que chamar um médico. — Tio Reggie olhou para Lorde Hope com uma cara feia. — E pagar do meu bolso.

— É o que um cristão faria — murmurou Beatrice.

Nervosa, ela observou os lacaios colocarem Hope na cama. Ele não havia se mexido nem emitido nenhum som desde que desmaiara. Será que estava morrendo?

Tio Reggie resmungou.

— E ainda vou ter que dar um jeito de explicar isso tudo para os meus convidados. É bem provável que já estejam fofocando sobre o assunto agora mesmo. A cidade inteira vai falar de nós, pode acreditar.

— Sim, tio — disse Beatrice em um tom tranquilizador. — Posso ficar aqui supervisionando, se o senhor quiser dar atenção aos convidados.

— Não demore e não chegue muito perto desse malfeitor. Não sabemos o que ele pode fazer se acordar. — Tio Reggie olhou de novo com uma cara feia para o homem que continuava inconsciente antes de sair do quarto, batendo os pés.

— Não se preocupe. — Beatrice virou-se para os lacaios, que esperavam ordens. — George, por favor, peça a alguém que chame um médico caso o conde se distraia e esqueça.

Ou caso ele pense melhor sobre os gastos, acrescentou ela mentalmente.

— Sim, senhorita. — George seguiu em direção à porta.

— Ah, e peça à Sra. Callahan que venha até aqui, está bem, George? — Beatrice franziu a testa, olhando para o homem pálido e barbado na cama. Ele se mexia, inquieto, parecendo prestes a acordar. — A Sra. Callahan sempre sabe o que fazer.

— Sim, senhorita. — George saiu apressado do quarto.

Beatrice olhou para os outros três lacaios.

— Um de vocês precisa pedir à cozinheira que esquente um pouco de água, conhaque e...

Mas, naquele momento, os olhos pretos de Hope se abriram. O movimento foi tão repentino, e o olhar dele era tão intenso, que Beatrice soltou um grito agudo, como uma tola, e deu um pulo para trás. Ela se recompôs e, um pouco envergonhada pela reação infantil, correu em direção à cama quando Lorde Hope ameaçou se levantar.

— Não, não, milorde! O senhor precisa ficar na cama. Está doente. — Ela tocou os ombros dele e gentilmente, mas com firmeza, o empurrou de volta.

Então, de repente, foi como se um furacão passasse por ela. Lorde Hope a agarrou com força, atirou-a na cama e jogou o corpo por cima dela. Ele podia ser magro, mas, para Beatrice, era como se um saco de tijolos tivesse caído sobre seu peito. Ela respirava com dificuldade, então encarou os olhos pretos e malévolos que a observavam a apenas alguns centímetros de distância. O rosto dele estava tão perto que ela poderia contar cada um de seus cílios escuros.

Tão perto que Beatrice sentiu a pressão dolorosa daquela faca terrível na lateral de seu corpo.

Beatrice tentou afastá-lo, empurrando o peito dele com uma das mãos — ela não conseguia respirar! —, mas Lorde Hope segurou a mão dela, esmagando-a, enquanto rosnava:

— *J'insiste sur le fait...*

Então Henry, um dos lacaios, o acertou na cabeça com um aquecedor de cama. Lorde Hope desmoronou, e sua cabeça pesada despencou sobre o peito de Beatrice. Por um instante, ela temeu sufocar de vez. Mas Henry tirou o homem de cima dela. Ela respirou fundo, ofegante, e se levantou com as pernas trêmulas, virando-se para ver o homem inconsciente na cama. A cabeça dele pendia inclinada, os penetrantes olhos pretos estavam agora fechados. Será que ele realmente a machucaria? Ele parecia tão mau — *desvairado* até. O que, por Deus, havia acontecido com ele? Ela massageou a mão dolorida, engolindo em seco enquanto se acalmava.

George voltou ao quarto e pareceu chocado quando Henry lhe contou o que havia acontecido.

— Mesmo assim, você não devia ter batido nele com tanta força — repreendeu-o Beatrice.

— Ele estava machucando a senhorita — insistiu Henry, teimoso.

Ela passou a mão trêmula pelos cabelos, conferindo se o penteado ainda estava arrumado.

— Bem, não chegou a tanto. Mas admito que por um momento tive medo. Obrigada, Henry. Me desculpe, ainda estou um pouco nervosa. — Ela mordeu o lábio, voltando a olhar para Lorde Hope. — George, acho que seria prudente manter um vigia à porta do visconde. Dia e noite, está bem?

— Sim, senhorita — respondeu George, com firmeza.

— Tanto para o bem dele como para o nosso — murmurou Beatrice. — E tenho certeza de que ele ficará bem depois que se recuperar dessa doença.

Os lacaios trocaram olhares duvidosos.

Beatrice mudou a voz para um tom mais duro, disfarçando a própria preocupação.

— Eu agradeceria se esse incidente não chegasse aos ouvidos de Lorde Blanchard.

— Sim, senhorita — respondeu George em nome de todos os lacaios, apesar de ainda ter dúvidas.

A Sra. Callahan apareceu naquele momento, entrando agitada no quarto.

— O que aconteceu, senhorita? Hurley me contou que um cavalheiro desmaiou.

— O Sr. Hurley está certo. — Beatrice apontou para o homem deitado na cama. Ela se virou avidamente para a governanta quando um pensamento lhe ocorreu. — A senhora o reconhece?

— Ele? — A Sra. Callahan torceu o nariz. — Creio que não, senhorita. Um cavalheiro bem cabeludo, não é mesmo?

— Ele diz ser o visconde Hope — declarou Henry, complacente.

— Quem? — A Sra. Callahan o encarou.

— O camarada da pintura — explicou Henry. — Perdão, senhorita.

— Não precisa se desculpar, Henry — disse Beatrice. — A senhora conheceu Lorde Hope antes de o antigo conde falecer?

— Não. Sinto muito, senhorita — respondeu a Sra. Callahan. — Comecei meus serviços aqui apenas quando seu tio virou conde, a senhorita não se recorda?

— Ah, é verdade — concordou Beatrice, decepcionada.

— Praticamente todos os criados vieram trabalhar aqui naquela época — continuou a governanta —, e os mais antigos... Bem, a essa altura não sobrou mais nenhum. Faz cinco anos que o antigo conde faleceu, afinal.

— Sim, eu sei. Mas eu tinha esperanças. — Como poderiam afirmar com tanta certeza quem era o homem se não havia ninguém do passado dele que pudesse identificá-lo? Beatrice balançou a cabeça. — De qualquer forma, isso não faz diferença agora. Não importa quem ele seja, temos o dever de cuidar dele.

Beatrice deu ordens aos lacaios e delegou tarefas. Quando terminou de conversar com o médico — tio Reggie não se esquecera de chamá-lo, no fim das contas —, de supervisionar a cozinheira na preparação do mingau e de fazer um planejamento com a dieta que o médico havia passado, o chá dos políticos já tinha terminado fazia um bom tempo. Beatrice deixou Lorde Hope — se é que realmente era ele — sob o olhar de águia de Henry e desceu as escadas até o salão azul.

O espaço agora estava vazio. A única evidência dos dramáticos acontecimentos de horas antes era a mancha úmida no tapete. Beatrice observou a mancha por um tempo antes de se virar e inevitavelmente deparar-se com o retrato do visconde Hope.

Ele parecia tão jovem, tão despreocupado! Ela chegou mais perto, atraída, como sempre, por uma força irresistível. Na primeira vez em que viu aquele quadro, Beatrice tinha dezenove anos. Era bem tarde quando ela e o tio, o novo conde, chegaram de mudança à mansão Blanchard. Ela havia sido apresentada ao seu novo quarto, mas toda a animação de uma casa nova, da longa viagem de carruagem e da própria Londres fez com que a jovem perdesse o sono. Depois de passar mais de meia hora deitada esperando o sono chegar, Beatrice vestiu um robe e desceu a escada na ponta dos pés.

Ela se lembrava de ter espiado a biblioteca, examinado o escritório, de passar de fininho pelos corredores, e, por alguma razão inevitável — destino, talvez —, havia chegado até aqui. Aqui, onde estava agora, a um passo de distância do retrato do visconde Hope. Naquela noite, assim como nesta, foram os olhos risonhos que chamaram a atenção dela primeiro. Com leves rugas em torno, cheios de malícia e de um humor travesso. A boca veio em seguida, larga, com aquela curva suave, sensual, no lábio superior. Seus cabelos eram pretos como tinta, lisos, penteados para trás, saindo da testa larga. Ele estava recostado em uma árvore, em uma pose relaxada, com uma espingarda de caça casualmente encaixada na dobra de um braço, e havia dois cachorros *spaniels* olhando para aquele rosto com adoração.

Quem poderia culpá-los? Beatrice provavelmente tinha a mesma expressão no rosto quando o viu pela primeira vez. Talvez ainda tivesse. Ela havia passado incontáveis noites contemplando-o daquela maneira, sonhando com um homem capaz de enxergar seu interior e amá-la do jeito que ela era. Na noite de seu vigésimo aniversário, ela fora de fininho até o quadro, animada, na expectativa de que algo maravilhoso fosse acontecer. Na primeira vez em que fora beijada, viera até aqui para refletir sobre seus sentimentos. Era curioso como agora não conseguia se lembrar direito do rosto do rapaz que a beijara de maneira tão desajeitada. E quando Jeremy voltara, dilacerado pela guerra, ela também viera até aqui.

Beatrice deu uma última olhada naqueles travessos olhos cor de ébano e se afastou. Durante cinco longos anos, ela havia passado horas pensando no homem da pintura, um objeto de sonhos e fantasias. E agora o homem de carne e osso estava apenas dois andares acima.

A questão era: será que, por baixo de todo aquele cabelo e da barba, da sujeira e da loucura, ele ainda era a mesma pessoa que posara para aquele retrato tanto tempo atrás?

Capítulo Dois

Pois bem, o Rei dos Duendes há muito invejava Espada Longa por sua lâmina mágica, uma vez que duendes nunca estão satisfeitos com aquilo que têm. Quando a noite começava a cair, o Rei dos Duendes surgiu diante do soldado, envolto em uma valiosa capa de veludo.

Ele fez uma mesura e disse:

— Caro senhor, tenho trinta moedas de ouro nesta bolsa que lhe darei em troca de sua espada.

— Não quero ofendê-lo, senhor, mas não vou me separar da minha espada — respondeu Espada Longa.

Então o Rei dos Duendes estreitou os olhos...

— Espada Longa

Os olhos castanhos dela o encaravam por trás de uma máscara de sangue, opacos e sem vida. Ele chegou tarde demais.

Reynaud St. Aubyn, o visconde Hope, acordou com o coração batendo forte e rápido, mas permaneceu imóvel, sem dar nenhum sinal de que estava acordado. Ficou parado, continuou a respirar devagar enquanto observava os arredores. Seus braços estavam ao lado do corpo, então a corda que geralmente prendia suas mãos ao chão havia sido solta. Um erro da parte deles. Esperaria em silêncio até que dormissem, então pegaria sua faca, o cobertor esfarrapado e a carne-seca que tinha juntado secretamente e enterrado na lateral da tenda. Desta vez, estaria bem longe quando acordassem. Desta vez...

Mas havia algo errado.

Ele inalou o ar com cuidado e sentiu cheiro de... *pão*? Reynaud abriu os olhos irritados, e seu mundo girou vertiginosamente, preso entre o passado e o presente. Por um instante, achou que ia vomitar, então tudo se estabilizou.

Ele reconheceu o quarto.

E piscou, chocado. O quarto escarlate. Na casa de seu pai. Lá estava a alta janela dupla, adornada com um drapejado de veludo vermelho desbotado, deixando entrar o sol forte. As paredes eram forradas de madeira escura, e um único quadro pequeno de rosas desabrochadas decorava a parede próxima à janela. Abaixo, via-se a poltrona estilo Tudor, excessivamente estofada, que sua mãe odiava, mas seu pai a proibira de jogar fora, porque se dizia que o velho Henrique VIII havia se sentado nela. Mamãe a havia banido para aquele quarto um ano antes de falecer, e papai não tivera coragem de tirá-la dali depois. O casaco azul de Reynaud estava sobre a poltrona, cuidadosamente dobrado. E ao lado da cama, na mesa de cabeceira, havia dois pãezinhos e um copo de água.

Ele encarou a comida por um instante, esperando que ela desaparecesse. Já tivera sonhos demais com pão, vinho e carne — sonhos que desapareciam ao acordar — para acreditar tão facilmente naquela abundância. Um segundo depois, ao ver que os pãezinhos continuavam ali, ele pulou em cima do prato, segurando-o com desajeitados dedos esqueléticos. Então agarrou um dos pães e partiu-o em pedacinhos, enfiando-os na boca. Mastigando em seco, Reynaud olhou ao redor.

Estava deitado em uma cama antiga, feita para algum ancestral de baixa estatura. Seus pés ficavam para fora do colchão, embolados nas cobertas escarlates, mas era uma cama. Ele tocou a colcha bordada sobre o peito, quase esperando que ela se dissolvesse em um delírio. Fazia mais de sete anos que não dormia em uma cama, e a sensação era estranha. Ele tinha se acostumado com peles e chão de terra batida. Grama seca, se tivesse sorte. A colcha de seda era macia sob seus dedos, o pano delicado prendendo em sua pele seca e em seus calos. Não havia o que fazer além de acreditar nas provas.

Ele estava em *casa*.

O triunfo tomou conta de seu corpo. Meses obstinados de viagem, uma boa parte a pé, sem dinheiro, amigos ou auxílio. As últimas semanas de febre e expurgos infelizes, o medo de que seria derrotado tão perto de alcançar seu objetivo. Tudo tinha acabado. Finalmente. Ele estava em casa.

Reynaud esticou o braço para pegar o copo de água, fazendo uma careta. Todos os músculos de seu corpo doíam. A mão tremia tanto que ele derramou um pouco da água na camisa, porém conseguiu beber o suficiente para engolir o pão. Revirou a colcha, puxando-a para baixo como um velho, e descobriu que usava sua perneira e camisa. Mas alguém tirara seus mocassins. Ele olhou ao redor, procurando-os, em pânico — eram seus únicos sapatos —, e os encontrou debaixo da poltrona na qual estava o casaco.

Com cuidado, Reynaud se arrastou para a beira da cama e se levantou, ofegante. Droga! Onde estava sua faca? Ele sentia-se fraco demais para se defender sem ela. Depois de encontrar e usar o penico, seguiu até a poltrona. A faca estava sob o casaco azul. Ele a segurou com a mão direita, e o familiar e gasto cabo de chifre instantaneamente o acalmou. Descalço, voltou até a mesa de cabeceira e colocou no bolso o pãozinho restante; então até para a porta, se movendo sem emitir nenhum som, embora o esforço extra fizesse brotar suor em sua testa. Sete anos de cativeiro tinham lhe ensinado a suspeitar de tudo.

Então não foi surpresa encontrar um lacaio uniformizado parado no corredor, do lado de fora do quarto. Mas ele ficou um pouco espantado quando o homem se moveu para impedir sua saída.

Reynaud ergueu uma sobrancelha e encarou o lacaio com um olhar que, nos últimos sete anos, fizera outros homens recorrerem a suas armas. Aquele rapaz, porém, nunca precisara lutar por comida ou pela vida. Não reconhecia o perigo nem quando este estava debaixo do próprio nariz.

— Não pode sair, senhor — disse o lacaio.

— *Sors de mon chemin* — ralhou Reynaud.

O lacaio o encarou, e Reynaud levou um instante para perceber que tinha falado em francês, o idioma que mais usara nos últimos sete anos.

— Que ridículo — disse ele, ríspido, as palavras parecendo estranhas em sua língua. — Eu sou Lorde Hope. Deixe-me passar.

— A Srta. Corning falou que o senhor deve ficar aqui — disse o lacaio, olhando para a faca. E engoliu em seco. — Ela me deu ordens estritas.

Reynaud agarrou a faca e foi para cima do lacaio, com a intenção de tirá-lo à força do caminho.

— Quem diabos é a Srta. Corning?

— Sou eu mesma — respondeu uma voz feminina vinda detrás do lacaio.

Reynaud parou. Era um som baixo, doce e extremamente sofisticado. Fazia muito, muito tempo que não ouvia a língua inglesa falada daquela forma. E a voz... Ele moveria montanhas e mataria homens por aquela voz. Talvez até esquecesse pelo que lutara por tanto tempo. Aquela voz era mais do que atraente.

Era a própria vida.

A silhueta de uma garota apareceu espiando por detrás do lacaio.

— Ou eu deveria dizer "sou eu mesmo"? É difícil se lembrar dessas coisas, não acha?

Reynaud fechou a cara. Por algum motivo, ela não era o que ele esperava. A jovem tinha altura mediana, cabelos dourados, pele clara e uma expressão agradável no rosto. Seus olhos eram grandes e cinzentos. Sua aparência era muito britânica, o que a tornava exótica. Não, isso não fazia sentido. Ele oscilou um pouco sobre os pés, tentando clarear os pensamentos. Ele apenas não tinha se acostumado ainda a ver uma mulher loura. Uma mulher *inglesa*.

— Quem é a senhorita? — questionou ele.

As sobrancelhas castanho-claras dela se ergueram.

— Achei que tivesse explicado. Desculpe. Sou Beatrice Corning. É um prazer.

E fez uma reverência como se os dois estivessem no salão de baile mais formal do mundo.

De jeito nenhum ele faria uma mesura; já estava tonto demais. Reynaud começou a andar de novo, com a intenção de passar direto pela garota.

— Sou Hope. Onde está meu...?

Mas ela tocou seu braço, e ele ficou paralisado com o contato. Sua mente foi tomada pela imagem selvagem daquele corpo curvilíneo deitado sob o seu, enquanto ele pressionava seu membro contra a maciez dela. Não podia ser uma memória real, Reynaud sabia. Será que continuava delirando? Seu corpo parecia *conhecer* o dela.

— O senhor chegou aqui doente — disse ela, devagar e com firmeza, como se falasse com uma criança pequena ou com um idiota.

— Eu... — começou Reynaud, mas ela o cercava, forçando-o a andar para trás, e a única forma de seguir adiante seria usando força bruta e talvez a machucando.

Todo seu ser se retraiu diante desse pensamento.

Então, lenta e gentilmente, ela o guiou para dentro do quarto escarlate, até que ele estivesse de volta ao lado da cama, encarando-a com perplexidade.

Quem era aquela mulher?

— Quem é a senhorita? — repetiu Reynaud.

As sobrancelhas dela se uniram.

— O senhor não lembra? Eu já disse. Sou Beatrice...

— Corning — completou ele, impaciente. — Sim, isso eu entendi. O que eu não entendi é a sua presença na casa do meu pai.

Uma expressão preocupada passou pelo rosto dela, tão rápido que ele quase pensou tê-la imaginado. Mas não tinha. Ela estava escondendo algo dele, e sua mente ficou em alerta. Reynaud olhou ao redor do quarto, tenso. Se um inimigo atacasse, ele estaria encurralado ali. Teria de lutar para conseguir chegar até a porta, e não havia muito espaço livre.

— Eu moro aqui com meu tio — disse ela em um tom tranquilizador, como se lesse seus pensamentos. — O senhor pode me contar onde esteve? O que aconteceu?

— Não. — *Olhos castanhos o encaravam por trás de uma máscara de sangue, opacos e sem vida.* Reynaud balançou a cabeça violentamente, afastando o fantasma. — Não!

— Está tudo bem. — Aqueles olhos cinzentos se arregalaram, preocupados. — Não precisa me contar. Agora, se o senhor puder se deitar de novo...

— Quem é seu tio?

Reynaud sentia um perigo iminente fazendo os pelos de sua nuca ficarem arrepiados.

Ela fechou os olhos, depois os abriu e o encarou com franqueza.

— Meu tio é Reginald St. Aubyn, o conde de Blanchard.

Reynaud apertou a faca com mais força.

— O quê?

— Sinto muito — continuou ela. — O senhor precisa se deitar.

Ele agarrou o braço da mulher.

— O que disse?

A língua cor-de-rosa dela surgiu rapidamente para umedecer os lábios, e Reynaud notou algo completamente fora de contexto: ela cheirava a flores.

— Seu pai faleceu faz cinco anos — explicou ela. — O senhor foi tido como morto, então meu tio reivindicou o título.

Não estou em casa, então, pensou Reynaud, amargurado. *Não estou em casa mesmo.*

— NOSSA, DEVE TER SIDO uma situação desagradável — disse Lottie com sua franqueza habitual na tarde seguinte.

— Foi simplesmente horrível. — Beatrice suspirou. — Ele não fazia ideia, é claro, de que o pai havia falecido, e estava segurando aquela faca enorme. Eu fiquei bem nervosa, esperava até ser atacada, mas, em vez disso, ele ficou muito, muito quieto, o que foi quase pior.

Beatrice franziu a testa, lembrando-se da pontada de compaixão que a invadira ao ver Lorde Hope tão imóvel. Ela não devia sentir compaixão de um homem que poderia tomar o título e o lar de tio Reggie, mas o fato é que sentia. Ela não conseguia evitar se compadecer com a dor do luto dele.

Beatrice tomou um gole de chá. Lottie sempre tinha chás tão bons — gostosos e fortes —, e talvez fosse por isso que ela adotara o hábito de visitar a casa dos Graham toda terça-feira à tarde para tomar chá e fofocar. A sala de estar particular de Lottie era muito elegante, decorada em um tom forte de cor-de-rosa e um verde-acinzentado que poderia ser considerado sem graça por alguns, mas, na verdade, dava o acabamento perfeito para o rosa. Sua amiga tinha um talento extraordinário para combinar cores e sempre aparentava tamanha elegância que, às vezes, Beatrice se perguntava se ela comprara Pan, seu pequeno lulu-da-pomerânia, apenas por ser um cão elegante também.

Beatrice olhou para o cachorrinho, deitado aos pés delas parecendo uma miniatura de tapete de pele, alerta para a possibilidade de abocanhar farelos de biscoito.

— Os cavalheiros quietos são os mais perigosos — comentou Lottie, enquanto acrescentava criteriosamente um pequeno cubo de açúcar ao seu chá.

Beatrice levou um minuto para se lembrar do que estavam falando. Então disse:

— Bem, ele não estava tão quieto assim quando brotou lá.

— Não, de fato — comentou Lottie, animada. — Achei que ele fosse pular no seu pescoço.

— Você parece muito animada com essa ideia — disse Beatrice, séria.

— Isso seria o assunto do ano, ou mais, nos eventos, você precisa admitir — rebateu Lottie sem um pingo de vergonha. Ela tomou um gole do chá, franziu o nariz e acrescentou outro cubinho de açúcar. — Não, depois de três dias, ainda só escuto falar da história do conde desaparecido invadindo seu chazinho para os políticos.

— Tio Reggie previu que a cidade inteira falaria de nós — disse Beatrice, triste.

— E, pela primeira vez, ele tem razão. — Lottie provou o chá de novo e deve ter achado palatável, pois sorriu e deixou a xícara de lado. — Agora, me conte: ele é ou não é Lorde Hope?

— Creio que deva ser — respondeu Beatrice calmamente, escolhendo um biscoito da bandeja sobre a mesa minúscula entre as duas. Pan ergueu a cabeça e acompanhou a mão dela enquanto a jovem transferia o doce para o prato. — Mas, até agora, ninguém que o conhecia antes da guerra foi visitá-lo.

Lottie, que também pegava um biscoito para si, levantou o olhar.

— Ora, ninguém? Ele não tinha uma irmã?

— Nas colônias. — Beatrice mordeu o biscoito e falou com a voz um pouco abafada. — Também tem uma tia, mas ela está em algum lugar no exterior. O mordomo dela foi muito vago. E tio Reggie disse que conheceu Hope, mas o visconde era um menino de cerca de dez anos na época, então não ajuda muito.

— Bem, e os amigos dele? — perguntou Lottie.

— Ele ainda está muito doente para sair. — Beatrice mordeu o lábio. Ela precisara usar todos os seus poderes de persuasão para manter Lorde Hope no quarto escarlate naquela manhã. — Mandamos uma mensagem para o homem que disse ter testemunhado a morte de Hope. O visconde Vale.

— E?

Beatrice deu de ombros.

— Ele está na casa de campo. Talvez leve dias para chegar.

— Ora! Então você apenas terá que bancar a enfermeira para um homem pecaminosamente bonito, ainda que com um excesso de pelos no momento, que pode ser um conde desaparecido ou um salafrário maldoso que pode colocar sua virtude em risco. Admito que estou com muita inveja.

Beatrice olhou para Pan, que tinha descoberto um cubinho de açúcar caído perto da cadeira dela. As palavras de Lottie a fizeram pensar no corpo do visconde sobre o seu e em como ele era pesado. Em como ela, por um breve segundo, quase temera pela própria vida.

— Beatrice?

Minha nossa! Lottie estava empertigada no sofá, o nariz praticamente se contorcendo.

Beatrice se forçou para parecer despreocupada.

— Sim?

— Não me venha com *sim*, Beatrice Rosemary Corning. Não se faça de inocente! O que aconteceu?

Beatrice se contraiu.

— Bem, ele estava um pouco delirante no dia em que chegou...

— Siiiim?

— E quando o levamos para o quarto...

— Aconteceu alguma coisa num *quarto*?

— A culpa não foi dele...

— Minha nossa!

— Mas, de algum jeito, ele me puxou para a cama e também caiu. — Beatrice olhou para o rosto animado da amiga e fechou os olhos com força antes de dizer: — Em cima de mim.

Houve um breve silêncio.

Beatrice espiou.

Lottie a encarava de olhos esbugalhados e parecia — miraculosamente — sem palavras.

— Nada aconteceu, mesmo — continuou Beatrice, num tom não muito convincente.

— Nada! — Lottie recuperou a voz com um quase grito. — Você está perdida.

— Não, não estou. Os lacaios estavam lá.

— Lacaios não contam — rebateu Lottie, e se levantou para puxar com força a corda da campainha.

— É claro que lacaios contam — disse Beatrice. — Havia três deles. O que você está fazendo?

— Vou pedir mais chá. — Lottie lançou um olhar avaliador para a bandeja devorada. — Vamos precisar de mais um bule e outro prato de biscoitos, creio eu.

Beatrice olhou para as próprias mãos.

— A questão é que...

— Sim?

Beatrice respirou fundo e encarou a amiga, que havia ficado subitamente séria.

— Ele parecia bem assustador, Lottie.

Lottie se sentou, pressionando belos lábios.

— Ele a machucou?

— Não. Pelo menos... — Beatrice balançou a cabeça. — Por um momento, não consegui respirar. Mas essa parte não importa. O problema foi o olhar dele. Como se ele pudesse facilmente me matar. — Ela franziu o nariz. — Você deve estar me achando uma boba.

— É claro que não, querida. — Lottie mordeu o lábio. — Tem certeza de que é seguro mantê-lo na casa do seu tio?

— Não sei — admitiu Beatrice. — Mas que outra opção temos? Se nós o jogarmos na rua e ele for *mesmo* o conde, seremos severamente julgados. Ele pode acionar medidas legais contra o meu tio. Tomei a precaução de colocar vigias à porta do quarto dele.

— Decisão sensata. — Lottie ainda parecia preocupada. — Você já pensou no que vai fazer caso ele seja mesmo o conde?

A criada entrou nesse momento, distraindo Lottie e salvando Beatrice de ter de responder à amiga. A verdade era que ela sentia um aperto de pânico no peito sempre que pensava em tudo que poderia acontecer no futuro. Se o homem no quarto escarlate fosse o visconde Hope e conseguisse recuperar seu título, tanto ela como tio Reggie ficariam desabrigados. Os dois perderiam as propriedades e o dinheiro que se habituaram a ter nos últimos cinco anos, e isso deixaria tio Reggie gravemente perturbado. O que uma situação dessas poderia trazer para ele? O tio podia até dizer que o ataque de apoplexia que sofrera havia sido uma bobagem, mas ela vira seu rosto pálido, suado, vira que ele sentira falta de ar. Beatrice levou uma das mãos ao peito só de lembrar. Meu Deus, ela não podia perder tio Reggie também.

E realmente não queria tocar naquele assunto agora.

Então, quando Lottie se estatelou de volta em seu belo sofá listrado de branco e cor-de-rosa e a encarou cheia de expectativa, Beatrice sorriu e disse:

— Achei que fôssemos conversar sobre o Sr. Graham e o projeto de lei para os veteranos. Fui informada de que o Sr. Wheaton gostaria de outra reunião secreta antes de...

— Ah, não quero saber de Nate nem do projeto de lei para os veteranos. — Lottie puxou uma almofada de seda dourada com borlas para o colo e a abraçou. — Estou extremamente cansada de política e de maridos.

A criada voltou com uma bandeja cheia naquele instante. Beatrice observou a amiga enquanto os novos aperitivos eram servidos. Lottie sempre falava de maneira irrefletida, mas Beatrice estava começando a ficar preocupada de haver mesmo algo de errado entre ela e o Sr. Graham. Os dois tiveram um *marriage à-la-mode*, é claro. Nathan Graham vinha de uma família que fizera fortuna muito recentemente, enquanto Lottie descendia de uma família de nome antigo, mas empobrecida. A união do casal fora eminentemente prática, mas Beatrice achava que também havia sido por amor — pelo menos da parte de Lottie. Será que estava enganada?

A criada saiu de novo, e Beatrice disse baixinho:

— Lottie...

A amiga servia o chá, o olhar focado com determinação no bule que segurava.

— Você ficou sabendo que Lady Hasselthorpe ignorou completamente a Sra. Hunt no sarau dos Fothering ontem? Andam dizendo por aí que isso é sinal de que Lorde Hasselthorpe desaprova o Sr. Hunt, mas fico me perguntando se Lady Hasselthorpe não fez isso sem querer. Ela é tão tola.

Lottie ergueu uma xícara cheia, e talvez fosse sua imaginação, mas Beatrice achou ter visto um brilho de súplica nos olhos da amiga. O que poderia fazer? Ela era uma donzela que chegara à idade avançada de 24 anos sem nunca receber um pedido de casamento. O que sabia sobre assuntos do coração?

Beatrice suspirou em silêncio e aceitou a xícara de chá.

— E como a Sra. Hunt reagiu?

O PROBLEMA DO CASAMENTO, refletiu Lottie Graham, era que havia uma grande diferença entre o que se sonha que será o matrimônio e, bem, a *realidade*.

Ela voltou a sentar no sofá — da Wallace & Sons, comprado no ano passado por um valor exorbitante — e encarou os itens do chá que esfriavam. Depois de passar meia hora inteira tagarelando sobre tolices com sua amiga mais querida no mundo inteiro, ela acompanhara Beatrice até a porta. A pobrezinha devia estar muito arrependida de ter vindo para o chá semanal delas.

Lottie suspirou e tirou do prato o último biscoito, esmigalhando-o entre os dedos. O querido Pan veio sentar-se junto às suas saias, com sua carinha de raposa sorrindo para ela.

— Esses doces todos não fazem bem para você — murmurou Lottie, mas ainda assim lhe deu um pedaço do biscoito.

Com delicadeza, ele pegou o petisco com os dentinhos afiados e se escondeu embaixo da poltrona francesa dourada com o prêmio.

Lottie se recostou, afundando no sofá, e apoiou o braço esticado ao longo do encosto, cansada. Talvez suas expectativas fossem altas demais. Talvez fossem fantasias infantis que devia ter superado há muito tempo. Talvez todos os casamentos, até os melhores, como o de seus pais, acabassem se acomodando em uma indiferença deprimente, e ela estivesse apenas sendo tão tola quanto Lady Hasselthorpe.

Annie, a criada principal do térreo, veio recolher o serviço de chá. Ela olhou para Lottie e perguntou, hesitante:

— A senhora gostaria de mais alguma coisa?

Ah, Deus, até os criados tinham percebido.

Lottie se empertigou ligeiramente, tentando parecer serena.

— Não, é só isso.

— Sim, senhora. — Annie fez uma reverência. — A cozinheira gostaria de saber se o jantar será para uma ou duas pessoas hoje.

— Apenas para uma — murmurou Lottie, e virou o rosto.

Annie saiu da sala em silêncio.

Ela ficou sentada ali, estirada no sofá, por algum tempo, remoendo pensamentos insanos até a porta se abrir de novo um pouco mais tarde.

Nate entrou e parou.

— Ah, desculpe! Não queria incomodá-la. Eu não sabia que havia alguém aqui.

Ao escutar a voz de Nate, Pan saiu de baixo da poltrona e se aproximou saltitando para receber carinho. Ele sempre adorou Nate.

Lottie franziu o nariz para seu bichinho de estimação e então falou num tom distraído com o marido:

— Eu não sabia que você jantaria em casa. Acabei de avisar à cozinheira que seria apenas uma pessoa.

— Tudo bem. — Nate se endireitou depois de cumprimentar Pan e abriu um de seus sorrisos largos, despreocupados. O sorriso que fez o coração dela bater mais rápido quando se conheceram. — Vou jantar com Collins e Rupert hoje. Só passei em casa para ver se deixei aquele panfleto dos liberais aqui. Rupert quer ver. Ah, achei.

Nate foi até uma mesa no canto da sala, onde havia uma pilha de papéis desordenados, e pegou o panfleto com uma satisfação evidente. Ele voltou para a porta, distraído com o papel, e levantou o olhar apenas quando estava prestes a sair, como se tivesse se lembrado de algo.

Ele franziu ligeiramente a testa para Lottie.

— Bem, isso não é um problema, é? O jantar com Collins e Rupert, quero dizer. Quando combinei com eles, achei que você tivesse algum outro compromisso social hoje.

Lottie ergueu o sobrecenho e disse, altiva:

— Ah, não se preocupe comigo. Vou...

Mas ela já estava falando com as costas dele.

— Ótimo, ótimo. Eu sabia que você entenderia.

Então ele saiu da sala com o nariz enfiado naquele maldito panfleto.

Lottie bufou e jogou uma pequena almofada na porta, fazendo Pan dar um pulo e latir.

— Estamos casados há dois anos e ele já se mostra mais interessado em jantar com dois velhos chatos do que comigo!

Pan subiu no sofá ao lado dela — algo que estava estritamente proibido de fazer — e lhe deu uma lambida no nariz.

Então Lottie desatou a chorar.

VINTE E QUATRO ANOS *sem nunca receber um pedido de casamento.*

O pensamento ficou ecoando na cabeça de Beatrice por todo o trajeto de volta para casa, como um coro maldoso. Ela nunca havia colocado sua solteirice nesses termos antes, de maneira tão direta. Como o tempo tinha passado tão rápido? Não que ela passasse os dias sonhando acordada, esperando para começar a vida quando o cavalheiro certo finalmente aparecesse. Não, ela levava uma vida cheia, agitada, lembrou a si mesma, um pouco na defensiva. Como tio Reggie havia ficado viúvo dez anos antes, Beatrice praticamente crescera aprendendo a organizar eventos para ele. E, além de chás, festas, jantares políticos e bailes anuais serem um pouco chatos, também davam muito trabalho.

Para ser justa, é verdade que ela *já* havia sido cortejada. Na primavera passada, o Sr. Matthew Horn pareceu bastante interessado — antes de dar um tiro na própria cabeça, coitado. E, uma vez, ela chegou bem perto de receber um pedido de casamento. O Sr. Freddy Finch — nada menos que o segundo filho de um conde — era elegante, engraçado e a beijou com bastante doçura. Há alguns anos, ele havia passado quase uma estação inteira acompanhando-a a eventos sociais. Beatrice gostava do tempo que passavam juntos — gostava de Freddy —, mas percebeu, finalmente, que não era de um jeito especial. Seus passeios de carruagem eram divertidos, mas, se ele precisasse cancelar o encontro por algum motivo, ela se sentia apenas um pouco decepcionada. Se a questão fosse apenas o próprio contentamento, poderia ter seguido em frente com o relacionamento, mas suspeitava de que Freddy também não estava tão envolvido emocionalmente, e ela não seria capaz de suportar isso num casamento. Quando se casasse — *se* ela se casasse —, queria um cavalheiro que estivesse louca e *perdidamente* apaixonado por ela.

Um homem que jamais a abandonaria.

Então, Beatrice rompeu com Freddy, não de um jeito dramático, apenas passando a encontrá-lo cada vez menos, até por fim se afastar completamente. E também estava correta em sua avaliação em relação ao envolvimento emocional dele, porque o cavalheiro nunca questionou o afastamento dela. Um ano depois, Freddy se casou com Guinevere Crestwood, uma dama muito sem graça que organizava eventos sociais como se fossem operações militares.

Será que estava com inveja? Beatrice olhou pela janela da carruagem enquanto avaliava seus sentimentos, tomando o cuidado de ser sincera consigo mesma, pois odiava se iludir. Ela balançou a cabeça. Não, podia dizer com sinceridade que não tinha inveja da nova Sra. Finch, apesar de seus filhos serem fofos. Para começar, as crianças fofas podiam acabar tendo os caninos enormes de Guinevere quando crescessem, e depois, bem, Freddy era engraçado, charmoso e bem bonito, mas não estava apaixonado por Beatrice. Talvez ele tenha se apaixonado de maneira arrebatadora por Guinevere, mas Beatrice achava difícil.

E esse era o xis da questão, não era? Nenhum dos cavalheiros com quem Beatrice andou de carruagem, dançou ou passeou havia se interessado por ela de maneira mais profunda. Eles elogiavam seus vestidos, sorriam enquanto dançavam, mas nunca a enxergavam de verdade — a mulher por trás da fachada. Talvez um casamento sem paixão fosse suficiente para Guinevere Crestwood, mas não para Beatrice.

Ela se lembrava agora de voltar para casa de um baile, há um ano ou mais, entrar na sala azul e ficar olhando para o retrato de Lorde Hope. Ele parecia tão intenso e cheio de vida. Perto dele — mesmo sendo uma imagem plana, uma pintura —, todos os outros cavalheiros que ela conhecia pareciam sumir como fantasmas. Mesmo quando Beatrice acreditava que ele estava morto havia muitos anos, Hope era mais real do que os homens de carne e osso que a ciceronearam apenas algumas horas antes.

Talvez esse fosse o real motivo de ela continuar sendo uma donzela aos vinte e quatro anos: estava esperando por um homem tão passional quanto sonhava que Lorde Hope seria.

Mas será que ele era mesmo esse homem?

A carruagem parou diante da mansão Blanchard, e Beatrice desceu os degraus com a ajuda de um lacaio. Geralmente, a esta hora, ela se reunia com a cozinheira para o planejamento semanal do cardápio. Hoje, porém, foi direto para a cozinha, pediu que preparassem uma bandeja e informou à cozinheira a mudança de planos. Então, subiu as escadas carregando a bandeja até o terceiro andar, ao quarto escarlate.

George, o lacaio que se encontrava diante da porta, assentiu com a cabeça quando ela se aproximou.

— Posso levar a bandeja para a senhorita?

— Obrigada, George, mas não precisa. — Ela lançou um olhar preocupado para a porta. — Como ele está?

O lacaio coçou a cabeça.

— Intratável, senhorita, se me permite dizer. Não gostou quando a criada veio atiçar o fogo da lareira. Ficou gritando alguma coisa horrorosa em francês. Pelo menos é o que eu acho. Não entendo nada da língua.

Beatrice franziu os lábios e concordou com a cabeça.

— Pode bater à porta para mim?

— Claro, senhorita.

George bateu à porta.

— Entre — disse Hope.

George abriu a porta, e Beatrice espiou o quarto. O visconde estava sentado na cama grande, usando um largo camisão de dormir e escrevendo em um caderno no colo. A faca estava por cima das cobertas, à direita de seu quadril. Pelo menos o homem parecia bem controlado agora, e ela soltou um suspiro grato. As bochechas dele não exibiam mais o rubor febril dos últimos dois dias, apesar de o rosto continuar muito magro. O cabelo comprido estava preso em uma trança apertada, mas o queixo permanecia coberto pela grossa barba preta. Os dois botões superiores do camisão estavam abertos, e alguns tufos de pelo preto estavam à mostra em seu peito, encaracolando-se sobre o pano branco. Por um instante, o olhar de Beatrice se fixou ali.

— Veio cuidar de mim, prima Beatrice? — murmurou ele, e ela levantou o olhar rapidamente.

Olhos pretos astutos encontraram os dela.

— Trouxe um pouco de chá e bolinhos — respondeu ela, ácida. — E não precisa ser tão malicioso. O senhor assustou a maioria das criadas, e George me contou que gritou com uma delas hoje cedo.

— Ela não bateu antes de entrar.

Hope observou enquanto ela entrava e colocava a bandeja sobre uma mesa próxima à cama.

— Isso não é motivo para assustá-la.

Ele desviou o olhar, irritado.

— Não gosto de gente nos meus aposentos. Ela não devia ter entrado sem permissão.

Beatrice o observou, abrandando a voz.

— Os criados são orientados a não bater. Creio que o senhor terá de se acostumar com isso. Mas, até lá, vou pedir que batam à sua porta.

Hope deu de ombros, esticando a mão para pegar um dos bolinhos na bandeja. Então, de maneira grosseira, enfiou metade na boca.

Ela suspirou, puxou uma cadeira para perto da cama e se sentou.

— O senhor parece faminto.

Ele fez uma pausa enquanto se esticava para pegar outro bolinho.

— Claramente a senhorita nunca teve de comer biscoitos cheios de larva nem tomar cerveja aguada em um navio.

Ele mordeu o bolinho, os olhos escuros observando-a com um ar desafiador.

Beatrice o encarou, calma, escondendo o tremor de nervosismo diante daquele olhar. Os olhos dele eram ferozes, como os de um lobo faminto.

— Não, nunca estive em um navio. O senhor voltou para cá de navio faz pouco tempo?

Ele desviou o olhar, comendo o restante do segundo bolinho em silêncio. Por um instante, ela achou que não receberia uma resposta. Então, ele disse, amargurado:

— Consegui um trabalho como assistente do cozinheiro. Não que houvesse muita comida para se cozinhar.

Beatrice o fitou, espantada. Que terríveis circunstâncias teriam feito o filho de um conde aceitar um trabalho tão miserável?

— De onde o senhor veio?

Hope fez uma careta e olhou para a frente, encarando-a com malícia através dos cílios pretos.

— Sabe, não me lembro de ter uma prima chamada Beatrice.

Claramente, ele não tinha intenção nenhuma de responder à pergunta. Beatrice reprimiu um suspiro de frustração.

— É porque não sou sua prima. Pelo menos não de sangue.

Talvez o visconde tenha feito a pergunta apenas para mudar de assunto, mas, naquele momento, inclinou a cabeça, interessado.

— Explique.

Ele tinha deixado o caderno de lado, focando toda sua atenção nela, deixando-a um tanto constrangida. Beatrice se levantou e se ocupou servindo o chá enquanto falava.

— Minha mãe era irmã da esposa de tio Reggie, minha tia Mary. Mamãe faleceu no meu parto, e eu tinha cinco anos quando perdi meu pai. Tia Mary e tio Reggie me acolheram.

— Que história triste — disse ele com zombaria.

— Não. — Beatrice balançou a cabeça, entregou-lhe uma xícara de chá sem leite, mas cheia de açúcar. — Na verdade, não. Sempre fui amada, bem cuidada, primeiro pelo meu pai, depois por tio Reggie e tia Mary. Eles não tinham filhos, então me tratavam como uma filha, talvez até melhor. Tio Reggie sempre foi maravilhoso comigo. — Ela o encarou com seriedade. — Ele é um homem bom.

— Então talvez eu deva abdicar do meu título e deixar tio Reggie ficar com ele. — A voz de Hope era cínica.

— O senhor não precisa ser maldoso — rebateu ela, com decoro.

— Não?

Ele a avaliou como se não a compreendesse.

— Não. Não há necessidade. Acontece que esta é nossa casa agora...

— E eu deveria ter pena de vocês por isso? Baixar as armas e levantar bandeira branca?

Beatrice puxou o ar para controlar a irritação.

— Meu tio é idoso. Ele não...

— Meu título, minhas terras, meu dinheiro, a porcaria da minha vida, tudo foi roubado de mim, senhorita — disse ele, a voz se tornando mais alta a cada palavra. — Acha mesmo que eu me importo com o seu *tio*?

Beatrice o encarou. Ele estava tão furioso, tão determinado. Onde estava o rapaz risonho do quadro? Será que desaparecera totalmente?

— O senhor foi dado como morto. Ninguém teve a intenção de roubar seu título.

— Não me interessa qual foi a intenção — rebateu Hope. — A única coisa que me importa é o resultado. Eu fui destituído do que é meu por direito. Não tenho casa.

— Mas a culpa não é do tio Reggie! — exclamou Beatrice, finalmente perdendo o controle. — Só estou tentando explicar que não estamos em guerra. Podemos ser civilizados sobre...

Ele jogou a xícara de chá na parede antes de lançar o braço em um gesto abrupto, violento, sobre a mesa. Beatrice foi obrigada a pular para longe quando a bandeja, o prato e o bule — cheio de chá quente — se espatifaram no chão onde ela antes pisava.

— Como ousa? — questionou Beatrice, primeiro encarando a bagunça no chão, depois o selvagem na cama. — Como *ousa*?

Os olhos pretos dele soltavam tantas faíscas que ela sentiu a pele esquentar.

— Se a senhorita acha que não estamos em guerra — disse ele baixinho —, então é mais ingênua do que eu pensei.

Beatrice colocou as mãos no quadril e se inclinou para a frente, a voz trêmula de raiva.

— Talvez eu seja ingênua. Talvez seja bobagem, infantilidade e... e *tolice* achar que alguém poderia resolver questões tão complicadas como essa de forma civilizada. Mas prefiro ser uma tola completa a ser um homem maldoso e sarcástico, tão amargurado que se esqueceu da própria humanidade!

Ela se virou para disparar para fora do quarto, mas sua saída dramática foi interrompida quando Hope agarrou seu pulso. Ele a puxou e, perdendo o equilíbrio, Beatrice caiu na cama, em seu colo. Ela arfou e olhou para ele.

Dentro daqueles olhos pretos em chamas.

Ele se inclinou, chegando tão perto que Beatrice sentiu o hálito dele contra seus lábios. Os músculos da perna dele se moveram sob o quadril dela, lembrando-a da posição precária em que se encontrava. As mãos dele se apertaram ao redor dos braços dela, mantendo-a presa.

— Posso ser um homem maldoso, amargurado e sarcástico, senhorita, mas lhe asseguro que a minha *humanidade* permanece mais do que intacta.

Beatrice prendeu a respiração como um coelho avistado por um lobo em um campo aberto. Ela sentia o calor do corpo dele emanando em ondas. Seu busto estava quase pressionado contra o peito dele, e, para piorar a situação, aqueles olhos pretos faiscantes se direcionaram para sua boca.

Enquanto ela observava, os lábios dele se abriram e suas pálpebras se semicerraram enquanto ele murmurava:

— E vou usar todas as armas à minha disposição para vencer essa guerra.

Ela estava tão hipnotizada pela determinação perversa nos olhos dele que deu um pulo quando a porta do quarto se abriu. Lorde Hope soltou os braços dela imediatamente. Ele encarava o intruso atrás de Beatrice. Por um breve segundo, ela pensou ter visto algo similar à alegria tomar o rosto dele, mas a expressão desapareceu tão rápido que talvez tivesse se enganado.

De qualquer forma, tanto a fisionomia como a voz dele eram pétreas quando ele falou:

— Renshaw.

Capítulo Três

> *— Vamos, senhor — pediu o Rei dos Duendes. — Vou lhe dar cinquenta moedas de ouro pela espada. Aceite.*
>
> *— Infelizmente não posso — respondeu Espada Longa.*
>
> *— Então com certeza se desfaria dela por cem moedas de ouro? É apenas uma lâmina velha e enferrujada, e eu poderia comprar mais de vinte iguais ou melhores por esse valor.*
>
> *Nesse momento, Espada Longa riu.*
>
> *— Senhor, não há dinheiro no mundo que me faça vender minha espada, e vou lhe explicar o porquê: abrir mão dela custaria minha própria vida, pois estamos unidos por magia.*
>
> *— Ah, se esse é o caso — disse o Rei dos Duendes, ardiloso —, o senhor me venderia uma mecha do seu cabelo por um centavo?*
>
> — Espada Longa

Por sete anos, Reynaud pensara no que diria e em como se sentiria quando reencontrasse Jasper Renshaw. As perguntas que faria, as explicações que exigiria. E agora, agora que o momento chegara, ele procurou dentro de si e sentiu... nada.

— Agora é Vale — disse o homem parado à porta.

Seu rosto estava um pouco mais marcado por linhas de expressão, seus olhos, ligeiramente mais tristes, mas, fora isso, ele era o mesmo homem com quem Reynaud brincara na infância. O mesmo homem com quem comprara uma patente do exército. O mesmo homem que costumava considerar seu melhor amigo.

O homem que o deixara para morrer em uma terra estrangeira e selvagem.

— Você herdou o título, então? — perguntou Reynaud.

Vale concordou com a cabeça. Ele continuava próximo à porta, segurando o chapéu. E encarava Reynaud como se tentasse decifrar os pensamentos de uma fera arisca.

A Srta. Corning se levantou do colo dele. Hope estava tão focado em Vale que quase se esqueceu da presença dela. Ele tentou ainda agarrar sua mão, mas era tarde demais. A mulher se afastara da cama e estava fora de seu alcance. Ele teria de esperar outra oportunidade, quando ela se distraísse e chegasse perto de novo.

Ela pigarreou.

— Creio que já fomos apresentados em uma das festas no jardim de sua mãe, Lorde Vale.

O olhar de Vale se concentrou nela, e ele pestanejou antes de um sorriso largo se espalhar por seu rosto. Então fez uma mesura extravagante.

— Perdoe-me, cara dama. A senhorita é?

— Minha prima, a Srta. Corning — grunhiu Reynaud.

Não havia necessidade de explicar a Vale que a relação não era sanguínea — ele a reivindicaria de qualquer jeito que pudesse.

As sobrancelhas grossas de Vale se ergueram.

— Eu nunca soube que você tinha uma prima.

Reynaud abriu um sorriso com os lábios apertados.

— Ela foi recém-descoberta.

A Srta. Corning olhou para os dois, as sobrancelhas franzidas, claramente confusa.

— Devo pedir um chá?

— Sim, por favor — disse Vale.

Ao mesmo tempo, Reynaud balançou a cabeça.

— Não.

Vale o encarou, seu sorriso desapareceu.

A Srta. Corning pigarreou de novo.

— Bem, creio que, ah, sim, creio que seja melhor deixá-los a sós. Imagino que tenham muito o que conversar. — Ela seguiu até a porta, diante da qual Vale continuava parado, e sussurrou: — Mas não demore. Ele esteve muito doente.

Vale concordou com a cabeça, segurando a porta para ela e fechando-a suavemente após sua saída. Então se virou para Reynaud, que disse, irritado:

— Não sou um inválido.

— Você esteve doente?

— Contraí uma febre no navio de volta para cá. Nada de mais.

Vale ergueu as sobrancelhas, mas não disse nada. Em vez disso, perguntou:

— O que aconteceu?

Reynaud abriu um sorriso cínico.

— Creio que seja eu quem deva fazer essa pergunta a você.

Vale desviou o olhar, empalidecendo.

— Eu achei... todos achamos... que você estava morto.

— Não estava. — Reynaud cuspiu as palavras, seus incisivos trincando com uma determinação afiada.

Ele se lembrou do fedor de carne queimada. Das amarras cortando seus braços. De marchar nu pela neve fresca. *Os olhos castanhos dela o encaravam por trás de uma máscara de sangue...* Ele balançou a cabeça uma vez, com força, afastando os fantasmas de sua mente, se concentrando no homem vivo diante de si. Sua mão foi em direção ao cabo da faca.

Vale observou o movimento dele com cautela.

— Eu jamais deixaria você para trás se soubesse que estava vivo.

— Ainda assim, os fatos são que eu estava vivo, e você me deixou.

— Desculpe. Eu... — A boca de Vale se apertou. Ele encarou o tapete entre seus pés. — Eu vi você morrer, Reynaud.

Por um instante, demônios dominaram a mente de Reynaud, sussurrando sobre traição. Ele viu com clareza a expressão contorcida de um homem morrendo queimado vivo. Então, com esforço, deixou de lado a imagem e as vozes enlouquecidas.

— O que aconteceu no acampamento dos Wyandot? — perguntou ele. — Depois que levaram você embora, quer dizer? — Vale não esperou por uma resposta, mas soltou um suspiro profundo. — Eles nos amarraram em estacas e torturaram os outros homens. Munroe, Horn, Growe e Coleman. Mataram Coleman.

Reynaud assentiu. Ele vira como os inimigos — tanto brancos quanto nativos — eram tratados pelos indígenas que os capturavam.

Vale puxou o ar, como se estivesse criando coragem.

— Então, após a morte de Coleman no segundo dia, os indígenas nos levaram até o local onde estavam queimando um homem em uma estaca. Disseram que era você. Ele estava com seu casaco, tinha cabelo preto. Eu pensei que fosse você. Todos pensamos que fosse. — Vale levantou a cabeça, seus assombrados olhos azul-turquesa encontrando os de Reynaud. — O rosto já tinha sido destruído. Carbonizado e consumido pelas chamas.

Reynaud desviou o olhar. A parte racional de seu cérebro sabia que Vale e os outros não tiveram escolha. Eles acreditaram em sua morte devido a provas muito convincentes. Qualquer homem são pensaria o mesmo a partir do que viram e ouviram.

Mas ainda assim...

Ainda assim, a fera em seu interior se recusava a aceitar a explicação. Ele fora abandonado, deixado para trás pelos homens por quem arriscara a vida e a integridade. Deixado para trás pelos homens a quem chamava de amigos.

— Sam Hartley levou quase duas semanas para voltar com uma equipe de resgate para nos libertar — disse Vale baixinho. — Você passou esse tempo todo no acampamento dos indígenas?

Reynaud fez que não com a cabeça, observando a mão esquerda se esticar sobre a colcha, notando distraidamente o contraste entre sua pele bronzeada e o tecido branco. A mão estava magra, os tendões se destacando no dorso.

— Como está minha irmã Emeline?

Ele ouviu Vale suspirar, como se estivesse frustrado.

— Emeline? Emeline está muito bem. Ela se casou de novo, sabia? Com Samuel Hartley.

Reynaud ergueu a cabeça subitamente, estreitando os olhos.

— O cabo Hartley? O da unidade dos *rangers*?

Vale sorriu.

— O próprio, apesar de ele não ser mais um mísero cabo. O homem fez fortuna com importação e exportação nas colônias.

— A Srta. Corning me disse que ela se casou com um colono, mas não imaginei que se tratasse de Hartley.

Mesmo que o homem fosse rico agora, Emeline tinha se casado com alguém abaixo de sua posição social. Ela era filha de um *conde*. No que sua irmã estava pensando?

— Um ano atrás, ele veio a Londres para fazer negócios e resolver algumas outras questões, e receio que tenha roubado o coração de sua irmã.

Reynaud refletiu sobre essa informação, a cabeça girando de confusão e raiva. Será que Emeline havia mudado tanto assim em sete anos? Ou suas memórias estavam deturpadas? Corrompidas pelo tempo e por tudo que ele havia passado?

— O que aconteceu, Reynaud? — perguntou Vale baixinho. — Como você escapou da morte no acampamento indígena?

Reynaud ergueu a cabeça. E olhou com raiva para seu antigo amigo.

— Você realmente se importa?

— Sim. — Vale parecia confuso. — É claro que sim.

Vale o encarava como se esperasse pela história, mas Reynaud não tinha nenhuma intenção de se abrir para ele.

Finalmente, Vale desviou o olhar.

— Ah. Bem, fico feliz, muito feliz, por você estar de volta, são e salvo.

Reynaud assentiu.

— Já terminou?

— Como é?

— Já terminou? — repetiu Reynaud. Ele estava cansado e precisava dormir, maldição, apesar de não querer demonstrar isso para o outro homem. — Você já terminou o que veio fazer aqui?

A cabeça de Vale foi arremessada para trás como se ele tivesse levado um soco no queixo. Então ele afastou as pernas, estufou o peito e alinhou a cabeça de volta. Um sorriso largo, desanimado, esticou-lhe os lábios.

— Ainda não.

Reynaud ergueu as sobrancelhas.

— Eu também queria conversar com você sobre o traidor — disse Vale em um tom tranquilo.

Reynaud balançou a cabeça.

— Traidor...?

— O homem que nos traiu e nos entregou aos indígenas em Spinner's Falls — continuou Vale, enquanto um rugido começava a soar nos ouvidos de Reynaud, quase abafando as últimas palavras. — A mãe do traidor era francesa.

BEATRICE OUVIU o barulho de algo se quebrando enquanto subia as escadas com outra bandeja de chá e biscoitos. Ela parou na imponente escadaria, olhando para o andar acima sem enxergar nada. Será que foi um acidente? Uma estátua de porcelana ou um relógio caindo da cornija? O pensamento era otimista; porém, enquanto corria pelos degraus e fazia a curva no corredor, escutou um segundo barulho. Minha nossa! Parecia que Lorde Hope e Lorde Vale estavam tentando matar um ao outro.

No fim do corredor, a porta do quarto escarlate se escancarou, e o visconde Vale saiu a passos firmes, irritado, porém intacto, felizmente.

— Não pense que vou deixar por isso mesmo, Reynaud — gritou ele. — Maldição, eu vou voltar.

O visconde enfiou o tricórnio na cabeça, virou-se e se deparou com Beatrice. Um olhar envergonhado passou rapidamente pelo rosto dele.

Então, ele a cumprimentou de imediato com a cabeça.

— Perdoe-me, senhorita. Talvez seja melhor não entrar lá por enquanto. No momento, ele não está apto para a companhia de pessoas civilizadas.

Beatrice olhou para a porta do quarto escarlate e depois para Lorde Vale. Quando ele se aproximou, ela notou, horrorizada, uma marca vermelha em seu queixo.

Como se alguém lhe tivesse dado um soco.

— O que aconteceu? — perguntou ela.

O cavalheiro balançou a cabeça.

— Ele não é o homem que conheci. Suas emoções estão... exageradas. Selvagens. Por favor, tome cuidado.

Lorde Vale fez uma mesura graciosa e passou por ela, descendo as escadas.

Beatrice observou o visitante desaparecer antes de fitar a bandeja que ela ainda segurava. O chá tinha derramado um pouco, manchando o pano de linho que a forrava. Ela poderia voltar para a cozinha e pedir uma bandeja nova a alguma das criadas — e talvez deixar que a garota a entregasse no quarto. Mas seria um ato covarde. Não era justo mandar que criadas jovens se aventurassem em lugares que ela mesma tinha medo de entrar.

Beatrice olhou para o corredor. A porta do quarto de Lorde Hope permanecia aberta. Ele estava sozinho lá dentro.

Ela empertigou os ombros e marchou até lá.

— Trouxe mais chá e biscoitos — anunciou rapidamente enquanto entrava no quarto. — Achei que talvez o senhor quisesse bebê-lo de verdade desta vez.

Hope estava deitado na cama, virado para a parede, e, a princípio, ela pensou que ele poderia estar dormindo, por mais tola que fosse essa ideia, depois da recente comoção.

Ele não se virou.

— Saia.

— Creio que o senhor tenha se enganado — disse ela, casualmente.

Beatrice fez menção de colocar a bandeja na mesinha próxima à cama, mas havia cacos espalhados em um semicírculo pelo chão, restos do que antes fora um relógio de porcelana feio e um par idêntico de pugs de cerâmica. Junto com o aparelho de chá que trouxera antes da visita de Lorde Vale, a pilha só aumentava.

Ela se virou na direção de uma mesa perto da janela — bem longe da cama.

— Que tolice é essa que você está dizendo? — murmurou Hope.

— Humm?

A mesa já estava ocupada por um vaso e um candelabro de latão, e Beatrice precisou manejar a bandeja de chá com cuidado para evitar que a bebida fosse derramada de novo.

— Isso que disse sobre eu ter me enganado — resmungou Hope, com a voz irritada.

— Ah. — Com a bandeja já no lugar, Beatrice se virou para a cama e sorriu, apesar de ele continuar de costas. — O senhor parece achar que sou uma das criadas.

Nenhum som veio da cama enquanto Beatrice servia o chá. Talvez ele estivesse envergonhado por ter levado essa leve repreensão.

— Bem, a senhorita continua me trazendo chá.

Talvez não.

— Chá é uma bebida muito fortificante, creio eu, especialmente quando nos sentimos indispostos. — Ela acrescentou açúcar à bebida, pois tinha notado que ele parecia gostar do chá bem doce, e levou a xícara até a cama.

— Mas isso não significa que gosto de ser tratada de forma tão desagradável.

Ele continuava encarando a parede. Beatrice hesitou por um instante, segurando a xícara em dúvida sobre o que fazer; então a depositou com cuidado em cima da mesa. Era uma peça feia, pintada de laranja e preto, exibindo a imagem de uma ponte torta. Ainda assim, ninguém gosta de ver sua louça sendo quebrada.

— O senhor quer chá? — perguntou ela.

Ele deu de ombros, mas, fora isso, não se mexeu. O que tinha acontecido entre ele e Lorde Vale?

— Vai levantar seu ânimo — sussurrou ela.

Ele bufou.

— Duvido.

— Pois bem. — Beatrice alisou as saias. — Vou deixá-lo em paz, então.

— Não.

A palavra foi dita tão baixo que ela quase não ouviu. Beatrice o encarou. Hope não tinha se movido, e ela não sabia o que fazer. Nem o que ele queria.

O braço do visconde estava por cima da coberta; ela deu um passo para a frente e se esticou para pegar sua mão. Era um gesto completamente indecoroso, mas, por algum motivo, parecia certo. Ela tocou a mão larga e quente dele. Devagar, enfiou os dedos sob a palma até segurá-la. Hope a apertou de leve. Um ponto de calor surgiu em seu peito, espalhando-se aos poucos, como uma poça de água quente se expandindo, até seu corpo inteiro estar iluminado por dentro, e ela identificou aquele sentimento. Felicidade. Ele a deixou extrema e indecentemente feliz com um leve apertar de seus dedos, e ela notou que precisaria tomar cuidado com aquela sensação. Que precisaria tomar cuidado com ele.

Então o visconde falou baixinho:

— Ele acha que sou um traidor.

O coração de Beatrice deu um pulo.

— Como assim?

Hope se virou então, finalmente. Seu rosto era uma máscara, seus olhos, sombrios, mas não soltou a mão dela.

— A senhorita sabe que nossa infantaria, o vigésimo oitavo regimento, sofreu um massacre nas colônias?

— Sei.

O massacre era de conhecimento geral — uma das piores tragédias da guerra.

— Vale disse que alguém entregou nossa posição para os franceses e seus aliados indígenas, que fomos traídos por um homem do nosso próprio regimento.

Beatrice engoliu em seco. Como era terrível saber que tantos homens morreram por causa da deslealdade de uma pessoa. E a notícia da existência de um traidor seria ainda mais terrível para Lorde Hope. De alguma forma, ela ainda não entendia como — e estava morrendo de vontade de perguntar — os sete anos em que ele ficou desaparecido estavam ligados a Spinner's Falls e à tragédia que ocorrera lá.

Tudo isso passou por sua mente, mas Beatrice apenas disse:

— Sinto muito.

— A senhorita não entende. — Ele puxou a mão dela para enfatizar isso. — A mãe do traidor era francesa. Vale acha que fui eu.

— Mas... mas que bobagem! — exclamou Beatrice sem pensar. — Quer dizer, não a parte sobre a mãe francesa. Isso faz sentido, creio. Mas pensar que o senhor poderia ser o traidor... isso... isso não está certo.

Hope permaneceu em silêncio, apenas apertou a mão dela novamente.

— Eu pensei — continuou ela, com cautela — que Lorde Vale fosse seu amigo.

— Eu também. Mas sete anos se passaram, e, infelizmente, creio que não o conheço mais.

— Foi por isso que bateu nele? — perguntou Beatrice.

Hope deu de ombros.

Ela estremeceu diante da confirmação de seus temores. E se lembrou do aviso de Lorde Vale no corredor: *Tome cuidado*. Mesmo assim, ela umedeceu os lábios e disse:

— Creio que qualquer um que conheça o senhor de verdade saberia que não é capaz de trair ninguém.

— Mas a senhorita não me conhece. — Ele finalmente soltou a mão dela, e a perda do contato fez com que o calor começasse a se esvair do corpo da jovem. — Não me conhece nem um pouco.

Beatrice puxou o ar devagar.

— O senhor tem razão. Não o conheço. — Ela se levantou para pegar a bandeja de chá. — Mas talvez não seja apenas minha culpa.

Ela fechou a porta com delicadeza às suas costas.

APESAR DE BEATRICE visitar Jeremy Oates pelo menos uma vez por semana — em geral, duas ou três vezes —, o mordomo dele, Putley, sempre fingia não a conhecer.

— A quem devo anunciar? — perguntou Putley no início da tarde seguinte, seus olhos esbugalhados encarando-a com o que parecia ser uma surpresa terrível.

— A Srta. Beatrice Corning — respondeu ela, como sempre, controlando a vontade de inventar um nome.

Putley só estava fazendo o trabalho dele. Bem, pelo menos essa era a explicação mais generosa, e Beatrice sempre tentava ser generosa quando podia.

— Pois bem, senhorita — recitou o mordomo. — Poderia fazer a gentileza de esperar na sala de estar enquanto verifico se o Sr. Oates está em casa?

Generosidade era uma coisa, mas um apego ridículo a formalidades era outra completamente diferente. O "Sr. Oates" nunca estava em outro lugar que não fosse a própria casa. Beatrice revirou os olhos.

— Sim, Putley.

Ele a levou para a segunda melhor sala de estar da casa, um cômodo bolorento, pouquíssimo iluminado e abarrotado de móveis pesados e escuros. Beatrice aproveitou o tempo em que esperava pela volta do mordomo para se recompor. Ela ainda estava um pouco agitada da conversa que tivera com Lorde Hope, e se sentia ligeiramente culpada desde que saíra de seu quarto. Afinal, será que uma dama deveria repreender de forma tão enfática um cavalheiro acamado que havia acabado de ter uma briga com o melhor amigo que não via fazia sete anos? Será que não fora um pouquinho maldosa? Por outro lado, ele se comportara de um jeito tão desagradável. Ela sabia que o visconde devia estar frustrado — quem sabe até furioso — com tudo o que havia acontecido desde seu retorno à Inglaterra, mas, francamente, qual era a necessidade de descontar tudo nela?

Putley voltou naquele momento para avisar que Jeremy a receberia, e Beatrice seguiu as costas insatisfeitas do mordomo pelos dois lances de escada que levavam ao quarto.

— A Srta. Beatrice Corning está aqui, senhor — anunciou Putley.

Beatrice passou por ele e entrou no cômodo. Estava cansada daquilo. Ela abriu um sorriso radiante para o mordomo e disse com firmeza:

— Já está dispensado.

O mordomo resmungou, mas saiu do quarto, fechando a porta.

— Ele está ficando cada vez pior, sabia?

Beatrice foi até a janela e abriu um lado das cortinas. A luz às vezes incomodava os olhos de Jeremy, mas também não devia ser saudável o fato de ele ficar deitado em um quarto escuro no meio do dia.

— Eu tento encarar como um elogio — disse ele da cama, num tom arrastado.

Sua voz soava mais fraca do que da última vez em que ela o visitara. Beatrice respirou fundo e se forçou a abrir um sorriso largo antes de se virar. A cama dominava o cômodo, cercada pelos sinais de que aqueles eram os aposentos de uma pessoa enferma. Duas mesas ficavam ao alcance da cama, as superfícies cobertas por garrafinhas, caixas de pomada, livros, penas e tinta, ataduras e óculos. Uma velha cadeira de madeira ficava em um canto, com uma corda de seda enrolada no encosto, as pontas jogadas sobre o assento. Às vezes, Jeremy preferia que os lacaios o amarrassem à cadeira quando o levavam até a lareira.

— Afinal — continuou ele —, Putley deve ter muita confiança na minha capacidade de seduzir você, se ele desaprova tanto as suas visitas.

— Ou talvez ele seja simplesmente um idiota — disse Beatrice, enquanto puxava uma poltrona até a cama.

Havia um cheiro pungente perto do colchão — uma mistura de urina e outras secreções corporais desagradáveis —, mas ela teve o cuidado de manter uma expressão agradável no rosto. Cinco anos atrás, quando Jeremy voltara para casa da guerra na Europa continental, ele costumava ficar horrorizado com os cheiros de doença. Beatrice não sabia se o amigo agora se acostumara com os odores e os ignorava ou se simplesmente se tornara incapaz de senti-los; porém, de toda forma, não o magoaria chamando atenção para isso.

— Eu trouxe para você o jornal e alguns panfletos que meu lacaio buscou para mim — começou Beatrice, enquanto tirava os papéis de uma bolsa de viagem.

— Ah, não, nada disso — disse Jeremy. Sua voz soava brincalhona, mesmo naquele estado enfraquecido.

Ela levantou a cabeça e encontrou os olhos azuis cristalinos dele. Ela nunca conhecera ninguém, homem ou mulher, com olhos tão bonitos quanto os de Jeremy. Sua cor era de um azul-claro real, como o céu na primavera. Nenhum outro tom se misturava nem poluía a profundidade daquele azul. Ele era — ou fora — um homem muito bonito. Seu cabelo era castanho-dourado, e o rosto, sincero e alegre, mas o fardo da doença criara rugas de dor em torno de sua boca e de seus olhos.

A mãe de Jeremy fora uma grande amiga de tia Mary, então Beatrice e Jeremy haviam crescido praticamente juntos. Ele a conhecia melhor do que qualquer pessoa — mais até do que Lottie. Quando Beatrice fitava seus olhos, às vezes sentia que aquelas esferas azuis viam além da máscara feliz que ela usava em sua presença, enxergando diretamente o poço de tristeza que ela sentia por ele em seu interior.

Beatrice desviou o olhar, encarando a colcha da cama. Encarando, na verdade, o lugar onde as pernas de Jeremy deveriam estar.

— Do quê...?

— Não se faça de inocente comigo, Beatrice Corning — disse ele com o mesmo sorriso que exibia quando tinha oito anos. — Posso ser um inválido, mas ainda tenho minhas fontes de fofoca, e ninguém fala de outra coisa além do retorno do seu visconde.

Ela franziu o nariz.

— Ele não é *meu* visconde.

Jeremy inclinou a cabeça, descansando-a nos travesseiros. A essa hora da tarde, ele geralmente ficava sentado, porém, hoje, estava deitado. Beatrice sentiu uma onda de medo atravessar seu corpo. Será que ele tinha piorado?

— Não sei de quem mais o visconde seria senão seu — brincou Jeremy. — Esse não é o mesmo rapaz bonito do quadro na sua sala? Passei anos vendo você sonhar acordada com esse homem.

Beatrice retorceu os dedos, se sentindo culpada.

— Era tão óbvio assim?

— Apenas para mim, querida — respondeu Jeremy, carinhosamente. — Apenas para mim.

— Ah, Jeremy, eu sou tão boba!

— Bem, sim, mas uma boba adorável, convenhamos.

Beatrice soltou um suspiro desamparado.

— É só que o visconde é completamente diferente do que eu imaginava. Bem, isso se eu pensasse que ele ainda estava vivo, o que obviamente não pensava, porque todos achávamos que estava morto.

— Como assim? Ele é feio? — Jeremy contorceu o rosto em uma carranca grotesca.

— Nããão, apesar de ter uma barba e um cabelo enormes agora.

— Barbas são nojentas.

— Não em capitães de navio — rebateu Beatrice.

— Especialmente em capitães de navio — insistiu Jeremy, sério. — Não tem sentido ficar querendo abrir exceções. Devemos ser firmes nesse quesito.

— Está bem. — Beatrice fez um aceno com uma das mãos. — Mas, pode acreditar, a barba é o menor dos problemas no caso do visconde Hope. Ele foi tatuado.

— Que escandaloso! — Jeremy arfou, maravilhado.

Manchas avermelhadas ardiam em suas bochechas.

— Estou deixando você agitado demais — disse Beatrice, franzindo a testa.

— De forma nenhuma — respondeu ele. — Porém, mesmo que estivesse, eu imploraria para que continuasse. Passo dias e noites inteiros trancado aqui, Bea, querida. Preciso de agitação. Então, me conte. Qual é o problema de verdade com Lorde Hope? Ele pode ter uma barba cheia e um monte de tatuagens de âncoras e cobras, mas creio que não seja isso que a esteja incomodando.

— Um triângulo de pássaros — disse Beatrice, distraída.

— O quê?

— As tatuagens são pequenos pássaros estranhos, três deles, em torno do olho direito. O que será que passou pela cabeça dele para fazer uma tatuagem logo ali?

— Não faço a menor ideia.

— A questão é que ele é tão amargurado, Jeremy! — soltou ela. — Ele é... é absurdamente detestável em certos momentos, como se sua alma tivesse sido marcada a ferro e fogo por tudo o que lhe aconteceu.

Jeremy ficou um momento em silêncio antes de dizer:

— Sinto muito. Ele foi para a guerra, não foi? Nas colônias?

Beatrice concordou com a cabeça.

O amigo suspirou e disse com toda a calma:

— É difícil explicar para alguém que nunca passou por isso, mas a guerra e tudo o que acontece lá, as coisas que somos forçados a fazer e a ver... bem, isso muda um homem. Se ele tiver o mínimo de sensibilidade, acaba se tornando mais duro.

— Você tem razão, é claro — concordou ela, retorcendo as mãos. — Mas, por algum motivo, parece ser algo além disso. Ah, como eu queria saber o que aconteceu com ele nos últimos sete anos!

Jeremy abriu um meio sorriso.

— Seja lá o que tenha acontecido, duvido que descobrir a história dele possa mudá-lo agora.

Beatrice olhou para o amigo, para seus adoráveis olhos, perceptivos demais.

— Sou uma idiota, não sou? Esperando que um homem que só conheci por meio de um quadro fosse um príncipe romântico.

— Talvez — concedeu Jeremy. — Mas, se não fossem pelos sonhos românticos, a vida seria extremamente chata, não acha?

Ela franziu o nariz para ele.

— Você sempre sabe o que dizer, Jeremy, meu querido.

— Sim, eu sei — respondeu ele, satisfeito. — Agora, me conte. Ele vai tomar o título do seu tio?

— Acredito que deva fazer isso, sim. — Beatrice franziu a testa e olhou para as mãos entrelaçadas, sentindo o peito apertar. — Hoje de manhã, o visconde Vale foi visitá-lo, e, apesar de os dois terem discutido, creio que não exista mais dúvida de que ele seja, de fato, o visconde Hope.

— E se ele for mesmo?

Beatrice o encarou, se perguntando se Jeremy sabia quanto aquela ideia lhe gerava pânico.

— Vamos perder a casa.

— Você pode vir morar comigo — brincou ele.

Beatrice sorriu, mas seus lábios tremiam.

— Seria bem capaz de tio Reggie ter outro ataque de apoplexia.

— Seu tio é mais forte do que você pensa — disse Jeremy em um tom gentil.

Ela mordeu o lábio, agora nem sequer tentando fingir um sorriso.

— Mas, se ele ficar doente, se acontecer alguma coisa com ele... Ah, Jeremy, não sei o que eu faria.

Ela pressionou uma das mãos contra o peito, esfregando o aperto que sentia.

— No fim, tudo vai dar certo, Bea, querida — disse o amigo, de modo tranquilizador. — De nada adianta se preocupar.

— Eu sei — suspirou ela, e tentou parecer animada para o amigo. — Tio Reggie teve uma reunião hoje cedo com os advogados dele. Ele tinha acabado de chegar quando saí.

— Humm. Vai ser uma confusão. Se o seu tio não devolver o título, imagino que terão que levar o caso ao Parlamento. — Jeremy parecia animado. — Será que os dois vão trocar socos em Westminster?

— Você não precisa parecer tão empolgado com a ideia — ralhou Beatrice.

— Ah, não entendo por que não. São coisas assim que tornam a aristocracia britânica tão divertida.

Apesar das palavras, Jeremy terminou a frase com um gemido. A mão por cima da coberta se fechou em um punho apertado, as juntas de seus dedos ficaram brancas.

Beatrice se levantou subitamente da poltrona.

— Você está sentindo dor?

— Não, não. Não faça um estardalhaço, Bea, minha querida.

Jeremy respirou fundo, e ela sabia que ele estava sentindo dor, apesar de negar. Seu rosto se tornara um pouco acinzentado, com exceção das manchas vermelhas sempre presentes em suas bochechas.

— Aqui, deixe-me ajudar você a se sentar para tomar um pouco de água.

— Maldição, Bea.

— Ora, não faça você um estardalhaço, querido Jeremy — disse ela delicadamente, mas com firmeza, enquanto segurava os ombros do amigo e o ajudava a se sentar. O calor irradiava dele em ondas. — Acredito que eu tenha esse direito.

— De fato, você tem — disse, arfando.

Ela serviu água em um pequeno copo e ofereceu a ele. Jeremy tomou um pouco da água e devolveu o copo à amiga.

— Já parou para pensar no que vai acontecer se Hope se tornar o conde de Blanchard?

Ela colocou o copo em uma das mesas abarrotadas, franzindo a testa.

— Acabei de dizer que eu e tio Reggie vamos ter que nos mudar...

— Sim, mas além disso, Bea. — Jeremy desdenhou da perda da casa com um aceno de mão. — Ele tomaria o lugar do seu tio Reggie na Câmara dos Lordes.

Beatrice afundou na poltrona lentamente.

— Lorde Hasselthorpe perderia um voto.

— E, mais importante, talvez nós ganhássemos um — disse Jeremy, enfático. — Você sabe o posicionamento político de Hope?

— Não faço a menor ideia.

— O pai dele era do partido Tory — refletiu Jeremy.

— Ah, então ele também deve ser — disse Beatrice, decepcionada.

— Filhos nem sempre seguem os passos políticos dos pais. Se Hope votar a favor do projeto de lei do Sr. Wheaton, finalmente teremos chance de vencer. — A vermelhidão se espalhou pelo rosto de Jeremy com sua animação, e agora ele brilhava como se estivesse sendo consumido por um fogo interior. — Meus homens, os soldados que serviram e lutaram tão bravamente sob meu comando, receberiam a pensão que tanto merecem.

— Vou descobrir qual a inclinação política dele. Talvez eu consiga convencê-lo a ficar do nosso lado.

Beatrice sorriu, tentando compartilhar o entusiasmo de Jeremy, mas, por dentro, tinha suas dúvidas. Lorde Hope parecia focado exclusivamente nos próprios problemas. Até agora, ela não vira nenhum sinal de que o homem se preocuparia com simples soldados.

CINCO DIAS DE cama deixaram Reynaud extremamente inquieto. Por mais irritantes que fossem as visitas habituais da Srta. Corning ao seu quarto — ela parecia achar normal simplesmente ir entrando sem perguntar se ele desejava companhia —, o fato era que ele havia se acostumado com a presença dela. Ele tinha se acostumado a implicar e discutir com ela. E onde estava a mulher hoje? Ele não vira nem sinal dela.

Reynaud se arrastou para fora da cama, vestiu o velho casaco azul e pegou a faca antes de escancarar a porta do quarto. Um jovem lacaio estava parado do lado de fora — supostamente para impedi-lo de criar confusão em sua própria casa.

Ele lançou um olhar irritado para o sujeito.

— Informe à Srta. Corning que quero falar com ela.

Ele começou a fechar a porta, mas o rapaz respondeu:

— Não será possível.

Reynaud parou.

— Como é?

— Não será possível — disse o lacaio. — Ela não está em casa.

— E quando ela estará de volta?

O lacaio deu um passo para trás, nervoso, antes de se recompor e se empertigar.

— Imagino que não deva demorar, mas não tenho certeza. Ela foi visitar o Sr. Oates, e, às vezes, passa um bom tempo por lá.

— Quem — perguntou Reynaud, devagar — é o Sr. Oates?

— O Sr. Jeremy Oates — respondeu o rapaz, tagarela. — Dos Oates de Suffolk. A família tem bastante dinheiro, pelo que dizem por aí. Ele e a Srta. Corning se conhecem há muito, muito tempo, e ela gosta de visitá-lo três ou quatro vezes por semana.

— Então o cavalheiro tem idade avançada? — perguntou Reynaud.

O lacaio coçou a cabeça.

— Creio que não. É um cavalheiro jovem, bonito, pelo que me contaram.

Nesse momento, ocorreu a Reynaud que, apesar de ele ter visto a Srta. Corning todos os dias desde que voltara à Inglaterra, não sabia muito sobre a mulher. Seria o tal Oates — esse distinto cavalheiro britânico — um pretendente? Um noivo? O pensamento atiçou uma parte primitiva dentro dele, e Reynaud disparou a próxima pergunta.

— Ela é noiva dele?

— Ainda não — respondeu o lacaio com uma piscadela alegre. — Mas não deve demorar muito, não é, com tantas visitas? É claro, existe a questão de ele...

Mas Reynaud já não ouvia mais. Ele empurrou o idiota e seguiu para a escadaria.

— Ei! — gritou o lacaio indo atrás dele. — Aonde o senhor vai?

— Esperar pela Srta. Corning à porta — grunhiu Reynaud.

Suas pernas estavam mais trêmulas do que ele esperava, e isso só o deixou mais irritado. Ele agarrou o corrimão com uma das mãos enquanto descia devagar. Estava andando como um maldito velho.

— Não posso deixar o senhor sair do quarto — disse o lacaio, subitamente ao seu lado.

O homem segurou o cotovelo de Reynaud para ajudá-lo, e ele estava tão fraco que nem reclamou da proximidade.

— De quem foram as ordens para me deixar preso no quarto? — Quis saber Reynaud.

— Da Srta. Corning. Ela estava com medo de o senhor se machucar. — O lacaio o fitou de soslaio. — Creio que não conseguirei convencê-lo a voltar, não é, milorde?

— Não — respondeu rispidamente Reynaud.

Maldição, ele estava arfando. Um mês atrás, conseguia passar um dia inteiro andando sem se cansar, e agora ficava ofegante só de descer uma escada!

— Foi o que imaginei — disse o homem de maneira prática. E ficou em silêncio até chegarem ao saguão de entrada. — Gostaria de um copo de água, milorde, enquanto espera?

— Por favor.

Reynaud se apoiou na parede até o homem desaparecer na direção da cozinha. Então seguiu até a entrada da casa e abriu as portas.

O vento o fez ficar sem fôlego quando ele saiu. O dia estava cinzento e frio, o inverno abrindo suas asas sobre Londres. Estaria nevando ao norte do lago Michigan agora, e os ursos estariam gordos e lentos, se preparando para hibernar. Reynaud se lembrou de como Gaho gostava de comer carne de urso frita na própria gordura. Ela sorria sempre que ele lhe trazia uma porca ou um javali recém-abatido, as rugas em suas bochechas se aprofundando, os olhos quase desaparecendo em meio à sua felicidade. Por um instante, a vida antiga e a presente de Reynaud se misturaram e oscilaram diante de seus olhos, e ele esqueceu onde estava. Esqueceu quem era.

Então a carruagem com o brasão de Blanchard parou diante da mansão.

Um lacaio desceu do veículo e encaixou a escada. Reynaud se empertigou e se aproximou. A porta se abriu, e a Srta. Corning desceu os degraus.

As sobrancelhas dela se uniram quando o viu.

— O que o senhor está fazendo fora da cama?

— Vim encontrar a senhorita — respondeu Reynaud com uma voz inflexível. — Onde estava?

Ela ignorou a pergunta.

— Não acredito que o senhor cometeria a tolice de ficar parado aqui fora, no frio. Entre agora mesmo. Arthur — ela gesticulou para o lacaio da carruagem —, por favor, acompanhe Lorde Hope...

— Não vou ser acompanhado a lugar nenhum — rebateu Reynaud com uma calma mortal. O lacaio olhou para ele e subitamente ficou extremamente empenhado em guardar a escada. — Não sou uma criança nem um imbecil para que cuidem de mim. Repito, onde a senhorita estava?

— Então vai ter que permitir que eu o leve para dentro. — A Srta. Corning dispensou a crescente raiva dele com um aceno da mão.

Reynaud agarrou seus braços, fazendo com que ela terminasse a frase com um gritinho.

— Responda.

Um brilho esverdeado surgiu nos olhos dela, uma centelha surpreendente de determinação férrea.

— Por que eu deveria responder?

— Porque sim.

Reynaud não enxergava nada além dos olhos dela, a mescla de cinza reluzente e verde-campestre. A mistura era completamente fascinante.

Ela o encarou de volta e disse, baixinho:

— E por que é que o senhor se importa em saber onde eu estava?

Ele tinha enfrentado cativeiro, tortura e a perspectiva iminente da morte por anos a fio, mas podia jurar pela própria vida que não fazia a menor ideia de como responder àquela mulher tão miúda.

Então talvez tenha sido conveniente o fato de o tiro ter sido disparado bem naquele momento.

Capítulo Quatro

Espada Longa não conseguia pensar em nenhum motivo para aquele desconhecido querer uma mecha de seu cabelo, mesmo que só por um centavo, mas também não identificou nenhum risco para si. Dessa forma, para agradar ao outro, ele pegou sua enorme espada, cortou um pedaço do cabelo e o entregou para o Rei dos Duendes. O rei sorriu e ofereceu a moeda. Mas, no momento em que Espada Longa pegou o dinheiro, o chão se abriu sob seus pés em uma rachadura gigantesca. A terra o engoliu com sua espada, e ele foi caindo, caindo, até aterrissar no reino dos duendes.

Lá, Espada Longa olhou para cima e viu o rei remover a capa de veludo. Agora, podia ver seus incandescentes olhos laranja, o cabelo verde escorrido e as presas amareladas.

— Quem é você? — gritou Espada Longa.

— Eu sou o Rei dos Duendes — respondeu o outro. — Ao aceitar minha moeda por sua mecha de cabelo, você se vendeu para mim. Então, já que não posso ter apenas sua espada, vou levar você junto...

— Espada Longa

Cercado. O inimigo estava em ambos os lados, atirando de posições ocultas, seus homens gritando conforme eram atingidos. Ele não conseguia formar uma linha de defesa, não conseguia reunir as tropas. Todos morreriam se ele...

O segundo tiro foi disparado. Reynaud se viu no chão, diante da carruagem, o corpo doce e quente da Srta. Corning sob o seu. Os olhos cinzentos dela o encaravam, sem o brilho verde de raiva, mas apavorados.

E os gritos — os gritos soavam ao seu redor.

— *Descendez!* — rugiu Reynaud para um soldado sentado na frente da carruagem, olhando ao redor como um idiota. — Forme uma linha de defesa!

— O que...? — começou a Srta. Corning.

Mas Reynaud a ignorou. Um homem fora atingido e se contorcia no topo da escadaria da frente da casa, seu sangue manchando a pedra branca. Era o jovem soldado, aquele que caminhara ao seu lado. Maldição. Aquele era um dos *seus* homens.

E ele continuava exposto.

— Fique com a Srta. Corning — ordenou Reynaud para um soldado próximo.

O homem na carruagem finalmente desceu e foi se juntar a eles. Onde estava o sargento? Onde estavam os outros oficiais? Todos morreriam ali, a céu aberto, pegos no fogo cruzado. As têmporas de Reynaud latejavam de dor; seu coração martelava no peito. Precisava salvar seus homens.

— Você entendeu o que eu disse? — berrou ele para o soldado mais próximo.

O sujeito piscou, confuso.

Reynaud o segurou pelo ombro e o sacudiu.

— Fique com a Srta. Corning. Estou contando com você.

O rosto do soldado assumiu uma expressão focada. Seu olhar encontrou o de Reynaud, como sempre acontecia, e ele assentiu com a cabeça.

— Sim, milorde.

— Muito bem.

Reynaud se voltou para o soldado na escadaria, calculando a distância. Fazia pelo menos um minuto desde o último disparo. Será que os indígenas permaneciam escondidos na mata? Ou será que tinham ido embora, silenciosos como fantasmas?

— O que o senhor vai fazer? — perguntou a Srta. Corning.

Reynaud fitou seus olhos claros e cinzentos.

— Vou resgatar um dos meus homens. Fique aqui. Segure isto. — Ele pressionou o cabo de sua faca contra a palma da mão dela. — Não se mexa até eu mandar.

E a beijou com força, sentindo a vida — dos dois — correndo por suas veias. Meu Deus, precisava tirá-la dali.

Reynaud se levantou antes que a Srta. Corning se opusesse e correu para a escadaria, mantendo a parte superior do corpo abaixada. Ele parou ao lado do soldado lamurioso apenas por tempo suficiente para agarrá-lo por baixo dos braços. O rapaz gritou enquanto Reynaud o puxava até a porta da casa, em um som alto e animalesco, um grito primitivo de agonia. Tantos agonizavam. Tantos morriam. Todos tão jovens.

A terceira bala atingiu o batente da porta enquanto Reynaud puxava o homem por ela, e alguns estilhaços de madeira acertaram sua bochecha.

Sua respiração estava ofegante, mas pelo menos removera o rapaz da linha de fogo. O desgraçado não o acertaria novamente, não o escalparia enquanto ele morria. *Os olhos castanhos dela o encaravam por trás de uma máscara de sangue, opacos e sem vida.* Reynaud balançou a cabeça, desejando conseguir pensar mesmo com a dor lancinante. Havia algo... havia algo errado.

— O que está acontecendo? — gritou Reginald St. Aubyn, o ladrão de condados, com o rosto ruborizado. Ele seguiu para a porta.

Reynaud esticou o braço, impedindo-lhe a sua passagem.

— Atiradores na floresta. Não saia.

St. Aubyn jogou a cabeça para trás, encarando-o como se ele fosse louco.

— Que conversa é essa?

— Não tenho tempo para isso — grunhiu Reynaud. — Há um atirador lá fora, homem.

— Mas... mas minha sobrinha está lá!

— Ela está segura por enquanto, protegida pela carruagem.

Reynaud avaliou a multidão de soldados reunidos pela comoção no saguão de entrada. Só que... só que eles não pareciam soldados. Havia algo errado. Sua cabeça latejava de dor, e não havia tempo para tentar entender aquilo agora. Um calafrio percorreu suas costas só de ele saber que os indígenas continuavam lá fora, esperando. O rapaz gemeu aos seus pés.

— Você. — Reynaud apontou para o mais velho. — Há armas na casa? Pistolas de duelo, carabinas, rifles de caça?

O homem piscou e recobrou o foco.

— Há um par de pistolas de duelo no escritório de milorde.

— Ótimo. Vá buscá-las.

O homem girou nos calcanhares e seguiu apressado pelo corredor dos fundos.

— Vocês duas — chamou Reynaud, apontando para duas mulheres que pareciam ágeis —, busquem panos limpos, lençóis, qualquer coisa que possamos usar como ataduras.

— Sim, senhor.

Elas saíram sem discutir.

Reynaud se virou para o rapaz, mas foi interrompido quando a mão de alguém agarrou seu braço.

— Ora essa — disse St. Aubyn. — Não vou permitir que meus criados recebam ordens de um lunático delirante. Esta é a minha casa. Você não pode simplesmente...

Reynaud se virou e, no mesmo movimento, pegou o velho pela garganta e o empurrou contra a parede. Então encarou os olhos castanhos lacrimejantes, subitamente arregalados, e se inclinou para perto.

— *Minha* casa, *meus* homens — sussurrou ele no rosto do outro homem. — Ou você me ajuda ou sai do meu caminho, não me importa, mas nunca questione minha autoridade outra vez. E *jamais* encoste em mim.

Não havia espaço para dúvidas em sua voz.

St. Aubyn engoliu em seco e concordou com a cabeça.

— Ótimo. — Reynaud soltou o velho e olhou para o sargento. — Olhe pela porta, rápido, e veja se a Srta. Corning e os outros continuam atrás da carruagem.

— Sim, milorde.

Reynaud se ajoelhou ao lado do homem ferido. O rosto do rapaz estava oleoso, os olhos apertados de dor. O ferimento era do lado esquerdo do quadril. Reynaud tirou o casaco e pegou a faca pequena e fina que carregava em um dos bolsos. Então embolou o casaco e o colocou sob a cabeça do rapaz.

— Estou morrendo, milorde? — sussurrou o garoto.

— Não, de forma nenhuma. — Reynaud cortou a calça do rapaz desde a cintura até o joelho, abrindo o tecido cheio de sangue. — Qual é seu nome?

— Henry, milorde. — O rapaz engoliu em seco. — Henry Carter.

— Não gosto que meus homens morram, Henry — disse Reynaud. Não havia ferimento de saída da bala. Ela precisaria ser retirada do quadril do garoto. Era uma operação complicada, já que no quadril às vezes ocorriam graves sangramentos. — Está me entendendo?

— Sim, milorde.

As sobrancelhas do rapaz se ergueram, hesitantes.

— Então você tem ordens para não morrer — declarou Reynaud, determinado.

O rapaz concordou com a cabeça, a expressão em seu rosto se suavizando.

— Sim, milorde.

— As pistolas, senhor.

O soldado mais velho tinha voltado, arfando, carregando uma caixa lisa.

Reynaud se levantou.

— Muito bem.

As mulheres também tinham voltado com os panos, e uma delas se ajoelhou imediatamente, começando a enfaixar Henry.

— Pedi à cozinheira que chamasse um médico, milorde. Espero que tenha feito certo.

A cozinheira? A sensação de que havia algo errado fez sua cabeça girar de novo, mas ele manteve uma expressão calma no rosto. Um oficial nunca demonstra medo em meio a uma batalha.

— Muito inteligente da sua parte. — Reynaud assentiu com a cabeça para a mulher, e um rubor de prazer se espalhou pelo rosto dela. Ele se virou para o sargento. — O que está acontecendo lá fora?

O homem se afastou empertigado da fresta na porta.

— A Srta. Corning permanece atrás da carruagem, milorde, junto com o cocheiro e dois lacaios. Um grupo pequeno de pessoas se juntou do outro lado da rua, mas, fora isso, tudo parece normal.

— Ótimo. E o seu nome?

O sargento se empertigou.

— Hurley, milorde.

Reynaud assentiu com a cabeça. Então colocou a caixa com as pistolas sobre uma mesa lateral e a abriu. As armas pareciam ter sido fabricadas na época de seu avô, mas eram lubrificadas com frequência e bem-cuidadas. Ele pegou as duas, verificou se estavam carregadas e seguiu para a entrada da casa.

— Fique longe da porta — instruiu ele ao sargento. — Os indígenas ainda podem estar lá fora.

— Por Deus, ele está louco — murmurou St. Aubyn.

Reynaud ignorou o velho e saiu abaixado.

A rua estava estranhamente silenciosa — ou talvez só parecesse assim após o caos do tiroteio. Reynaud não parou, correu pela escadaria e se jogou no chão ao lado da Srta. Corning, que estava quase embaixo da carruagem.

— A senhorita está bem? — perguntou ele.

— Estou, sim. — Ela franziu a testa e tocou a bochecha dele com um dedo. — O senhor está sangrando.

— Não importa. — Reynaud segurou a mão de Beatrice e lambeu o próprio sangue na ponta do dedo dela, fazendo com que seus olhos cinzentos se arregalassem. — Ainda está com a minha faca?

— Sim.

A Srta. Corning lhe mostrou a faca escondida entre as saias.

— Boa garota. — Ele olhou para os soldados… só que, agora, eram um cocheiro e dois lacaios. Reynaud piscou com força. *Concentre-se.* — Vocês viram de onde os tiros vieram?

O cocheiro fez que não com a cabeça, mas um dos lacaios, um sujeito alto sem um dos dentes da frente, disse:

— Uma carruagem preta foi embora bem rápido depois que o senhor arrastou Henry para dentro da casa, milorde. Acho que os tiros podem ter vindo dela.

Reynaud assentiu.

— Faz sentido. Mas vamos levar a Srta. Corning para dentro com todo o cuidado, só para garantir. Senhor cocheiro, por favor, vá na frente. Vou atrás com a Srta. Corning enquanto os lacaios ficam na minha retaguarda. — Ele entregou uma das pistolas para o lacaio que havia falado sobre a carruagem. — Não atire, mas certifique-se de que todos vejam que você está armado.

Os homens assentiram, e Reynaud se levantou com seu pequeno grupo. Então passou um braço em torno da Srta. Corning, cobrindo o máximo possível do corpo dela com o seu.

— Vamos.

O cocheiro correu para a escadaria, e Reynaud foi atrás com a Srta. Corning, terrivelmente ciente de como estavam expostos. O corpo dela, pequeno e delicado, estava quente próximo ao dele. O trajeto pareceu levar minutos, mas todos entraram na casa em questão de segundos. Não foram disparados mais tiros, e Reynaud bateu a porta às suas costas.

— Meu Deus. — A Srta. Corning fitava Henry, o soldado ferido.

Mas ele não era um soldado, Reynaud se deu conta de tudo ao mesmo tempo. Henry era o lacaio que estava tomando conta da porta de seu quarto. Sua cabeça girou enquanto a bile subia queimando pela sua garganta. O sargento era o mordomo, as mulheres eram as criadas, e não havia soldados, apenas lacaios o encarando com nervosismo. E os indígenas? Em *Londres*? Reynaud balançou a cabeça, sentindo que seu cérebro estava prestes a explodir de dor.

Meu Deus, talvez ele estivesse *mesmo* louco.

BEATRICE SE INCLINOU sobre um pequeno livro de orações, soltando as costuras da encadernação. Ela achava mais fácil pensar quando as mãos estavam ocupadas. Assim, depois que Henry recebera os cuidados médicos, Lorde Hope se recolhera para seu quarto, ela tratara de acalmar os criados e os mandar de volta ao trabalho e, enfim, tendo restaurado a ordem na casa, ela se retirou para os próprios aposentos e refletiu sobre os acontecimentos daquela tarde.

Porém, quando uma batida soou à porta, ainda não havia chegado a nenhuma conclusão definitiva. Ela suspirou e levantou o olhar na segunda batida.

— Beatrice?

Era a voz de tio Reggie, o que era estranho, porque era raro que ele a visitasse em seus aposentos; mas aquele tinha sido mesmo um dia muito estranho. Ela deixou o livro sobre a mesinha na qual trabalhava e se levantou da cadeira para abrir a porta.

— Eu queria me certificar de que você não se machucou, minha querida — disse ele quando entrou. E lançou um olhar distraído pelo quarto.

Beatrice sentiu uma pontada de remorso. Em meio a toda a confusão do tiroteio, não tivera a oportunidade de falar com o tio.

— Estou bem. Nem um arranhão. E o senhor? Como se sente?

— Ah, nada machuca um velho como eu — gabou-se ele. — Por outro lado, é verdade que aquele impostor me jogou contra a parede.

Tio Reggie a fitou por baixo das sobrancelhas espessas, como se esperasse uma reação dela.

Beatrice franziu a testa.

— É mesmo? Mas por quê?

— Pura arrogância, se quer saber minha opinião — respondeu o tio, agitado. — Ele estava delirando sobre indígenas na floresta. Começou a dar ordens para os criados e me mandou sair do caminho. Creio que o homem esteja louco.

— Bem, ele me salvou. — Beatrice olhou para os próprios sapatos. A sanidade de Lorde Hope era a questão que a importunava quando foi interrompida por tio Reggie. — Talvez ele tenha ficado apenas confuso com os acontecimentos inesperados. Talvez tenha falado sem pensar quando mencionou os indígenas.

— Ou talvez esteja louco. — A voz de tio Reggie se tornou mais suave quando ela o encarou. — Sei que ele salvou a sua vida, e não pense que não fico grato pelo desgraçado ter se arriscado por você. Mas será que é seguro mantê-lo na casa? E se o homem acordar um dia e resolver que *eu* sou um indígena? Ou você?

— Ele parece são, geralmente.

— Parece mesmo, Bea?

— Sim. Bem, ao menos na maior parte do tempo. — Beatrice se sentou na cadeira diante de sua mesa de trabalho e mordeu o lábio. — Não creio que ele me machucaria ou que faria mal ao senhor, tio, independentemente do seu estado mental.

— Humpf. Não sei se compartilho do seu otimismo. — Tio Reggie se aproximou e deu uma olhada no trabalho dela. — Ah, você começou uma nova atividade. O que é?

— O antigo livro de orações da tia Mary.

Com cuidado, ele tocou o livro desmontado com um dedo.

— Eu me recordo bem de que ela costumava levá-lo para a igreja no interior. Ele pertenceu à sua tataravó, sabia?

— Eu me lembro de ela me contar — disse Beatrice, baixinho. — A capa estava muito gasta, a lombada, rachada, e as páginas estavam se soltando da costura. Achei que seria melhor costurá-lo de novo e reencaderná-lo com couro azul de novilho. Vai parecer novo.

O tio concordou com a cabeça.

— Ela teria gostado disso. É amável de sua parte ter tanto cuidado com os pertences da sua tia.

Beatrice olhou para as mãos, se lembrando dos bondosos olhos azuis de tia Mary, da maciez de suas bochechas, e de que ela costumava gargalhar alto. A casa nunca mais foi a mesma sem ela. Depois de sua morte, tio Reggie se tornou um homem que via menos graça nas coisas, mais propenso a tirar conclusões precipitadas, menos compreensivo e compassivo com as outras pessoas.

— Eu gosto de fazer isso — disse Beatrice. — Só queria que ela estivesse aqui para ver o resultado.

— Eu também, minha querida, eu também. — Ele acariciou as páginas mais uma vez e então se afastou da mesa. — Creio que seja melhor eu mandá-lo embora, Bea, para a sua segurança.

Ela suspirou, sabendo que tinham voltado a falar de Lorde Hope.

— Ele não apresenta nenhum perigo para mim.

— Bea — disse tio Reggie com toda delicadeza —, sei que você gosta de consertar tudo, mas há certas coisas que não podem ser consertadas, e creio que um homem tão selvagem assim seja uma delas.

Beatrice apertou os lábios, teimosa.

— Acho que temos que pensar na imagem que vamos passar se o expulsarmos da mansão Blanchard e ele recuperar o título. Lorde Hope não nos verá com bons olhos.

Tio Reggie enrijeceu.

— Ele não irá recuperar o título. Não vou deixar.

— Mas, tio...

— Não, serei firme nessa questão, Bea — disse ele com uma dureza que raramente demonstrava com relação à sobrinha. — Não vou permitir que um maluco tire nosso lar. Eu jurei para sua tia Mary que cuidaria de você, e pretendo cumprir minha promessa. Vou aceitar que esse homem permaneça aqui, mas apenas para poder vigiá-lo e juntar provas de que ele não tem condições de assumir o título.

E, com isso, ele fechou a porta do quarto da sobrinha com firmeza.

Beatrice olhou para o livro de orações de tia Mary. Se ela não tomasse uma atitude, sua casa logo seria palco de uma carnificina. Tio Reggie estava inflexível, mas talvez fosse possível convencer Lorde Hope de que seu tio era apenas um velho teimoso.

— TIO REGGIE JAMAIS mandaria alguém matar o senhor — repetia a Srta. Corning pela terceira ou talvez quarta vez. — Estou dizendo que o senhor não o conhece. Ele é realmente o homem mais doce do mundo.

— Talvez para a senhorita — rebateu Reynaud enquanto afiava sua grande faca —, mas sou eu quem está ameaçando tirar o título e o dinheiro que ele acredita serem dele.

Reynaud a examinou sob as sobrancelhas. Será que ela achava que ele era louco? Será que tinha medo de estar na companhia dele? O que será que ela pensava sobre as ações dele de algumas horas atrás?

Porém, apesar de estudá-la com atenção, tudo o que via no rosto da Srta. Corning era irritação.

— O senhor não está me ouvindo. — Ela andou da janela do quarto até onde Reynaud estava sentado, na beira da cama, e ficou de pé parada diante dele, com as mãos apoiadas nos quadris, parecendo uma cozinheira dando uma bronca no entregador do açougueiro. — Mesmo que tio Reggie *quisesse* matar o senhor, o que, como eu já disse, jamais aconteceria, com certeza não seria burro o suficiente para planejar um assassinato na frente da própria casa.

— *Minha* casa — grunhiu Reynaud.

Fazia meia hora que ela pronunciava aquele discurso, sem demonstrar sinais de que pretendia parar.

— O senhor — declarou a Srta. Corning com os dentes cerrados — é impossível.

— Não, eu só estou certo — rebateu Reynaud. — E a senhorita simplesmente não quer reconhecer o fato de que seu tio pode não ser, nem de perto, tão doce quanto imagina.

— Eu... — começou ela de novo, seu tom indicando que poderia continuar com aquela discussão até o Dia do Juízo Final.

Mas Reynaud já escutara o suficiente. Ele largou de lado a faca e a pedra de amolar e se levantou da cama, quase encostando no rosto dela.

— Além do mais, se a senhorita realmente achasse que sou impossível, jamais teria me beijado.

A Srta. Corning recuou rapidamente, e Reynaud sentiu uma pontada de raiva atravessar seu corpo. Ela não devia ter medo dele. Não era certo.

Então sua boca exuberante se abriu, parecendo indignada. Por um instante, ela não conseguiu falar, mas então explodiu:

— Foi *o senhor* quem *me* beijou!

Reynaud deu um passo para a frente. A Srta. Corning deu um passo para trás. Ele a perseguiu silenciosamente pelo quarto, esperando que o medo escurecesse aqueles olhos cinzentos. Será que ela não tinha entendido o que ele gritara lá fora, perto da carruagem?

Será que não sabia que ele era louco?

Reynaud se inclinou sobre ela, chegando tão perto que os fios de cabelo perto da orelha dela roçaram-lhe os lábios, exalando o doce aroma de flores inglesas.

— A senhorita retribuiu o beijo; não pense que não percebi.

E tinha percebido mesmo. Os lábios macios dela tinham se aberto sob os seus por apenas uma fração de segundo antes de ele se virar e sair correndo para resgatar o lacaio ferido. Aquele beijo ficaria marcado a fogo em sua memória para sempre. Reynaud inclinou a cabeça e olhou nos olhos dela.

Em vez de escurecerem de medo, eles soltavam faíscas verdes.

— Eu achei que o senhor estivesse prestes a morrer!

Que garota tola.

— Continue se enganando, se isso aliviar sua frágil consciência — murmurou ele —, porém isso não muda o fato de que a senhorita. Me. Beijou.

— Que comentário arrogante — sussurrou a Srta. Corning.

— De fato. — Reynaud puxou o ar.

A pele dela tinha um aroma feminino de limpeza, com aquele toque de sabonete floral que as mulheres indígenas não tinham. Era um cheiro nostálgico para ele, pois conjurava a lembrança de outras mulheres civilizadas que passaram por sua vida. Sua mãe, sua irmã, moças já esquecidas que acompanhara a bailes muito tempo atrás. A Srta. Corning tinha o cheiro da própria Inglaterra, e, por algum motivo, esse pensamento era insuportavelmente excitante e, ao mesmo tempo, muito assustador. Ela não tinha como se proteger dele.

Reynaud não pertencia mais ao mundo dela.

— Mas a senhorita gostou do beijo?

— E se eu tiver gostado? — sussurrou a Srta. Corning.

Ele roçou os lábios — suave e delicadamente — no maxilar dela.

— Então ficaria com pena. Seria melhor fugir correndo de mim. A senhorita não está vendo que sou um monstro?

Ela o encarou com corajosos olhos claros e cinzentos.

— O senhor não é um monstro.

Reynaud fechou os olhos, sem querer ver o rosto dela nem se aproveitar daquela pureza.

— A senhorita não me conhece. Não sabe o que já fiz.

— Então me conte — disse ela, num tom imperativo. — O que aconteceu nas colônias? Onde o senhor esteve nesses sete anos?

— Não.

Olhos castanhos o encaravam por trás de uma máscara de sangue. Ele chegou tarde demais. Reynaud se afastou, com medo de que ela visse os demônios rindo por trás de seus olhos.

— Por que não!? — exclamou a Srta. Corning. — Por que não pode me contar? Eu nunca conseguirei entender o senhor se não souber o que aconteceu.

— Não seja ridícula — rebateu ele, irritado. — Não há necessidade nenhuma de a senhorita me entender.

Ela jogou os braços para cima.

— O senhor é impossível.

— E voltamos ao começo.

Reynaud suspirou.

Ela franziu a testa, os olhos cinzentos brilhando de descontentamento enquanto um de seus pequenos pés batia no chão.

— Pois bem — disse a Srta. Corning, por fim. — Vou deixar a questão do seu passado de lado por ora, mas o senhor não pode ignorar o fato de que alguém tentou matá-lo hoje.

— Não estou ignorando. — Reynaud se virou e pegou a faca, a pedra e a faixa de couro que usava para amolar a lâmina. — Creio que isso não seja da sua conta.

— Como pode não ser da minha conta? — questionou ela. — Eu estava lá. Vi o terceiro tiro. Os dois primeiros poderiam ter sido aleatórios, mas o terceiro com certeza tinha o senhor como alvo.

— E, mais uma vez, afirmo que isso não é da sua conta.

Reynaud guardou a pedra e a faixa de couro em cima de uma cômoda, mas prendeu a faca na cintura. Fazia sete longos anos que a carregava consigo, que a usava para matar cervos e ursos, e uma vez, há muitos anos, para assassinar um homem. Aquela faca não era uma amiga — ele não tinha nenhum apego emocional a ela —, mas lhe fora muito útil, e se sentia mais seguro, mais inteiro, com ela ao seu lado.

Ele lançou um olhar curioso para a Srta. Corning, que permanecia próxima à cama, do outro lado do quarto.

— Por que a senhorita insiste?

— Porque eu me *importo* — respondeu ela. — Por mais que o senhor tente me afastar, não consigo deixar de me importar. E porque sou a única que pode fazê-lo compreender que tio Reggie não teve ligação nenhuma com os tiros. Pense: se não foi ele, outra pessoa tentou matá-lo.

— E quem a senhorita acha que pode ter sido?

— Não sei. — Ela passou os braços pela própria cintura e estremeceu. — E o senhor?

Reynaud franziu a testa, olhando para a cômoda. O móvel abrigava apenas uma bacia e um jarro de água — nada semelhante à mobília de seus antigos aposentos naquela casa. Por outro lado, o ambiente podia ser considerado suntuosamente equipado se comparado às cabanas onde habitara por muitos anos. Por um breve instante, ficou tonto com a sensação de deslocamento. Será que ele ainda pertencia a algum lugar? Os demônios vieram correndo para dominá-lo.

Então Reynaud balançou a cabeça, afastando-os.

— Vale disse que faz um ano que procuram pelo traidor. Ele está obcecado com isso. E falou também que a mãe do homem era francesa. Minha mãe era francesa.

— Lorde Vale mandaria matá-lo se achasse que o senhor é o traidor?

Reynaud se lembrou do rapaz que conhecera, um homem risonho, amigo de todos que cruzavam seu caminho. Aquele Vale jamais faria algo assim, mas, por outro lado, aquele Vale pertencia ao passado. Será que o visconde o mataria se achasse que ele traíra o regimento em Spinner's Falls? Um homem podia mudar de muitas formas em sete anos, mas será que Vale poderia ser capaz de assassinar os próprios amigos?

— Não — respondeu Reynaud à própria pergunta silenciosa. — Não, Jasper jamais faria isso.

— Então quem? — questionou ela, baixinho. — Se alguns dos sobreviventes do massacre acreditassem que o senhor foi o traidor, eles o matariam?

— Não sei. — Reynaud franziu a testa, pensando, então balançou a cabeça em um gesto de frustração. — Eu nem sequer sei quem sobreviveu ao massacre, além de Vale e de um homem chamado Samuel

Hartley. — *Maldição!* Ele desejou poder pedir ajuda a Vale, mas, depois da tarde de ontem, aquilo parecia impossível. — Não sei em quem confiar. — Reynaud olhou para ela, se dando conta da realidade. — Não sei se *existe* alguém em quem eu possa confiar.

— DISSERAM QUE A BALA não atingiu o rosto dele por uma questão de centímetros — dizia o duque de Lister com a voz arrastada, embalando uma taça de vinho nas grandes mãos pálidas.
— Passou bem perto. — Blanchard franziu a testa. — Havia sangue na bochecha dele. Apesar de eu achar que o corte foi causado, na verdade, por um estilhaço de madeira.
— Que pena que não foi mais perto — comentou Hasselthorpe, enquanto girava o vinho na taça. O líquido de cor borgonha era tão escuro que beirava o preto. Como uma taça de sangue. Ele a colocou em cima da mesa ao lado da poltrona, sentindo uma aversão repentina.
— Se a bala tivesse acertado o crânio dele, o senhor, Lorde Blanchard, não precisaria temer pelo seu título.

Blanchard, tão previsível, engasgou com o vinho.

Hasselthorpe o observou com um sorrisinho no rosto. Os três estavam sentados à mesa de jantar, as damas tendo se recolhido para tomar chá na sala de estar. Logo, os cavalheiros teriam de se juntar a elas, e ele precisaria aguentar Adriana e suas conversas incrivelmente tolas. Sua esposa de vinte e poucos anos fora considerada uma grande beldade quando debutara, e os anos tinham feito pouquíssimo para diminuir sua bela aparência. Infelizmente, também não contribuíram em nada para tornar sua mente mais brilhante. Seu casamento com Adriana havia sido a única decisão emocional que ele tomara em uma vida cheia de artimanhas calculistas, e estava pagando o preço desde então.

— Ele foi bastante corajoso — resmungou Blanchard com relutância. — Arriscou a própria vida para tirar minha sobrinha da rua. Mas o sujeito achava que estava lutando contra indígenas.

Lister se mexeu.

— Indígenas? Como assim, os selvagens das colônias?

— Era esse o delírio dele — disse Blanchard. Então olhou de Hasselthorpe para Lister, seus olhos exibindo um brilho calculista. — Creio que ele esteja louco.

— Louco — murmurou Hasselthorpe. — E, se o sujeito enlouqueceu, certamente não pode assumir o título. Seria esse o seu plano?

Blanchard assentiu uma vez com a cabeça.

— É uma boa ideia — continuou Hasselthorpe. — E também evita que você precise matar o homem.

— Você está insinuando que eu estou por trás do atentado contra Lorde Hope? — esbravejou Blanchard.

— De maneira nenhuma — respondeu Hasselthorpe, tranquilamente. Ele estava ciente de que Lister os observava com os olhos semicerrados. — Só apontei um fato. Algo que todos os homens inteligentes de Londres vão pensar. Sem dúvida, isso inclui o próprio Lorde Hope.

— Maldição — sussurrou Blanchard, com o rosto pálido.

Lister riu.

— Não se preocupe com isso, milorde. Afinal, o pistoleiro errou. Então não faz muita diferença quem tentou assassinar o desaparecido Lorde Hope.

Hasselthorpe levou a taça aos lábios, murmurando baixinho:

— A menos que tentem de novo.

— EU NÃO ENTENDO os homens — anunciou Beatrice um dia depois, enquanto ela e Lottie passeavam pelo vasto salão de exibição dos fabricantes de móveis Godfrey & Sons. Ela estreitou os olhos, desaprovando os vários cavalheiros do outro lado do salão, que tentavam chamar a atenção de uma bela moça ruiva competindo para ver quem conseguia erguer mais alto, acima da cabeça, uma poltrona de aparência pesada.

— Não entendo por que Lorde Hope me beijou ontem e depois *me* acusou de beijá-lo.

— Os homens são um enigma — decretou Lottie seriamente.

— Realmente. — Beatrice hesitou, depois disse, baixinho: — Ele parecia... confuso durante o incidente dos tiros.

Lottie a fitou.

— Confuso?

Beatrice fez uma careta.

— Ele ficou falando sobre indígenas e pedindo que os lacaios formassem uma linha de defesa.

— Meu Deus. — Lottie parecia perturbada. — Ele sabia onde estava?

— Não sei. — Beatrice franziu a testa, se lembrando dos minutos que passara encolhida atrás da carruagem. Seu coração tinha parado quando vira que Lorde Hope pretendia correr desprotegido para socorrer o lacaio Henry. — Eu... eu creio que não.

— Mas isso é loucura — sussurrou Lottie, horrorizada.

— Eu sei — murmurou Beatrice. — E temo que tio Reggie use isso contra Lorde Hope para manter o título.

Lottie a encarou.

— Mas se ele for louco... Bea, querida, certamente seria melhor que ele não herdasse o condado, não é?

— A questão é mais complicada que isso. — Beatrice fechou os olhos por um instante. — Lorde Hope parece muito bem na maior parte do tempo, apesar de hostil. Será que um homem deveria ser privado de seu título por causa de um momento de confusão?

Lottie inclinou a cabeça, parecendo cética.

Beatrice continuou, apressada:

— E há outros fatores a serem considerados. Se Lorde Hope recuperar o título, talvez ocupe seu lugar no Parlamento e vote a favor do projeto de lei do Sr. Wheaton.

— Eu sou tão a favor do projeto do Sr. Wheaton quanto você — disse Lottie —, mas não sei se quero que a lei seja aprovada às suas custas.

— Se fosse apenas eu, acho que não me importaria. Sei que seria difícil viver em circunstâncias modestas no interior depois de passar tantos anos em Londres, mas não acho que seria tão ruim. É com tio Reggie que me preocupo. Tenho medo de ele morrer se perder o condado, de verdade.

Ela pressionou uma das mãos contra o peito para aliviar a dor que sentia ali.

— Não existe uma maneira de todos ganharem, não é? — questionou Lottie, soturna.

— Receio que não — respondeu Beatrice. As duas caminharam em silêncio por um tempo antes de ela continuar: — A situação toda foi horrível, Lottie. O pobre Henry estava ensopado do próprio sangue, tio Reggie gritando, os criados num alvoroço, e Lorde Hope zanzando para lá e para cá com uma pistola na mão, parecendo que queria matar alguém. E então, duas horas depois, ele disse que eu o beijei, quando estava na cara que foi o contrário. E, até aquele momento, eu achava que o homem nem *gostava* de mim.

Lottie pigarreou com delicadeza.

— Bem, para ser mais exata, ele não precisa *gostar* de você para querer beijá-la.

Beatrice a encarou, chocada.

— Sinto muito, mas é assim que as coisas são. — Lottie deu de ombros e então disse com um tom inocente demais: — Mas é claro que, em geral, as damas costumam gostar dos cavalheiros que elas beijam.

Beatrice apertou os lábios, apesar de saber que seu rosto corava.

A amiga pigarreou.

— Você gosta? De Lorde Hope, digo.

— Como eu poderia gostar dele? — questionou Beatrice. — O homem é rabugento, sarcástico e provavelmente louco.

— E mesmo assim você o beijou — lembrou Lottie.

— Foi *ele* quem *me* beijou — disse Beatrice no automático. — Mas é que ele tem um olhar tão intenso, como se você fosse a única pessoa no mundo além dele. Ele é tão passional.

Lottie ergueu as sobrancelhas.

— Não estou conseguindo explicar direito — disse Beatrice. Ela pensou por um instante. — É como se uma pessoa tivesse passado a vida inteira escutando apenas a música de uma flauta. É possível que achasse o som agradável, uma melodia aprazível, mas nada excepcional. Mas e se ela, um dia, assistisse a uma das sinfonias do Sr. Handel? Entende? Seria uma experiência impressionante, linda, estranha, complexa e totalmente cativante.

— Acho que compreendo — murmurou Lottie. Suas sobrancelhas se uniram.

Do outro lado do salão, um dos cavalheiros avaliou mal o peso da poltrona e a deixou cair. A poltrona se espatifou no chão e os outros homens se dobraram de tanto rir; a acompanhante da jovem dama a puxou para fora dali, dando-lhe uma bronca durante todo o caminho. O proprietário foi correndo até a cena para ver o estrago em sua mercadoria.

Beatrice balançou a cabeça.

— Nunca vou entender os homens.

— Escute, querida — disse Lottie. — Sabe o que meu marido fez hoje de manhã?

— Não. — Beatrice balançou a cabeça. — Mas eu realmente não...

— Vou lhe contar — continuou Lottie, ignorando a resposta da amiga. — Ele desceu para o café da manhã, comeu três ovos, meia fatia de pernil, quatro torradas e tomou um bule de chá.

Beatrice piscou.

— Parece uma quantidade exorbitante de comida.

Lottie dispensou o comentário com um aceno de mão irritado.

— Seu desjejum habitual.

— Ah. — Beatrice franziu a testa. — Então por que...

— Ele não dirigiu uma palavra para mim nesse tempo todo! Em vez disso, estava inteiramente ocupado lendo a correspondência e resmungando sobre os jornais sensacionalistas. E, veja só, saiu sem se despedir de mim. E, um minuto depois, quando ele voltou, sabe o que fez?

— Não faço ideia.

— Foi até o bufê, pegou outra torrada e passou direto por mim sem falar nada!

— Ah. — Beatrice fez uma careta. — Talvez ele estivesse preocupado com algum assunto importante de trabalho.

Lottie arqueou uma sobrancelha.

— Ou talvez ele simplesmente seja um tolo.

Beatrice não sabia bem o que comentar, então ficou em silêncio por um momento. As duas perambularam com toda a calma pelo salão lotado e, em um consenso tácito, pararam diante de uma mesinha coberta por cupidos dourados.

— Essa — disse Lottie em um tom reflexivo — é a coisa mais feia que já vi.

— É mesmo, não acha? Parece até que o criador tinha uma aversão mórbida a mesinhas. — Beatrice inclinou a cabeça, examinando o móvel. — Fui visitar Jeremy ontem.

— E como ele está?

— Não tão bem. — Ela sentiu o olhar rápido de Lottie. — É muito importante que a lei proposta pelo Sr. Wheaton seja aprovada logo. São muitos os soldados que se beneficiariam dela, talvez milhares, e alguns desses homens foram comandados por Jeremy. Ele acredita tanto no projeto. Sei que lhe faria um bem imenso saber que os veteranos receberão pensões melhores.

— Tenho certeza de que lhe faria bem, querida. Tenho certeza — afirmou Lottie em um tom gentil.

— Ele só... — Beatrice parou um momento e engoliu em seco antes de continuar; então disse, com a voz mais controlada: — Ele só precisa de um motivo para... para viver, Lottie. Eu me preocupo com Jeremy, de verdade.

— É claro que você se preocupa.

— O Sr. e a Sra. Oates o deixam sozinho naquele quarto por tempo demais. — Beatrice balançou a cabeça. A reação do casal aos ferimentos terríveis do filho quando ele retornara para casa era motivo de preocupação para ela havia muito tempo. — Acho que desistiram dele.

— Sinto muito, querida.

— Quando Jeremy voltou, os dois olharam para ele — sussurrou Beatrice — como se já estivesse morto. Como se o filho só tivesse importância para eles se estivesse inteiro e saudável. Agora, o foco deles é o irmão de Jeremy, Alfred, que é tratado como se fosse o herdeiro.

— Beatrice olhou para a amiga e, desta vez, não conseguiu evitar que os olhos se enchessem de lágrimas. — E Frances Cunningham, aquela asquerosa! Ainda fico furiosa quando me lembro da forma como ela o abandonou assim que ele voltou. Foi uma vergonha.

— Não é lamentável que ninguém a tenha condenado por essa crueldade? — disse Lottie, pensativa. — Mas, por outro lado, ele tinha perdido as pernas e não se acreditava que ele sobreviveria.

— Ela podia ter esperado Jeremy sair da enfermaria, pelo menos — murmurou Beatrice, sombriamente. — E ela está casada agora. Você sabia? Com um baronete.

— Um baronete gordo e velho — disse Lottie, satisfeita. — Foi o que me contaram, pelo menos. Talvez ela tenha recebido o que merecia, no fim das contas.

— Humpf. — Beatrice encarou os cupidos por um instante. O que estava posicionado no canto da mesa mais próximo a ela exibia uma expressão idêntica à de um velho com problemas digestivos. Talvez Frances Cunningham *tivesse* recebido o que merecia. — Mas você compreende como é importante que o projeto de lei seja aprovado *agora*, e não daqui a um ou dois anos?

— Sim, compreendo. — Lottie entrelaçou o braço ao de Beatrice, e as duas voltaram a andar. — Você é uma pessoa tão boa. Muito melhor do que eu.

— Você também quer que o projeto de lei seja aprovado.

— Mas meu interesse é teórico. — Um leve sorriso curvou a boca larga de Lottie. — Creio que seja apenas justo que homens que passaram anos servindo em condições muitas vezes deploráveis recebam uma remuneração decente. Você, Beatrice querida, acredita na causa com o coração. Você se compadece dessas pobres criaturas, quase tanto quanto se compadece de Jeremy.

— Talvez... — disse Beatrice. — Mas, no fim das contas, ele é a pessoa por quem mais me compadeço.

— Exatamente. E é por isso que me preocupo tanto.

— Como assim?

Lottie parou e segurou as mãos da amiga.

— Não quero que você se decepcione...

Beatrice virou o rosto, mas, mesmo assim, não conseguiu fugir do fim da frase de Lottie.

— ... se o projeto não for aprovado a tempo.

Capítulo Cinco

Ora, Espada Longa não ficou nem um pouco satisfeito com essa reviravolta, mas era muito difícil romper um acordo feito com o Rei dos Duendes. Assim, o soldado foi obrigado a servi-lo, e era um trabalho realmente sujo, pode acreditar! Ele nunca via o sol, nunca ouvia risadas, nunca sentia uma brisa fresca contra o rosto, pois o reino dos duendes, como talvez o leitor saiba, é um lugar horrendo. Para Espada Longa, porém, a pior parte era saber que o mestre a quem servia e as coisas que fazia eram uma afronta a Deus e aos céus.

Por causa disso, todos os anos, ele procurava o rei, se abaixava apoiado em um joelho e implorava para ser liberto daquela terrível servidão.

E, todos os anos, o Rei dos Duendes se recusava a libertar Espada Longa...

— Espada Longa

— É ridículo eu não poder tocar no dinheiro do condado — grunhiu Reynaud um dia depois. Ele andava pela pequena sala de estar, indo da lareira à janela, se sentindo um lobo selvagem enjaulado. — Como vou pagar meus advogados sem capital?

— O senhor não pode culpar tio Reggie por relutar em pagar por sua própria desapropriação — argumentou a Srta. Corning.

Ela estava sentada diante da pequena lareira, serena, bebericando seu chá infernal.

— Rá! Se ele acha que isso vai me impedir, está redondamente enganado — rebateu Reynaud. — Solicitei ao Parlamento a formação de um comitê especial para avaliar o meu caso.

A Srta. Corning baixou a xícara devagar.

— Já? Eu não fazia ideia.

Reynaud soltou uma risada irônica.

— Se fosse tudo resolvido amanhã, eu acharia que demorou até demais. Quando minha identidade for provada, não poderão continuar me privando do meu título.

A Srta. Corning franziu a testa, brincando com a xícara.

As sobrancelhas de Reynaud se uniram.

— A senhorita não acredita em mim?

— É só que... E se...

Ela balançou a cabeça devagar.

— E se *o quê*?

— E se ele alegar que o senhor enlouqueceu? — perguntou ela na mesma hora, levantando os olhos para fitá-lo.

Reynaud a encarou. Insanidade era um dos poucos motivos pelos quais um homem poderia perder seu título.

— Você foi informada de que ele fará isso?

— Foi só uma possibilidade que meu tio mencionou.

Ela baixou a cabeça, desviando aqueles olhos cinzentos da figura dele.

Reynaud fechou a cara, se perguntando quais teriam sido as palavras exatas do tio dela. E sentiu um suor frio se formando na parte inferior das costas. *Você nunca mais será um cavalheiro inglês de verdade*, provocavam os demônios em sua mente. *Nunca mais será um deles*. Reynaud fechou as mãos, lutando contra as vozes.

— O senhor está se sentindo bem? — perguntou a Srta. Corning.

— Estou — rebateu Reynaud, irritado. — Estou ótimo.

Aqueles olhos cinzentos pareciam preocupados.

— Talvez, se eu conversar com tio Reggie, ele aceite emprestar ao senhor um pouco do dinheiro dele para comprar roupas novas e suprir com outras necessidades.

— *Meu* dinheiro — grunhiu Reynaud.

Ela estava tentando lhe dar um prêmio de consolação, e os dois sabiam disso. Seu tio podia ir para o inferno. Reynaud afastou a cortina para olhar a rua. Três andares abaixo, uma carruagem parava diante da casa. Um dos aliados políticos de St. Aubyn devia estar fazendo uma visita.

— Sim, bem, independentemente de quem é o dono do dinheiro, o senhor ou o tio Reggie, o fato é que é ele quem o controla — observou a Srta. Corning. — Não lhe faria mal tentar ser mais educado com o meu tio, especialmente estando na casa dele.

— Na *minha* casa. Tenho todo o direito de morar na minha casa, e me recuso a implorar qualquer coisa para esse homem.

Reynaud largou a cortina.

A Srta. Corning revirou os olhos.

— Eu não disse *implorar*, só sugeri que o senhor fosse mais...

— Educado, eu sei. — Ele se aproximou. Ela estava extremamente bonita naquela manhã, em um vestido verde que destacava o rosa pálido das bochechas e fazia seus olhos brilharem como diamantes. — A única pessoa com quem tenho a intenção de ser "educado" é com a senhorita.

Ela ficou imóvel, parando a xícara no meio do caminho até a boca, e lhe lançou um olhar desconfiado. Ótimo. Aquela mulher o subestimava demais. Pelo amor de Deus, os dois estavam sozinhos na sala, e ele passara os últimos sete anos em uma sociedade em que as relações entre homens e mulheres eram muito mais primitivas. Na verdade...

Mas seus pensamentos foram interrompidos pela aparição de um lacaio à porta.

— O senhor tem uma visita, milorde.

Então o homem deu um passo para o lado, revelando quem era a visita. Havia ali uma senhora de idade, as costas retas como uma vara, o cabelo branco como neve preso em um coque repuxado no topo da cabeça, os penetrantes olhos azuis já estreitados em censura. Fazia sete anos que Reynaud não a via, e, por um momento, ele temeu perder todo o autocontrole. As lágrimas — lágrimas terríveis, nada viris — ameaçavam cair.

Então ela falou.

— *Tiens!* Que pelugem horrorosa no seu rosto, meu sobrinho! Estou enojada. É assim, então, que os cavalheiros nas colônias se apresentam? Eu me recuso a acreditar nisso; não, me recuso!

Reynaud se aproximou e segurou as mãos dela, dando-lhe um beijo carinhoso na bochecha apesar do resmungo de asco da tia.

— Estou feliz em vê-la, *tante* Cristelle.

— Ora! Duvido que consiga me ver com essa cabeleira toda. — Ela esticou uma das mãos cheias de veias azuis para afastar o cabelo que caía no rosto dele. Seu toque, ao contrário de suas palavras, era gentil. Então a tia baixou a mão. — E quem é essa moça? Você perdeu completamente a noção de civilidade para se fechar sozinho com uma mulher em uma casa respeitável?

Reynaud se virou, achando graça, e viu que a Srta. Corning havia pulado da poltrona e encarava, receosa, *tante* Cristelle.

— Esta é minha prima, a senhorita Beatrice Corning. Srta. Corning, minha tia, a senhorita Cristelle Molyneux.

A Srta. Corning fez uma reverência enquanto *tante* Cristelle empunhava seus óculos e declarava:

— Não me lembro de uma prima com sobrenome Corning na família da minha irmã.

— Sou sobrinha de Lorde Blanchard — explicou a Srta. Corning.

Os olhos de *tante* Cristelle se escureceram.

— *C'est ridicule!* Meu sobrinho não tem sobrinhas, só um sobrinho, que ainda não completou nem dez anos de idade.

Reynaud pigarreou, querendo rir pela primeira vez desde que colocara os pés em solo inglês.

— Ela está se referindo ao atual conde de Blanchard, *tante*.

A velha dama fungou.

— O *impostor*. Compreendo.

A Srta. Corning parecia cautelosa.

— Humm... talvez eu devesse trazer um chá?

Reynaud preferia café ou conhaque, mas, como ela parecia obcecada por chá, ele apenas concordou com a cabeça. A Srta. Corning saiu a passos deslizantes da sala, e ele a observou.

— É uma menina muito bonita — observou *tante* Cristelle. — Não chega a ser linda, mas tem algo de graciosa.

— De fato, ela tem. — Reynaud olhou para a tia. — A senhora mencionou minha irmã. Ela está bem?

— Você não sabe? — As sobrancelhas dela se uniram em censura. — Não perguntou a ninguém?

— Eu perguntei — respondeu ele enquanto a guiava para uma poltrona. — Mas ninguém a conhece como a senhora, *tante*.

— Humpf — disse *tante* Cristelle enquanto se sentava de modo cerimonioso na poltrona. — Então vou lhe contar. Você sabe que sua irmã enviuvou pouco depois do seu... desaparecimento.

Reynaud assentiu.

— A Srta. Corning me contou.

Ele olhou pela janela de novo. Londres não havia mudado tanto enquanto estivera ausente, mas todo o resto estava diferente.

Todo o resto.

— *Bon* — continuou *tante* Cristelle. — Então, no ano passado, ela se casou com um homem rústico da colônia da Nova Inglaterra. Ele se chama Samuel Hartley.

— Também fiquei sabendo disso — respondeu ele.

Era estranho pensar que Emeline agora era casada com um homem que Reynaud conhecera no Exército, um colono. Mais uma vez, teve a sensação nauseante de que seu mundo se movia, o presente e o passado entrando em conflito, brigando por sua alma.

Tante Cristelle prosseguiu.

— Ela decidiu morar com o marido no além-mar, bem longe, na cidade de Boston. Não sei se foi sensato da parte dela, mas você conhece a irmã que tem. Ela consegue ser teimosa como uma mula quando quer.

— E meu sobrinho, Daniel?

— *Petit* Daniel está bem e forte. Naturalmente, a mãe o levou para morar com ela na América.

Reynaud pensou nisso. Era irônico como agora estava mais distante da irmã do que quando zarpara para a Inglaterra. Será que teria adiado seu retorno se soubesse que ela estava na Nova Inglaterra? Era difícil saber. A necessidade de recuperar sua vida antiga — suas terras e seu título — era algo que o motivara por sete longos anos. Algo que realmente o mantivera vivo e são durante os dias e noites intermináveis de cativeiro. Nada, nem mesmo seu amor pela irmã, poderia afastá-lo de seu objetivo.

— Onde você esteve, Reynaud? — perguntou *tante* Cristelle com delicadeza.

Ele balançou a cabeça, fechando os olhos. Como poderia contar para ela, aquela aristocrata sofisticada, o que tinha sofrido?

Após um momento, Reynaud ouviu a tia suspirar.

— *Bien*. Não há motivo para falarmos disso se você não quiser.

Então, ele se virou. *Tante* Cristelle o observava, paciente. Ela era a irmã mais velha de sua falecida mãe. As duas tinham crescido em Paris e imigraram para a Inglaterra na ocasião do casamento da mãe delas. *Tante* Cristelle estava na sétima década de vida, mas seus olhos azuis duros permaneciam ágeis, e sua mente era uma das mais sensatas que Reynaud já conhecera.

— Pretendo recuperar meu título, *tante* — disse ele.

Ela concordou uma vez com a cabeça.

— *Naturellement*.

— Fiz uma petição ao Parlamento para que um comitê especial seja formado com a finalidade de tratar do meu caso. Quando isso acontecer, terei que me apresentar perante o comitê em Westminster e defender minha solicitação. O conde atual vai apresentar a defesa dele ao mesmo tempo.

Tante fungou.

— O usurpador não vai abrir mão do título roubado com tanta facilidade, não é?

— Não — respondeu Reynaud, soturno. — Ele vai mantê-lo pelo tempo que puder, certamente. E talvez alegue que sou louco para fundamentar sua manutenção do título.

— Louco?

As finas sobrancelhas da velha dama se ergueram.

Reynaud desviou o olhar.

— Eu estava delirando de febre quando cheguei. Infelizmente, um salão cheio de gente me viu alucinando feito um maluco.

— E foi só isso?

Reynaud fez uma careta, desconfortável.

— Houve um... incidente ontem. Atiraram em mim...

— *Mon Dieu!*

Ele acenou com uma das mãos perante a preocupação da tia.

— Não fiz nada de terrível. Mas, por algum motivo, me esqueci de onde estava. Achei que tinha voltado ao campo de batalha.

Silêncio.

Então *tante* Cristelle respirou fundo.

— Ah. Que infelicidade. Vamos precisar de bons advogados e negociadores para combater o usurpador.

Reynaud levantou o olhar, de repente se sentindo muito fraco de tão esperançoso.

— Então a senhora vai me ajudar?

— *Mais oui.* — *Tante* Cristelle fechou a cara. — E você pensou que não?

Ele ajudou a tia a se levantar, sentindo os ossos frágeis do braço dela ao tocá-los.

— Não é isso, é que faz muito tempo que não tenho aliados.

Ela sacudiu as saias para arrumá-las.

— Devemos planejar nossa operação, creio eu. Vou procurar os advogados, já que estou cuidando das propriedades *du petit* Daniel durante sua estada nas colônias e tenho muitos contatos. E você irá fazer a barba.

— Fazer a barba?

Reynaud ergueu as sobrancelhas, achando graça.

Tante Cristelle concordou com a cabeça, categórica.

— Mas é claro, irá *fazer a barba*, e também vai precisar de roupas novas, uma peruca decente e sapatos elegantes. Afinal, você precisa recuperar a aparência de um tedioso milorde inglês, não é? Assim, vamos confundir nossos inimigos com sua serenidade.

Reynaud trincou a mandíbula. Ele odiava pedir, mas se forçou a fazê-lo.

— Não tenho dinheiro, *tante*.

Ela assentiu, nada surpresa.

— Eu lhe emprestarei tudo o que precisar, e, quando você se tornar conde, vai me devolver, combinado?

— Sim. É claro. — Reynaud fez uma mesura com a cabeça sobre a mão dela. — Não sou capaz de exprimir, *tante*, como estou aliviado por tê-la ao meu lado.

— Ora! — A senhora idosa emitiu um som desdenhoso. — Estou vendo que você não perdeu o charme debaixo dessa floresta no seu rosto. Mas, lembre-se disso, meu sobrinho: uma barba feita e um corte de cabelo são apenas parte do que você vai precisar para se transformar em um cavalheiro inglês respeitável.

Reynaud franziu a testa.

— Do que mais a senhora acha que preciso? É só dizer que comprarei.

— Ah, mas é algo que não pode ser comprado. Para isso, vai precisar de todo o seu charme. — Quando chegou à porta, ela se virou e o encarou nos olhos, seu olhar equilibrado e solene. — Você precisa é de uma esposa. Uma esposa *inglesa*, de boa família. Pois que homem poderia ser louco com uma esposa gentil e relativamente bonita ao seu lado? Encontre uma moça assim e será meio caminho andado para recuperar seu título.

A MANHÃ SEGUINTE nasceu quente e ensolarada. Depois de cuidar do asseio pessoal, Beatrice decidiu conversar com a cozinheira. Estava descendo a escadaria para o saguão de entrada quando escutou vozes masculinas.

Ela parou no patamar da escada e olhou por cima do corrimão para observar o térreo. Lá estavam o mordomo, dois lacaios e um cavalheiro desconhecido, mas que, por algum motivo — pelo menos de costas —, parecia familiar. Beatrice continuou a descer lentamente a escada, sem tirar os olhos do homem. Ele usava uma peruca branca recém-empoada e um paletó preto de corte bastante sofisticado, bordado nas mangas com linhas prata e verde. O mordomo lhe dizia algo, mas o desconhecido deve ter sentido o olhar dela. Ele se virou.

E ela ficou paralisada na escada.

Era Lorde Hope; mas um Lorde Hope transformado. A espessa barba havia desaparecido. Sua mandíbula estava recém-barbeada, revelando um queixo quadrado e as superfícies firmes de suas bochechas. Ele devia ter cortado o cabelo muito rente à cabeça, pois a peruca que usava — belamente encaracolada e empoada — estava muito bem ajustada. Por baixo do veludo preto do paletó, seu colete era de brocado prata e verde, e a renda caía-lhe pelos pulsos. O visconde era a personificação de um elegante cavalheiro londrino, e Beatrice teria sentido uma pontada de saudade do homem de quem cuidara na última semana se não fosse por dois detalhes. Primeiro, na orelha esquerda, a cruz preta de metal permanecia pendurada, primitiva e bárbara, ao lado da perfeição da peruca branca. E, segundo, os três pássaros tatuados ainda cercavam seu olho direito, tão permanentes quanto a cor de ébano de seu próprio olho.

O homem usava os ornamentos da civilização, mas somente um tolo não veria que aquilo tudo era uma fina capa, revestindo o selvagem que havia por baixo.

Ele fez uma mesura, estendendo uma das pernas, o braço se curvando cinicamente para baixo.

— Srta. Corning.

— Lorde Hope. — Beatrice havia recuperado ligeiramente o autocontrole e agora terminava de descer as escadas. — O senhor passou por uma mudança surpreendente.

Ele deu de ombros.

— Para combater demônios, precisamos nos misturar a eles.

Ela o encarou.

— Não sei se compreendi o que isso significa.

— Não tem importância. — Lorde Hope desviou o olhar, algo que ela consideraria um sinal de insegurança em qualquer outro homem. — Vou visitar minha tia agora cedo. Deseja me acompanhar?

Era um convite civilizado, e Beatrice queria descobrir o que ele planejava com a transformação abrupta, mas mordeu o lábio. Seria seguro?

A hesitação dela demorou uma fração de segundo a mais do que deveria. A expressão simpática de Lorde Hope se transformou em uma carranca.

— Está com medo de mim, Srta. Corning?

— De forma nenhuma.

Ela levantou o queixo, desafiando-o a questionar sua mentira.

— Então não vai se incomodar com um simples passeio pela cidade.

Por que ele queria sua companhia? Beatrice o encarou, tentando decifrar suas motivações.

— Vamos, Srta. Corning — insistiu ele em um tom tranquilo —, basta dizer sim ou não.

— Sim, obrigada — respondeu Beatrice. — Com uma condição.

— Que seria? — Seus olhos se estreitaram de forma ameaçadora com as palavras dela.

Ela respirou fundo.

— Eu irei se o senhor me contar algo sobre onde esteve nos últimos sete anos.

O rosto de Lorde Hope se anuviou, e, por um instante, Beatrice achou que ele lhe daria as costas e a deixaria no saguão. Então, ele fez um aceno brusco com a cabeça, assentindo.

— Combinado. Pegue seu xale.

Ela subiu a escadaria correndo antes que ele mudasse de ideia.

Porém, quando voltou à entrada, Lorde Hope havia desaparecido. Por um instante, Beatrice foi tomada pela decepção. Será que ele estava apenas brincando com ela?

Então George, o lacaio, disse:

— Ele foi lá atrás ver como Henry está, senhorita. Disse que voltaria em um minuto.

— Ah. — Beatrice respirou fundo, se acalmando. — Ah, pois então, neste caso, vou visitar Henry também.

Os criados dormiam logo abaixo do telhado, é claro, no último andar da casa. No entanto, como Henry era um rapaz alto e forte, e precisava de cuidados, um colchão de palha havia sido colocado para ele no canto da cozinha. Um velho biombo fora recuperado para ser aberto diante da cama quando Henry quisesse privacidade, mas, ao entrar na cozinha, Beatrice notou que a tela fora afastada. Lorde Hope estava agachado diante do colchão, falando baixo com o lacaio deitado.

Beatrice parou assim que entrou no cômodo. Não conseguia ver o rosto de Lorde Hope, que estava de costas, mas o semblante de Henry estava radiante, como se recebesse a visita de um deus. Por algum motivo, o momento parecia íntimo — apesar de os protagonistas estarem cercados pela agitação da cozinha —, e ela não queria se intrometer. Então ficou parada e observou.

Lorde Hope falava enquanto Henry o fitava com atenção. Beatrice se lembrou de como o visconde chamara os lacaios, confundindo-os com soldados. Mesmo naquele momento, mesmo quando ela sabia que ele estava no meio de algum delírio estranho, notara sua preocupação. Notara quanto ele se importava de verdade com "seus" homens. Em silêncio, Beatrice levou os dedos trêmulos aos lábios. Logo quando ela concluíra que Lorde Hope era um homem totalmente egoísta, logo quando temia que ele não passasse de um louco, ele resolvia mostrar esse lado nobre? Meu Deus, como ela poderia tomar partido a favor do tio e se posicionar contra um homem assim?

O visconde murmurou alguma coisa, se inclinou para mais perto do lacaio e colocou a mão no ombro dele. Com um aceno final de cabeça, levantou-se.

Então ele se virou e viu Beatrice.

Ela baixou a mão, abrindo um sorriso radiante.

— Desculpe, era para ter sido rápido — disse Lorde Hope enquanto se aproximava. E a fitou com curiosidade.

— Não há problema nenhum. — Beatrice levantou o olhar, para encará-lo, ainda fascinada com a brancura da peruca e a brutalidade de suas tatuagens. — Henry pareceu contente em vê-lo.

Lorde Hope franziu a testa, olhando para trás, em direção ao colchão do lacaio.

— Na minha época de exército, notei que isso, às vezes, fazia muita diferença.

— Isso o quê?

— Visitar os feridos. — Ele lhe estendeu um dos braços, e ela levou a ponta dos dedos à manga de veludo do visconde enquanto saíam da cozinha, bem ciente dos músculos rijos sob o tecido. — Sentar e conversar com homens abatidos. Acredito que isso os anime. Faz com que percebam que são necessários no mundo. Que outros torcem por sua recuperação.

— Os outros oficiais também visitavam os próprios soldados feridos? — perguntou Beatrice quando chegaram ao saguão de entrada.

— Alguns. Não muitos. — Lorde Hope a ajudou a subir na carruagem que os aguardava e subiu em seguida, se sentando de frente para ela. — Sempre achei uma pena a maioria dos oficiais não se dar conta da eficácia de visitar seus homens feridos.

O visconde bateu no teto, sinalizando para o cocheiro que estavam prontos para partir.

— Talvez eles só não fossem tão solidários quanto o senhor — disse Beatrice, baixinho.

Ele pareceu irritado.

— Solidariedade não tem nada a ver com isso. Um oficial tem o dever de cuidar de seus homens. Eles são sua responsabilidade.

Beatrice o fitou, curiosa. O senso de responsabilidade poderia ser diferente de solidariedade, mas o efeito era semelhante. Havia um ar de fascínio no rosto de Henry enquanto o visconde conversava com ele. Será que, se Lorde Hope se importava tanto com um lacaio que praticamente não conhecia, mas que considerava ser um de "seus" homens, ele não se importaria da mesma maneira com soldados que serviram de fato no exército de Vossa Majestade?

Ela umedeceu os lábios.

— Fiquei sabendo que muitos dos homens que seguem carreira militar se tornam extremamente necessitados quando são dispensados.

Lorde Hope a fitou com curiosidade.

— Onde a senhorita ouviu isso? Não imagino que seja um assunto diário de conversa entre as damas.

— Ah, por aí. — Ela deu de ombros, tentando parecer despreocupada. — Também fiquei sabendo que alguns integrantes do Parlamento querem apresentar um projeto de lei para garantir uma pensão justa aos veteranos.

Ele soltou uma risada irônica.

— Não vai dar em nada. Há uma grande quantidade de pessoas que prefere ver o capital do país destinado a outras coisas.

— Mas se membros suficientes apoiassem...

— Não vão apoiar. — Lorde Hope balançou a cabeça. — Ninguém se importa com simples soldados. Por que a senhorita acha que eles recebem tão pouco?

Beatrice mordeu o lábio, sem saber como convencê-lo a apoiar sua causa.

— Se o senhor virar conde, vai ocupar seu lugar na Câmara dos Lordes e...

— Não tenho tempo para pensar na Câmara dos Lordes agora. — Ele fez uma careta e balançou a cabeça. — Preciso concentrar toda minha mente, meu tempo e minha energia em recuperar o título. Depois disso, posso contemplar as tramoias da política, mas não antes.

O coração de Beatrice se apertou. Quando ele resolvesse se envolver com questões políticas, talvez fosse tarde demais para o projeto de lei do Sr. Wheaton. Tarde demais para Jeremy.

Ela mordeu o lábio, olhando pela janela da carruagem enquanto sacolejavam pelo caminho. Como, então, poderia convencer Lorde Hope de que o Sr. Wheaton precisava nesse momento de sua ajuda para aprovar a lei? Se ela, pelo menos, soubesse o motivo pelo qual ele tomava aquelas decisões — por que estava tão obcecado com a ideia de recuperar o título. Beatrice se empertigou e o encarou, determinada. Agora, era mais importante do que nunca descobrir o que acontecera com o visconde nos últimos sete anos.

Descobrir como ele se tornara o homem que era hoje.

REYNAUD OBSERVOU a Srta. Corning por baixo de suas pálpebras semicerradas. Ela estava acomodada recatadamente no assento diante dele, mordiscando o lábio inferior carnudo. O que se passava por aquela cabecinha astuta? E por que ela tocara justamente no assunto do Parlamento? Seu tio era um político dedicado. Talvez ela só quisesse saber se ele também se interessaria por política depois que assumisse o título. E se seria como o tio.

Reynaud franziu a testa. Era bem provável que *isso* não acontecesse. Ele podia usar peruca e roupas elegantes, mas jamais se acomodaria completamente a uma vida inglesa pacata. O período que passou nas colônias o havia transformado, deformado. Ele não era mais o aristocrata britânico sofisticado que saíra de Londres sete anos antes. Talvez esse fosse o motivo do incômodo dela nesse momento. Talvez a Srta. Corning enxergasse além da roupagem de civilização e visse o homem que ele realmente era. Às vezes, Reynaud notava que ela o encarava com um desconforto curioso, como um cervo farejando o ar, ciente do perigo, mas sem saber que o lobo estava escondido entre as árvores às suas costas.

Ele virou a cabeça para olhar pela janela da carruagem, mas sem enxergar a paisagem. A tia o aconselhara a encontrar uma esposa inglesa de boa família. Bem, a Srta. Corning era exatamente isso, não era? Uma donzela irrepreensível e da família de seu inimigo. Ela era perfeita para o papel de esposa. Reynaud afastou a parte primitiva de si mesmo que se regozijava com a ideia de aquela mulher em particular pertencer a ele. Em vez disso, começou a fazer planos. Um ano antes, simplesmente a capturaria depois de um ataque. Agora, devia cortejá-la da maneira inglesa, o que significava conquistar a predileção da dama.

Do outro lado, ela pigarreou, emitindo um som delicado.

Reynaud a fitou.

A Srta. Corning sorriu, determinada e linda, por baixo de um chapéu de aba ridiculamente larga.

— Creio que tenha feito uma promessa, milorde.

Ele inclinou a cabeça, apesar de seu coração acelerar. É claro que ela não se esqueceria do acordo que fizeram.

E, de fato, suas próximas palavras confirmaram isso.

— Sei que não é da minha conta, mas pode me contar onde esteve por tantos anos?

Reynaud a encarou em silêncio, lutando para não a afastar com palavras grosseiras, desdenhosas.

As bochechas dela ficaram rosadas, mas a dama não desviou o olhar, nem mesmo enquanto levantava o queixo.

— Por favor.

Coragem seria uma boa qualidade para a mãe de seus filhos.

— É da sua conta, sim — disse Reynaud. — Eu estava nas colônias americanas.

— Sim, eu sei — disse ela com um tom gentil —, mas onde? E por quê? O senhor perdeu a memória? A identidade? Já ouvi casos estranhos sobre homens feridos que esqueceram quem e o que eram.

— Não. Eu sempre soube quem era. — Ele olhou para a Srta. Corning, tão protegida do mundo. Será que uma história daquelas a chocaria? Ou geraria repulsa nela? Mas fora ela quem perguntara. — Fui capturado por indígenas.

— Ora. — Seus olhos cinzentos se arregalaram. — Mas o senhor certamente não permaneceu com eles por sete anos, não é?

— Permaneci.

Reynaud hesitou. Ele preferia nunca mais tocar naquele assunto na vida, mas a Srta. Corning parecia hipnotizada. Não fora assim que Otelo conquistara sua Desdêmona? Se Reynaud precisasse contar suas histórias sanguinolentas de guerra para conquistá-la, ele o faria, independentemente da dor que causaria em si mesmo. *Olhos castanhos o encaravam por trás de uma máscara de sangue.*

Mesmo que isso partisse sua alma.

— Não tive escolha. Fui escravizado.

BEATRICE PRENDEU a respiração ao ouvir a palavra *escravizado*. A carruagem se sacudiu ao fazer uma curva, jogando-a contra a lateral do veículo, mas ela não se deu conta disso, tão absorta em imaginar o orgulhoso Lorde Hope como um escravo. Esse simples pensamento era uma abominação.

— Foi lá que fizeram isso no senhor?

Beatrice indicou as tatuagens de pássaro com a cabeça.

Ele ergueu uma das mãos para tracejá-las.

— Foi.

— Conte mais — disse ela, simplesmente.

Lorde Hope baixou a mão.

— A senhorita já ouviu falar no massacre de Spinner's Falls.

Não era uma pergunta, mas Beatrice respondeu mesmo assim:

— Houve uma emboscada. A maior parte do regimento foi assassinada.

Ele concordou com a cabeça, o rosto virado para a janela, apesar de ela perceber que ele não via nada do que se passava lá fora.

— Estávamos marchando pela floresta, indo do Quebec ao forte Edward. Era uma trilha estreita, e os homens tinham que andar em fila única. O regimento acabou se dispersando. Acabou se dispersando demais.

Beatrice observou um músculo pulsar na mandíbula dele. Lorde Hope não gostava de contar aquela história, mas estava seguindo em frente mesmo assim.

Ele puxou o ar.

— Eu estava a cavalo, indo avisar ao nosso coronel que seria melhor pararmos e darmos tempo para os últimos homens alcançarem o início da fila, quando os indígenas atacaram.

Os lábios de Lorde Hope se apertaram com força, e, por um instante, Beatrice achou que a história seria encerrada ali, mas então ele a encarou com desespero em seus olhos pretos.

— Não conseguimos formar uma linha de defesa. Meus homens estavam sendo atacados antes de conseguirem se reagrupar. Os indígenas atiravam dos dois lados da trilha, escondidos nas árvores. Meus soldados gritavam e caíam, então meu coronel foi puxado do cavalo. — Lorde Hope encarou cegamente as próprias mãos. — Eles o escalpelaram. Homens morriam ao meu redor, gritando e sendo escalpelados. — Seus dedos se dobraram até as mãos se fecharem em punhos. — Meu cavalo levou um tiro e caiu. Eu consegui pular antes, mas estava cercado. Não me lembro do que aconteceu depois, acho que bateram na minha cabeça, mas, quando voltei a mim, estávamos sendo levados para o acampamento dos indígenas. Os franceses nos deram a seus aliados como espólios de guerra.

— Meu Deus. — Beatrice arfou, sentindo o estômago embrulhar.

Como deve ter sido terrível para Lorde Hope perder seus homens dessa forma. Como ele deve ter se sentido impotente.

O visconde voltara a olhar pela janela e não deu nenhum sinal de que a escutara.

— Depois que chegamos ao acampamento, fui separado dos outros pelo indígena que havia me capturado. O nome dele era Sastaretsi. Ele me deixou nu, pegou minhas roupas e me deu uma manta fina, infestada de pulgas, para que eu me cobrisse. Então me obrigou a passar seis semanas marchando pela floresta. Quando finalmente chegamos à sua aldeia, eu andava descalço pela grama coberta de gelo.

Lorde Hope fez uma pausa, se lembrando daquela época terrível, e Beatrice permaneceu em silêncio, aguardando.

— Durante aquele tempo todo — sussurrou ele. — O tempo todo bolei planos para matar Sastaretsi. Mas minhas mãos estavam tão apertadas, amarradas diante de mim, que incharam em volta das tiras de couro. Ele tinha arrancado minhas unhas para eu não conseguir usá-las para raspar e soltar as amarras. E, à noite, prendia minhas mãos a uma estaca enfiada bem fundo no chão. Eu estava fraco pelo frio e pela falta de comida. Acho que teria morrido naquela mata infinita se não tivéssemos encontrado no caminho um caçador francês e seu filho. O homem falava um pouco de wyandot e pareceu se apiedar de mim, porque me deu uma camisa velha e um par de perneiras. Foram as perneiras e a camisa que me salvaram.

Ele caiu em silêncio de novo, e, desta vez, Beatrice soube que ele não tinha intenção de continuar.

— Mas por quê? — perguntou ela, finalmente. — Por que Sastaretsi fez isso tudo com o senhor?

Então Lorde Hope a encarou, e seus olhos eram inexpressivos — vazios, como se estivessem mortos.

— Porque ele pretendia me queimar em uma estaca quando chegássemos à aldeia.

Capítulo Seis

Havia uma ampulheta gigante na sala do trono do Rei dos Duendes, sua areia fluindo incessantemente até o dia em que o próprio tempo parasse. Através dela, os duendes marcavam o tempo em sua terra sem sol, nos confins do interior da terra. Aconteceu que, em uma das ocasiões em que Espada Longa foi implorar por liberdade, o Rei dos Duendes estava especialmente de bom humor, pois havia acabado de derrotar um importante príncipe no campo de batalha.

Ele olhou para sua ampulheta e disse a Espada Longa:

— Você me serviu bem por sete anos, escravo. Por isso, vamos fazer um acordo.

Espada Longa baixou a cabeça, pois sabia que acordos com o Rei dos Duendes só beneficiavam o próprio rei.

— Você pode passar um ano na terra acima de nós — disse o Rei dos Duendes. — Lembre-se bem: apenas um ano. No fim desse período, se encontrar uma alma cristã disposta a tomar seu lugar na terra dos duendes por livre e espontânea vontade, então ganhará sua liberdade, e eu nunca mais o importunarei.

— E se eu não encontrar? — perguntou Espada Longa.

O Rei dos Duendes deu um largo sorriso.

— Então terá de me servir por toda a eternidade...

— Espada Longa

Lottie Graham bebericou seu vinho, espiando o marido por cima da borda da taça. Nathan estava imerso nos próprios pensamentos naquela noite, a larga testa franzida, os olhos azuis dispersos e incertos.

Ela baixou a taça de vinho com determinação e disse:

— Recebemos hoje um convite para um baile da Srta. Molyneux.

Houve um período tão longo de silêncio que, por um instante, ela achou que o marido não responderia.

Então Nate piscou.

— Quem?

— A senhorita Cristelle Molyneux. — Lottie cortou o pato assado em seu prato. — Ela é tia de Reynaud St. Aubyn por parte de mãe. Creio que pretenda reintroduzi-lo na sociedade. De toda forma, o convite foi enviado com um prazo escandaloso de tão curto. O baile será nesta quinta.

— Parece uma tolice planejar um evento tão em cima da hora — disse Nate. — Será que alguém vai comparecer?

— Ah, ela não vai ter dificuldade nenhuma em encher o salão. — Lottie espetou um pedaço de pato, mas logo o devolveu ao prato. Seu apetite parecia inexistente hoje. — Todos vão querer ver o misterioso conde louco.

Nate franziu a testa.

— Ele ainda não é conde.

— Mas certamente isso é apenas uma questão de tempo, não é? — Lottie girou a haste da taça.

— Apenas um tolo pensaria assim.

Lottie sentiu os olhos se enchendo de lágrimas. Então olhou para o próprio colo.

— Sinto muito por você me achar uma tola.

— Você sabe que não foi isso que eu quis dizer.

A voz dele era ríspida, impaciente.

Houve uma época, antes de se casarem, em que o menor sinal de insatisfação por parte dela o faria se desdobrar em pedidos de desculpa.

Uma vez, Nate lhe enviou um arranjo de flores tão grande que foram necessários dois lacaios para carregá-lo para dentro da casa. Apenas porque ele não pôde levá-la para um passeio de carruagem em um dia chuvoso.

Agora, ele a considerava uma tola.

— Será necessário um comitê parlamentar especial, creio eu — explicava Nate enquanto ela alimentava esses pensamentos deprimentes —, para decidir se o homem é de fato St. Aubyn e, se for, quem seria o legítimo conde de Blanchard. Essa, pelo menos, é a opinião de muitos parlamentares versados no assunto. Um caso como esse não ocorre há várias gerações, e muitos estão interessados nas implicações legais.

— É mesmo? — murmurou Lottie. Ela perdera o interesse na conversa, enquanto o marido finalmente parecia entretido. Será que seu casamento sempre fora assim? — Em todo caso, acho que seria bom comparecer ao baile. Com certeza terá as melhores fofocas do ano.

Ela levantou o olhar a tempo de ver a irritação no rosto de Nate.

— Sei que é vital para você se manter atualizada quanto aos últimos escândalos, minha querida — disse ele. — Mas há outras coisas importantes no mundo, sabia?

Seguiu-se um silêncio breve e terrível.

— Primeiro, sou uma tola, e agora só me interesso por escândalos — enunciou Lottie com muita clareza, pois estava segurando as lágrimas com bastante determinação. — Começo a me perguntar por que o senhor se casou comigo.

— Ora, Lottie, você sabe que não foi isso o que eu quis dizer — argumentou Nate, sem se dar ao trabalho de esconder o toque de irritação na voz.

— E o que você quis dizer, Nathan?

Ele balançou a cabeça, um homem sensato sendo atacado por uma esposa louca.

— Você está nervosa.

— Eu não estou — disse Lottie, as lágrimas começando a vencer — nervosa.

Nate suspirou, afastou a cadeira da mesa e se levantou.

— Esta conversa é despropositada. Vou deixá-la com seus pensamentos até que recupere o bom senso. Boa noite, senhora.

E foi embora. Lottie ficou ali sentada na sala de jantar, chorosa, tremendo, completamente humilhada.

Aquela foi a gota d'água.

— ELE ESTÁ MUITO atormentado, Jeremy — disse Beatrice enquanto perambulava da janela coberta por cortinas pesadas até a cama do amigo. — Você não faz ideia. Ele me contou apenas uma parte do que sofreu nas colônias, e tive que me controlar para não gritar. Como ele conseguiu sobreviver a tantos horrores? E ele ainda é extremamente forte, extremamente determinado. É como se tivesse removido da alma qualquer brandura que um dia pudesse ter tido. Ele parece ter sido moldado a fogo.

— Parece um homem muito interessante — comentou Jeremy.

Beatrice o encarou.

— Nunca conheci um cavalheiro como ele em toda a minha vida.

— Como é a aparência de Lorde Hope agora, após a transformação?

— Ele é alto, com ombros bem largos, e tem um olhar feroz e distante na maior parte do tempo. É muito intimidador e parece bem selvagem, na verdade.

— Mas você disse que o visconde cortou o cabelo e se adornou com uma peruca e trajes civilizados. Para mim, ele parece bem normal — disse Jeremy da cama.

Essa era a melhor parte do amigo; ele sempre se interessava pelas opiniões e pelos problemas dos outros, não importava quanto fossem triviais.

— Lorde Hope pode se vestir igual aos outros cavalheiros, mas, por algum motivo, o efeito é diferente. — Beatrice pegou uma garrafa verde comprida do estoque de remédios de Jeremy e observou o líquido escuro no interior antes de devolvê-la à companhia das demais. — E ele continua usando aquele brinco que mencionei. As tatuagens são impossíveis de remover, mas por que será que ele não tirou o brinco?

— Não faço a menor ideia — respondeu Jeremy, com prazer evidente.

— Mas queria poder conhecê-lo.

Beatrice se virou para encarar o amigo. Jeremy estava sentado na cama hoje. Ela afofara os travesseiros e o ajudara a ficar com a coluna mais reta. As bochechas dele continuavam coradas, e os olhos, brilhantes demais, mas acreditava que ele tinha melhorado um pouco desde sua última visita.

Pelo menos, ela esperava que sim.

— Talvez eu possa trazê-lo aqui um dia desses — disse Beatrice.

Jeremy desviou o olhar.

— Não faça isso, Bea.

Ela piscou.

— E por que não?

Os olhos dele encontraram os dela, e, por um instante, o rosto do amigo perdeu todos os sinais de alegria. Seus extraordinários olhos azuis estavam sérios, quase frios, e Beatrice se perguntou, em uma espécie de epifania, se aquela era a fisionomia dele no campo de batalha, enquanto liderava seus homens.

Mas então a expressão de Jeremy se tornou um pouco mais branda.

— Você sabe por quê.

Ela fez uma careta, porque sabia.

— Você é sensível demais quanto ao seu ferimento. Muitos homens voltam para casa sem um braço ou uma perna, às vezes até sem um olho, e continuam frequentando bailes e eventos. Ninguém os trata de maneira diferente, apenas elogiam sua coragem.

— Frances não me elogiou.

Os olhos de Jeremy pareciam cansados e tristes.

Ela mordeu um dos lábios.

— Frances era uma tola completa, e, francamente, acho que, quando ela terminou o noivado, você se livrou de anos de conversas chatas durante o café da manhã.

Felizmente, Jeremy riu, mas a risada se transformou em tosse, e Beatrice teve de lhe servir um copo de água rapidamente.

— De qualquer forma — arfou ele quando conseguiu puxar o ar de novo —, não vou sair em público de novo. Você sabe disso.

— Mas por quê? — Ela se ajoelhou ao lado da cama, sobre um banquinho estofado, para aproximar o rosto do dele apoiado no travesseiro. — Sei que você tem medo dos olhares, meu querido Jeremy, mas precisa sair deste quarto. Você age como se já estivesse enterrado em um caixão. Você não está. Está vivo, respirando, rindo, e quero que seja feliz.

Jeremy segurou a mão dela, e era como ser engolida por chamas.

— Preciso de dois lacaios que me coloquem naquela cadeira e me levem para perto da lareira. Na última vez em que tentaram me levar para o andar de baixo, um deles tropeçou e quase me deixou cair. — Jeremy fechou os olhos azuis brilhantes, fazendo uma careta como se sentisse dor. — Sei que você acha que sou covarde, mas não posso passar por isso de novo.

Beatrice fechou os olhos também, porque sentia como se estivesse perdendo seu amigo mais antigo e querido. Nos últimos cinco anos, desde que ele voltara da guerra no continente, ela sabia que estava perdendo Jeremy aos poucos. Sempre que o via, ele parecia um pouco mais distante, um pouco mais fora de seu alcance. Em breve, não poderia nem sequer tocá-lo.

— Vamos nos casar. — Beatrice apertou as mãos dele, deixando de lado os próprios desejos em seu pavor desesperado pelo amigo. — Jeremy, meu querido, por que não? Poderíamos comprar uma casinha e viver juntos, nós dois. Não precisaríamos de tantos criados, só de uma cozinheira, algumas empregadas e lacaios, e nenhum mordomo arrogante para nos incomodar. Não seria maravilhoso?

— Ah, de fato seria, Bea, minha querida. — Os olhos de Jeremy eram muito gentis agora. — Mas, infelizmente, não daria certo. Você desejaria ter filhos um dia, e eu sempre quis me casar com uma moça de cabelos escuros, talvez com olhos verdes.

— Você partiria meu coração por uma dama de olhos verdes que nem conhece? — Beatrice soltou uma meia risada, engolindo as lágrimas. — Nunca imaginei que o senhor me tivesse em tão baixa estima.

— Você é mais estimada que os anjos no céu, minha querida Bea. — Jeremy riu. — Mas todos temos nossos sonhos. E meu sonho é que, um dia, você viva cercada por sua própria família.

Ela baixou a cabeça ao ouvir isso, pois o que mais poderia dizer? Em sua mente, Beatrice também se via sentada em meio a uma multidão de crianças. Porém, quando imaginava o pai delas, não era o rosto de Jeremy que via, mas o do visconde Hope.

— PODE ME CONTAR o que aconteceu quando o senhor chegou à aldeia de Sastaretsi? — perguntou Beatrice no fim da manhã seguinte.

Ela acompanhava Lorde Hope em uma expedição de compras pela Bond Street, na esperança de encontrar uma oportunidade para interrogá-lo novamente sobre seu passado. A tia dele estava planejando para o dia seguinte um grande baile para reapresentá-lo à sociedade, e havia muitos itens de última hora para comprar, entre eles sapatos de dança para o visconde. Porém, a parte mais importante — pelo menos para ela — era ouvir o restante da história.

— Achei que a senhorita já tivesse esquecido esse assunto — disse ele.

Fazia quase uma semana que Lorde Hope lhe contara sobre sua marcha até o acampamento indígena. Durante esse tempo, os dois mal tinham se visto, já que ele estava ocupado confabulando com a tia e fazendo outras coisas mais misteriosas. O visconde desaparecia antes de ela acordar para o café da manhã e, às vezes, só voltava para a mansão Blanchard após o jantar, ou mais tarde. Isso significava que ele e tio Reggie quase nunca se cruzavam — algo positivo —, mas também que ela havia sentido bastante falta de sua companhia sarcástica durante a última semana.

— Não — disse Beatrice, baixinho. — Duvido que algum dia eu seja capaz de esquecer o que me contou.

— Então por que quer me obrigar a continuar? — perguntou Lorde Hope em um tom quase irritado. — Já não basta eu ter que suportar essas imagens na minha mente? Por que a senhorita deveria compartilhá-las?

— Porque eu quero — disse ela, simplesmente.

Não sabia explicar melhor do que isso. Beatrice tinha de saber pelo que ele passara; a necessidade era maior do que uma simples curiosidade.

Lorde Hope a fitou com um olhar questionador.

— Não entendo a senhorita.

— Que bom — respondeu ela, satisfeita.

Ele resmungou algo que poderia ser uma risada. Beatrice o encarou com um olhar desconfiado, mas o rosto do visconde se tornou sério enquanto ele respirava fundo.

— Quando chegamos, Sastaretsi escureceu meu rosto com carvão, para indicar que eu seria morto. Então amarrou uma corda no meu pescoço e me levou para o meio da aldeia, triunfante. Ele gritou quando entramos, para avisar aos outros que trazia um prisioneiro para casa.

— Que assustador.

Beatrice estremeceu.

— Sim. A ideia é amedrontar o prisioneiro. Tive que passar por um corredor da morte — contou Lorde Hope enquanto se aproximavam de uma poça imunda no meio da rua.

Ela era bem grande, e Beatrice a encarava, hesitante, quando ele de repente a pegou pela cintura e simplesmente a ergueu por cima da água.

— Ah! — exclamou ela. Lorde Hope ficou parado por um instante do outro lado da poça, segurando-a no ar sem aparentar nenhum sinal de cansaço. — Milorde!

Ele inclinou a cabeça, analisando o rosto dela um pouco acima do seu.

— Sim?

Beatrice ficou ofegante, muito ciente das mãos grandes do visconde em sua cintura e do brilho em seus olhos pretos.

— O senhor devia me pôr no chão — reclamou ela. — As pessoas estão olhando.

E, de fato, estavam. Um grupo de damas soltou risadinhas por trás de mãos enluvadas, e o condutor de uma carroça passou encarando os dois.

— Estão, é? — perguntou o visconde, distraído.

— Lorde Hope...

Mas então ele a desceu como se nada tivesse acontecido. Ora! O homem não lhe dera nenhum aviso. Será que ele *queria* que pensassem que era louco?

Beatrice deu uma espiadela na direção dele e pigarreou.

— O que é um corredor da morte?

— Uma forma cruel de dar as boas-vindas a prisioneiros em assentamentos indígenas. — Lorde Hope lhe ofereceu um dos braços, e ela, cerimoniosamente, apoiou os dedos enluvados sobre a manga de sua camisa. — Todos os habitantes da aldeia formam duas filas, e o prisioneiro deve passar no meio.

— Não parece ser tão ruim assim.

Ele a encarou, as tatuagens de pássaros adornando sua pele bronzeada, a cruz de metal balançando na orelha. Ele parecia um pirata.

— Eles chutam e batem no prisioneiro enquanto ele corre.

— Ah. — Beatrice engoliu em seco. — E, quando ele chega ao fim do corredor, o que acontece?

— Depende — disse Lorde Hope, guiando-a para ultrapassar um grupo de damas que admirava avidamente uma vitrine de loja. — Se o prisioneiro for criança ou muito jovem, pode ser adotado pela tribo.

— E se for mais velho? — sussurrou ela, com medo da resposta.

— Então provavelmente é torturado e morto.

Beatrice puxou o ar com força. Ele respondera em um tom tão indiferente.

— O senhor foi... — Ela engoliu em seco. Como poderia perguntar aquilo? Mas precisava saber. Aquela experiência, por mais terrível que tivesse sido, era parte de quem ele era. — O senhor foi...

— Não fui torturado. — Os lábios de Lorde Hope se apertaram enquanto ele olhava apenas para a frente. — Não naquele momento, pelo menos.

De repente, lágrimas encheram os olhos de Beatrice. *Não*, uma parte sua se lamuriava. *Ele, não. Não esse homem.* No fundo, ela sabia que aquilo devia ter acontecido, mas era desolador ouvir isso dos lábios de Lorde Hope. O fato de terem machucado — *humilhado* — aquele homem era algo que estraçalhava sua alma. Beatrice se sentiu subitamente mais velha. Exaurida por saber daquilo.

— E o que aconteceu, então? — perguntou ela, baixinho.

— Gaho me salvou — respondeu Lorde Hope.

— Quem é Gaho? E como ele fez isso?

— Ela.

Beatrice parou e o encarou, ignorando os resmungos dos pedestres que eram obrigados a dar a volta para ultrapassar os dois.

— Uma dama indígena salvou o senhor?

Lorde Hope sorriu, fazendo os pássaros se encolherem como se estivessem voando.

— Sim. Uma dama indígena muito poderosa me salvou. Ela possuía mais peles, mais panelas e mais escravos do que todos os outros habitantes da aldeia. Poderíamos até chamá-la de princesa.

— Humpf. — Beatrice levantou o olhar e começou a andar, mas não conseguiu evitar que a pergunta escapulisse de sua boca. — Ela era bonita?

— Muito. — Ela sentiu a respiração de Lorde Hope roçar em sua orelha enquanto ele se inclinava para provocá-la. — Para uma mulher de seis décadas.

— Ah. — Beatrice empinou o nariz, sentindo um alívio irracional.

— Bem, como Gaho salvou o senhor?

— Parece que Sastaretsi tinha uma reputação bem ruim. No ano anterior, ele havia matado um dos escravos favoritos de Gaho durante uma briga. Ela era uma mulher sábia. Sabia que Sastaretsi tinha pouquíssimos pertences, então esperou até que ele adquirisse algo que pudesse exigir como compensação pela perda do escravo. Eu.

— E o que ela fez com o senhor?

— O que acha, Srta. Corning? — A boca larga e sensual dele se contorceu, voltando-se para baixo, mordaz. — Eu era filho de um conde, capitão do exército de Vossa Majestade, e me tornei escravo de uma velha indígena. Era isso que a senhorita queria ouvir? Que fui rebaixado ao nível mais baixo possível naquela aldeia?

Ele tinha parado na rua, mas, apesar de a multidão desviar dos dois, ninguém reclamava. Lorde Hope podia estar vestido como um aristocrata, mas sua expressão nesse momento era a de um selvagem.

Beatrice sentiu um ímpeto covarde de fugir, mas permaneceu firme, empinando o queixo para ele, sustentando o olhar selvagem daqueles olhos pretos enquanto dizia:

— Não. Não, nunca quis ouvir que o senhor foi humilhado.

Lorde Hope se inclinou sobre ela, grande e intimidador.

— Então por que insiste em perguntar?

— Porque preciso saber — respondeu ela, baixo e rápido. — Preciso saber de tudo o que aconteceu com o senhor, de tudo o que passou naquele lugar. Preciso saber como se tornou o homem que é hoje.

— Por quê? — Seus olhos pretos se arregalaram, confusos. — Por quê?

E só o que Beatrice conseguiu sussurrar foi:

— Eu só preciso saber.

Porque ela não conseguia admitir, nem para si mesma, o motivo.

REYNAUD HAVIA LIDERADO homens na batalha, enfrentado o corredor da morte dos indígenas sem vacilar, suportado sete anos de escravidão imposta por seus inimigos e sobrevivido. E fizera tudo isso sem um pingo de medo. Portanto, era simplesmente impossível que sentisse um nervosismo bobo diante da ideia de um baile.

Ainda assim, por mais impossível que pudesse parecer, lá estava ele, andando de um lado para o outro no corredor, enquanto esperava a Srta. Corning descer pela escadaria.

Reynaud parou e respirou fundo. Ele era filho de um conde. Tinha frequentado inúmeros bailes antes de ser capturado nas colônias. Aquela sensação horripilante que tinha — de que não se encaixava mais na sociedade londrina, de que seria censurado e rejeitado — era ridícula. Ele sacudiu os ombros cobertos pelo novo paletó, girando a cabeça para relaxar os músculos do pescoço. A nova peruca era impecável, ele sabia — tinha contratado um camareiro competente com o dinheiro emprestado pela tia —, mas ainda parecia estranha na sua cabeça. Quando vivia com os indígenas, a única coisa com que cobria a cabeça era uma manta, e apenas nos invernos mais rigorosos. Ele usava o cabelo preso em uma longa trança, e suas roupas eram uma camisa, uma tanga, perneiras e mocassins — todos feitos de materiais macios, gastos e confortáveis. Agora, vestia uma peruca que fazia sua cabeça recém-raspada coçar, uma gravata que quase o estrangulava e novos sapatos de dança que apertavam seus pés. Por que os ditos homens civilizados escolhiam usar...

— Pensei que já estivesse naquele maldito baile a esta hora — disse uma voz masculina às suas costas.

Reynaud se virou, agachando, a faca já na mão direita. St. Aubyn deu um passo para trás.

— Tome cuidado! — exclamou o usurpador. — Pode machucar alguém com essa faca.

— Só se eu quiser — disse Reynaud enquanto endireitava a postura. Seu coração batia em um ritmo irregular. Ele guardou a faca na bainha feita sob medida e olhou para o topo da escadaria. A Srta. Corning estava atrasada. — E estou esperando sua sobrinha, se quer saber.

— Como assim, esperando a minha sobrinha?

O rosto de St. Aubyn ficou sombrio.

— Quero dizer — enunciou Reynaud com clareza — que pretendo acompanhar a Srta. Corning ao baile de minha tia.

— Que disparate! — esbravejou o velho. — Se alguém vai acompanhar Beatrice, serei eu!

Reynaud arqueou uma sobrancelha.

— Eu não estava ciente de que o senhor iria ao baile.

St. Aubyn havia sido convidado, é claro, mas, devido à ausência de resposta na última semana, Reynaud desconfiava de que o convite havia sido jogado no lixo.

Pelo visto, não.

— É claro que vou. Acha que eu deixaria um janota como você me intimidar?

Reynaud deu um passo na direção do outro homem para se agigantar perante ele.

— Quando eu estiver em posse do meu título, será um prazer imenso jogá-lo para fora desta casa com minhas próprias mãos.

O rosto de St. Aubyn estava quase apoplético.

— Seu título! Seu título! Você nunca vai colocar as mãos nele!

— Já agendei uma data para apresentar meu caso perante o comitê parlamentar.

Reynaud abriu lentamente um sorriso largo enquanto observava o rosto do homem mais velho empalidecer.

A boca de St. Aubyn se retorceu.

— Vão lhe negar o título no instante em que o virem. Você é louco, e todos em Londres sabem disso. Basta olhar para essas tatuagens, e...

Reynaud perdeu o controle. Ele deu um impulso para a frente, agarrando o homem mais velho pelo pescoço e jogando-o contra a parede. O rosto do usurpador ficou roxo, ele exalava o cheiro acre do medo, e então os olhos de groselha de St. Aubyn se moveram de repente, olhando para algo atrás de Reynaud.

Nesse exato momento, pequenos punhos começaram a golpear suas costas.

— Solte-o! Solte-o! — gritava a Srta. Corning.

Reynaud mostrou os dentes para St. Aubyn e se afastou, libertando o homem.

A Srta. Corning imediatamente voou até o tio.

— O senhor está bem?

— Estou ótimo... — começou o velho.

Mas ela se virou para Reynaud com uma fúria vingativa.

— Como *ousa*? O que deu no senhor para tratar meu tio com tanta brutalidade?

Reynaud ergueu as mãos, se rendendo. Ele sabia que não adiantaria tentar se explicar. Mas então olhou de verdade para a Srta. Corning. Ela usava um vestido bronze cintilante que fazia sua pele clara brilhar de maneira extraordinária. O corpete era baixo e quadrado, fazendo com que os seios pressionados formassem dois montes tentadores.

— *Aham*.

O olhar dele subiu diante do murmúrio dela de censura.

Os seios da Srta. Corning podiam ser convidativos, mas a expressão em seu rosto era o oposto.

— O senhor não tinha o direito de tocar em tio Reggie. Ele está doente...

— Beatrice! — protestou o tio, parecendo envergonhado.

— É verdade, e ele precisa saber. — A dama permaneceu parada, com as mãos na cintura, e olhando com raiva para Reynaud. — Tio Reggie teve um ataque de apoplexia cerca de um mês atrás. O senhor poderia tê-lo matado. Prometa que nunca mais vai tocar nele.

Reynaud olhou para o homem mais velho, que não parecia muito agradecido pela interferência da sobrinha.

— Lorde Hope. — Ela se aproximou e apoiou uma das mãos enluvadas no peito dele, olhando-o no rosto. — Prometa, milorde.

Ele pegou a mão dela e, mantendo o contato visual, levou-a lentamente até os lábios.

— Como quiser — soprou sobre os dedos dela.

A Srta. Corning corou e puxou a mão de volta. Reynaud sorriu.

Mas St. Aubyn não estava tão interessado em acabar com a discórdia.

— Certamente você não pretende acompanhar esse... esse insolente ao baile, não é, Beatrice?

A Srta. Corning hesitou, mas então jogou os ombros para trás e se virou para o tio.

— Na verdade, pretendo, sim.

— Mas, minha querida, se eu soubesse que você queria ir ao baile, eu a levaria.

— Eu sei, tio Reggie, meu querido. — Ela tocou o braço do velho. — O senhor sempre foi muito atencioso, me acompanhando a todos os eventos que eu queria. Mas, veja bem, Lorde Hope me convidou para o baile, e quero ir com ele.

St. Aubyn afastou a mão da sobrinha com grosseria.

— Então essa é sua escolha, menina? Esse sujeito? Porque já vou lhe avisando, você terá que decidir: ele ou eu. Não dá para ter tudo.

A mão da Srta. Corning baixou, mas o olhar dela permaneceu firme e inabalável diante do tio. Pela primeira vez, Reynaud percebeu que havia certa força nela, por baixo de seu comportamento doce.

— Talvez um dia eu tenha que escolher. Mas não é isso que desejo, de verdade. O senhor não percebe isso?

— Seus desejos não fazem diferença, minha jovem. Lembre-se disso. — Ele balançou um dedo na cara da sobrinha. — E não se esqueça de quem manteve um teto sobre sua cabeça por dezenove anos. Se eu soubesse como você seria ingrata por tudo o que fiz...

— Basta.

Reynaud deu um passo na direção do homem.

— Não.

A Srta. Corning tocou então o braço de Reynaud, mas, ao contrário do tio dela, ele não a magoaria afastando sua mão.

St. Aubyn olhou para a mão da sobrinha e contorceu os lábios. Então se virou bruscamente e subiu a escadaria batendo os pés.

— Ele não tem o direito de falar assim com a senhorita — grunhiu Reynaud, baixinho.

— Ele tem todo o direito. — A Srta. Corning se virou para encará-lo, mas, apesar de seu olhar equilibrado, seus olhos cinzentos brilhavam com lágrimas. — Meu tio tem toda a razão: ele me deu um lar, e amor, por dezenove anos. E eu o magoei.

Reynaud segurou a mão dela e a posicionou mais para cima em seu braço, para poder guiá-la até a carruagem que os aguardava.

— Ainda assim, não quero que ele se comporte daquela maneira com a senhorita. Não vai precisar de um xale?

— Pedi à minha criada que o colocasse na carruagem, e não tente mudar de assunto. Não é seu dever me defender do meu tio.

Ele parou ao lado dos degraus do veículo, forçando-a também a parar.

— Se eu decidir defendê-la do seu tio, ou de qualquer outra pessoa, certamente farei isso com ou sem sua permissão, senhorita.

— Minha nossa, que selvagem da sua parte — disse ela. — O senhor vai me ajudar a subir na carruagem ou vai me deixar aqui, proclamando seu direito de me proteger até eu congelar?

Reynaud franziu a testa, mas todas as respostas em que conseguiu pensar o fariam parecer um imbecil, então apenas a ajudou a subir sem emitir nenhum comentário. A porta foi fechada às suas costas, e, no momento seguinte, os cavalos começaram a andar.

Ele olhou para a Srta. Corning do outro lado, que tinha acabado de colocar um xale leve sobre os ombros.

— Esse vestido fica bem na senhorita.

Ela abriu um sorriso rápido e radiante.

— Ora, obrigada, milorde.

Reynaud tentou dizer alguma outra coisa, mas não conseguiu pensar em nada. Afinal, estava enferrujado na arte da conversa casual. A maioria de suas discussões nos últimos sete anos fora sobre comida — onde os animais estariam e se havia carne suficiente para alimentar a pequena tribo de Gaho durante o inverno.

Foi a Srta. Corning quem quebrou o silêncio.

— O senhor vai me contar sobre suas experiências na aldeia indígena?

Ele ficou em silêncio por um momento, relutando em continuar a história. Aquilo havia ficado no passado, de qualquer forma. Não seria melhor esquecer? Falar sobre fome e tortura, noites insones longe de casa e da família, com medo de nunca mais ver a Inglaterra... com certeza não havia necessidade de trazer tudo aquilo à tona de novo, certo?

— Por favor. — sussurrou a Srta. Corning, e Reynaud sentiu o cheiro de flores inglesas. O cheiro dela.

Por que ela exigia isso dele? Nem ela parecia saber. E, ainda assim, Reynaud se sentia compelido a atender ao seu pedido.

Mesmo que isso significasse abrir uma ferida tão recente.

— Mais tarde.

O brilho da lamparina da carruagem iluminava o rosto e os ombros da Srta. Corning, mas o restante da dama permanecia na escuridão, dando-lhe um ar de mistério. Reynaud sentiu uma comoção no baixo-ventre diante da visão. Se contar aquela história deplorável fazia com que ela se aproximasse dele, então o esforço valia a pena.

Ele esticou as pernas para roçá-las contra as saias volumosas de seu vestido.

— Vou lhe contar tudo sobre como era viver em uma aldeia indígena, sobre caçar cervos e guaxinins, e até sobre a ocasião em que lutei contra um urso adulto.

— Ah!

Os belos olhos cinzentos da Srta. Corning se arregalaram de animação.

Ele sorriu.

— Mas não hoje. Falta pouquíssimo para chegarmos à casa da minha tia.

— Ah.

O lábio inferior dela se estendeu ligeiramente para fora, em um biquinho charmoso. Ele olhou para aquele lábio, carnudo e brilhante sob a luz da carruagem. E quis mordê-lo.

— O senhor me provoca, milorde — disse a Srta. Corning, baixinho, e sua voz pareceu ficar embargada.

Reynaud olhou em seus olhos, arregalados e ingênuos, mas com um brilho feminino que não tinha nada de inocente.

— É mesmo? E por acaso gosta de ser provocada, Srta. Corning?

Os cílios dela baixaram.

— Creio que... Sim, gosto das provocações. Contanto que não sejam muito prolongadas.

O sorriso dele aumentou, se tornando voraz.

— Isso é um desafio?

A Srta. Corning o fitou rápido.

— Talvez.

Reynaud se inclinou para a frente, esticando o braço pela carruagem oscilante, e roçou as juntas dos dedos contra a bochecha dela. Tão macia. Tão quente. A Srta. Corning permaneceu completamente imóvel.

Ele puxou o ar e voltou a se recostar no banco.

— Passei muito tempo longe da civilização. Infelizmente, não me recordo mais das sutilezas do flerte. Não quero assustar a senhorita.

Ela umedeceu os lábios, e os olhos de Reynaud baixaram para sua boca. Ele observou seus lábios se movendo, carnudos e sedutores, enquanto a dama dizia:

— Eu... eu não me assusto com tanta facilidade, milorde. E nunca tive muito apreço pelas artimanhas do flerte.

O coração dele se acelerou diante daquelas palavras sussurradas, os músculos se tensionando para pular sobre a presa. *Minha*, gritava uma parte dele muito afastada da civilização. *Minha*. Ele não tinha certeza do que teria feito em seguida, mas a carruagem parou com uma última sacolejada. Ele respirou fundo e endireitou a postura, aliviando a tensão nos ombros. Ao olhar para fora, ele se deu conta de que tinham chegado à casa da tia.

Reynaud se virou para a Srta. Corning e ofereceu uma das mãos.

— Vamos?

Ela encarou a mão dele por uma fração de segundo antes de aceitá-la.

Então ele escondeu um sorriso. Em breve, muito em breve, ele tomaria o que era seu, mas agora precisava enfrentar os horrores de um baile londrino.

Capítulo Sete

Bem, aquele de fato era um acordo terrível! Mas Espada Longa fitou os brilhantes olhos de cor laranja do Rei dos Duendes e soube que, se quisesse ver a luz do sol de novo, não tinha escolha. Ele fez que sim com a cabeça. Com seu assentimento, uma forte lufada de ar o ergueu, girando e carregando-o para o alto, e mais alto, até ele ser subitamente jogado sobre a terra dura e seca. Espada Longa abriu os olhos e viu o sol pela primeira vez em sete anos. Sentiu o sopro da brisa no rosto. Ele tinha acabado de se levantar e pegar a espada quando ouviu um rugido às suas costas.

Espada Longa se virou e se deparou com a dama mais bela do mundo... nas garras de um dragão gigante...

— Espada Longa

Mademoiselle Molyneux tivera pouco mais de uma semana para planejar o baile em homenagem a Lorde Hope; porém, nesse intervalo de tempo, conseguiu criar algo incrível. Beatrice teve de se esforçar para não olhar ao redor embasbacada enquanto o visconde a guiava para o grande salão de baile. Três lustres enormes pendiam do teto, brilhando como estrelas em miniatura. Ao longo de uma parede, espelhos compridos eram adornados com guirlandas de flores e seda dourada e uma grande pirâmide de plantas escondia os músicos em um dos cantos.

— Que esplêndido! — exclamou Beatrice. — Sua tia deve ser mágica para ter conseguido decorar o salão dessa forma incrível em tão pouco tempo.

— Eu não me surpreenderia se ela fosse — murmurou Lorde Hope. — Sempre achei que *tante* Cristelle possuía poderes que não se estendiam aos meros mortais.

Beatrice o encarou, achando graça. O corpo dele se enrijeceu ao seu lado assim que os dois entraram no magnífico salão de baile, e cabeças se viravam na direção deles. As pessoas olhavam e sussurravam por trás de leques. Mesmo assim, o visconde parecia estar relaxando um pouco, apesar de não parar de tocar a faca na cintura.

— Ela sempre morou sozinha aqui? — perguntou Beatrice.

— Como? — A voz de Lorde Hope soou distraída enquanto ele olhava pelo salão, mas então a fitou. — Não. Na verdade, a casa pertence à minha irmã. Ou melhor, ao filho dela.

— Ao filho dela?

— Sim. Ele é Lorde Eddings. Herdou o título do pai. Quando minha irmã, Emeline, se casou de novo e se mudou para as colônias com o novo marido, *tante* Cristelle concordou em permanecer aqui e ajudar a administrar as propriedades.

Beatrice tocou o braço dele.

— O senhor deve sentir saudade da sua irmã.

— Penso nela todos os dias.

Uma súbita tristeza surgiu no rosto dele, intensa, ligeira e, acima de tudo, impressionante, pelo fato de o visconde raramente demonstrar fragilidade. Beatrice se aproximou mais dele, atraída pela emoção que ele mostrara, apesar da multidão que os cercava.

— Hope — disse uma voz arrastada vinda de trás deles.

Beatrice ergueu o olhar e encontrou os olhos turquesa do visconde Vale encarando-a com curiosidade. Ele exibia um hematoma arroxeado no queixo. Ao lado dele, estava sua esposa, uma dama alta, magra, com uma expressão calma e levemente divertida no rosto.

Ela sentiu os músculos de Lorde Hope se retesarem sob seus dedos, mas o rosto dele era impassível.

— Vale.

Lorde Vale inclinou a cabeça.

— Que pena você ter tirado a barba toda. Ela lhe dava um ar meio bíblico.

Os lábios de Lorde Hope se repuxaram.

— Sinto muito por decepcioná-lo.

— De modo algum — respondeu Lorde Vale, despreocupado. — Suponho que você precise se apresentar com os trajes locais, como o restante de nós.

A dama ao seu lado suspirou.

— Vale — disse ela —, você vai me apresentar ou prefere continuar trocando insultos com Lorde Hope pelo restante da noite?

— Perdoe-me, senhora minha esposa. — Lorde Vale se virou e ofereceu a mão para a dama, que colocou os dedos sobre os do marido. — Deixe-me apresentá-la a Reynaud St. Aubyn, o visconde Hope, que sem dúvida logo será declarado o verdadeiro conde de Blanchard, não é? Hope, esta é a senhora minha esposa, Melisande Renshaw, viscondessa Vale.

A dama fez uma reverência imponente enquanto Lorde Hope se curvava sobre sua mão.

— Uma honra, milady, mas creio que já fomos apresentados. A senhora não era uma querida amiga e vizinha de minha irmã Emeline?

As bochechas pálidas de Lady Vale ruborizaram delicadamente.

— De fato, milorde. Passei muitas tardes agradáveis na propriedade dos Blanchard em Suffolk. Sei que sua irmã ficará muito satisfeita quando souber que o senhor está bem. A notícia de sua morte foi um golpe terrível para ela.

Lorde Hope se enrijeceu, mas apenas assentiu para Lady Vale.

— E essa — continuou Lorde Vale — é a prima de Hope, Srta. Corning, que conhecemos na primavera passada, na festa no jardim de mamãe.

— Como vai, senhora? — murmurou Beatrice enquanto afundava em uma reverência.

Quando se levantou, ela notou que a outra dama e o marido pareciam conversar trocando olhares.

Lady Vale sorriu e se virou para Beatrice.

— Poderia dar uma volta comigo, Srta. Corning, para admirarmos as belas decorações da Srta. Molyneux? Vale diz que devemos organizar um baile em breve, e eu adoraria ouvir sua opinião.

— É claro — respondeu Beatrice.

Os cavalheiros passavam a impressão de interagir de forma educada, mas as respectivas posturas permaneciam tensas. Era óbvio que Lorde Vale queria ter uma conversa a sós com Lorde Hope.

Lady Vale entrelaçou o braço no de Beatrice, e as duas começaram a perambular vagarosamente pelo salão.

— A senhorita reside em Londres, Srta. Corning? — perguntou Lady Vale.

— Moro com meu tio, senhora, na mansão Blanchard. — Beatrice olhou rápido por cima do ombro. Lorde Vale falava de forma intensa com Lorde Hope, mas, pelo menos, os dois não trocavam socos. Ela levantou o olhar de novo. — Lorde Hope também está hospedado lá no momento.

— Ah. Isso deve ser... interessante — murmurou Lady Vale.

— Sim, sem dúvida. Creio que Lorde Hope permaneça na casa apenas por birra. — Beatrice olhou para sua acompanhante. — A senhora o conheceu na infância?

— Durante minhas visitas à propriedade de campo dos Blanchard, ele costumava estar estudando, mas, sim, era um rapaz na época, não um homem. Lembro que Emeline e eu não tínhamos nem debutado quando ele comprou a patente no Exército.

— Como ele era?

Lady Vale ficou em silêncio por um instante enquanto as duas passavam por um grande arco. Elas chegaram a um corredor secundário, e a viscondessa perguntou:

— A senhorita se importa? Detesto multidões.

— De forma nenhuma — respondeu Beatrice.

Depois da luz forte do salão de baile, a iluminação do corredor era discreta. Grandes quadros preenchiam as paredes. Havia alguns convidados por ali, mas estavam distantes o suficiente para não escutar a conversa.

— A senhorita estava me perguntando sobre Lorde Hope — começou Lady Vale. — Nós não nos encontrávamos com frequência quando éramos jovens, mas me lembro de sentir um encanto por ele.

— É mesmo?

Lady Vale concordou com a cabeça.

— Ele era bem bonito já naquela época. Mas não era só isso. Hope era o jovem herdeiro do trono, por assim dizer. Era como se houvesse uma certa aura dourada ao seu redor.

Beatrice baixou a cabeça, refletindo sobre essa informação enquanto seguiam. Que derrocada deve ter sido para um homem com "aura dourada" ser escravizado. Como deve ter sido humilhante para o orgulhoso Lorde Hope se ver tão arruinado. Elas chegaram a um grande retrato de um homem com armadura do século anterior, e Lady Vale parou.

Ela inclinou a cabeça, analisando a pintura.

— O cabelo desse senhor é deveras extravagante, não acha?

Beatrice olhou para o quadro e sorriu. O cavalheiro tinha cachos escuros abundantes caindo nas laterais do rosto.

— E ele tem orgulho disso, não acha?

— Realmente.

As duas permaneceram em silêncio por um instante.

Então Beatrice disse:

— Há um retrato de Lorde Hope na sala de estar da mansão Blanchard. Sempre esteve lá, desde que cheguei, aos dezenove anos. Creio que deva ter sido pintado mais ou menos na mesma época a que a senhora se referiu. O rapaz do quadro é tão bonito e parece tão despreocupado. Eu costumava achar que ele estava pensando em alguma travessura enquanto era pintado. Confesso que passei muitas horas olhando para aquele retrato. Ele me fascinava. — Ela sentiu Lady Vale se virar para encará-la e percebeu que corava. — A senhora deve me achar uma boba.

— De forma nenhuma — respondeu a outra dama, gentilmente. — Apenas romântica.

— Mas a questão é que, desde que Lorde Hope retornou... — Beatrice precisou fazer uma pausa e engolir em seco, pois sentiu um aperto na garganta. — Ele foi capturado e mantido em cativeiro pelos indígenas. A senhora sabia disso?

— Não, não sabia — murmurou a outra mulher.

Beatrice assentiu com a cabeça, e respirou fundo.

— Não consigo enxergar mais nada daquele jovem rapaz nele. Do rapaz risonho do quadro. As coisas que aconteceram com Lorde Hope nas colônias foram tão terríveis que o transformaram. Ele é amargurado agora. Só pensa em recuperar o título. É como se tivesse se esquecido de como era antes, como se tivesse se esquecido de como aproveitar a vida.

Lady Vale suspirou.

— Meu marido também lutou naquela guerra. Ele aparenta ser muito alegre, mas por dentro, acredite, há feridas.

Beatrice pensou nisso por um instante.

— Mas, de algum jeito, Lorde Vale parece mais liberto. Ele é feliz, não é?

— Creio que sim. — Lady Vale abriu um sorriso misterioso. — Mas a senhorita deve compreender que faz quase sete anos que Lorde Vale voltou das colônias, enquanto Lorde Hope só retornou agora. Imagino que ele precise de tempo.

— Imagino que sim — disse Beatrice, sem ter muita certeza. Era verdade que Lorde Hope ainda estava em período de adaptação, mas será que o tempo realmente o curaria? Será que ele se tornaria mais leve, ou aquela experiência causara marcas tão profundas que o modificaram para sempre? Ela pensou em outra coisa. — Lorde Vale realmente acha que Lorde Hope traiu o regimento deles?

— Como é?

Beatrice se virou para encarar Lady Vale. O corredor estava escuro, mas os olhos da dama pareciam confusos.

— Lorde Hope disse que, quando seu marido foi visitá-lo na semana passada, ele o acusou de ser o traidor que entregou o regimento deles em Spinner's Falls.

— Impossível!

— Garanto que sim.

Lady Vale suspirou.

— Os cavalheiros nem sempre conseguem se expressar de forma apropriada, e admito que meu marido, apesar de adorar falar, nem sempre se comunica de modo eficaz. Ele nunca cogitou a possibilidade de Lorde Hope ser o traidor.

— É mesmo?

Ela foi inundada pelo alívio.

— Sim — respondeu Lady Vale, cheia de certeza. — Mas o problema é que, se Lorde Hope está convencido de que meu marido não confia nele, será difícil fazê-lo mudar de ideia.

— Minha nossa — murmurou Beatrice. — Os cavalheiros às vezes são tão cabeças-duras, não acha? E se os dois não conseguirem se entender?

Lady Vale parecia preocupada.

— Então temo que esse possa ser o fim de uma longa amizade.

— E Lorde Hope precisa tanto de um amigo agora — sussurrou Beatrice.

— PRESTE ATENÇÃO — grunhiu Reynaud. — Passei tempo demais longe da sociedade. Não tenho mais pudor em desafiar um homem para um duelo quando sou ofendido.

— Quando foi que eu o ofendi? — questionou Vale. — Foi você que me bateu, homem!

Os dois estavam quase no meio do maldito salão de baile, e, se falassem alto demais, corriam o risco de criar um escândalo. Ele já era alvo de olhares curiosos. Se perdesse o controle ali, no meio do baile de sua tia, a chance de recuperar seu título ficaria comprometida para sempre.

Um suor frio escorreu-lhe pelas costas, mas ainda assim Reynaud exibiu os dentes em uma imitação de sorriso.

— Eu recorri à violência porque você teve a maldita audácia de me acusar de trair nosso regimento.

— Eu não fiz isso.

— Fez, sim.

— Não... — Vale se interrompeu para soltar o ar com força pelas narinas. — Nós parecemos dois garotos prestes a cair no tapa por causa de doces.

— Humm — resmungou Reynaud, desviando o olhar.

Ele sentiu uma vontade inexplicável de arrastar um pé para a frente e para trás.

Por um instante, os dois homens ficaram em silêncio, as conversas da multidão aumentando ao redor deles.

Vale riu, baixinho.

— Você se lembra de quando roubamos aquelas tortas de morango da cozinheira, na casa do meu pai?

Reynaud ergueu uma sobrancelha.

— Lembro. Fomos pegos e levamos uma surra.

— O que nunca teria acontecido se você não tivesse resolvido que devíamos nos esconder no pombal.

— Quanta besteira. — Os lábios de Reynaud se contraíram. — Seria o esconderijo secreto perfeito se você não tivesse começado a rir e espantado os pombos, entregando nossa posição para todos no quintal.

— Pelo menos nós devoramos as tortas antes de nos encontrarem. — Vale suspirou. — Eu nunca tive a intenção de acusar você, Reynaud.

Ele assentiu com um breve aceno de cabeça.

— O que queria dizer, então?

— Venha comigo.

Reynaud ergueu uma sobrancelha ao ouvir a ordem, mas seguiu o amigo de infância sem protestar.

— Fiquei sabendo que houve um atentado contra você na semana passada — disse Vale, baixinho.

— Alguém certamente atirou em mim. — Reynaud franziu a testa. — A Srta. Corning estava na linha de fogo.

— Que imprudência.

— Que tolice — corrigiu Reynaud, severamente. — Quando eu encontrar quem fez isso, vou matá-lo.

— A Srta. Corning é tão importante assim para você?

Reynaud sentiu o olhar curioso de Vale.

— É.

Esse pensamento tomou forma quando ele ouviu a própria resposta. De fato, Beatrice Corning era muito importante para ele — só não sabia ainda quanto. Mas Reynaud sabia que a queria por perto. Que queria mantê-la segura.

— É mesmo? — disse Vale, pensativo. — E a dama sabe disso?

— Isso é da sua conta?

Vale tossiu, tentando disfarçar uma risada, e Reynaud se virou para encará-lo, irritado.

O visconde ergueu uma das mãos, se rendendo.

— Não quero ofender, mas a moça é extremamente decorosa, e você... bem.

Reynaud franziu a testa e olhou para o chão. Vale tinha razão. A Srta. Corning era o exemplo perfeito de uma dama inglesa. Na verdade, ela era tudo o que ele deixara de ser. Talvez por isso a voz dele tivesse sido ríspida ao dizer:

— Aviso quando eu quiser sua opinião.

— Sem dúvida — rebateu Vale, seco. — E estou ansioso por esse dia, mas, enquanto isso, temos outras questões para discutir. Você sabia que Hasselthorpe levou um tiro no verão passado?

— Não, não sabia. — Reynaud olhou para um canto do salão, onde Lorde Hasselthorpe se reunia com sua corte habitual. O duque de Lister, Nathan Graham e, é claro, St. Aubyn, o farsante, estavam em torno do homem, todos parecendo deveras amargurados. — Você acha que tem alguma ligação?

— Não sei — refletiu Vale. — Hasselthorpe foi atingido no braço. Pelo que fiquei sabendo, não foi grave. E parece ter se recuperado completamente. Ele estava cavalgando pelo Hyde Park quando levou o tiro. O atirador nunca foi encontrado. Foi realmente estranho.

— Hasselthorpe aspira ao cargo de primeiro-ministro — disse Reynaud. — Talvez tenha sido apenas uma tentativa malsucedida de assassinato político.

— Claro, claro — murmurou Vale. — Mas não me sai da cabeça que o ataque ocorreu pouco depois de eu tentar conversar com ele sobre Spinner's Falls.

Reynaud parou e encarou Vale.

— É mesmo?

— Sim. — Vale olhou ao redor, para o salão de baile. — Ora, sabe dizer onde a senhora minha esposa e a sua Srta. Corning foram parar?

— Elas entraram na galeria de retratos. — Reynaud indicou com a cabeça o corredor que saía do salão. — Você acha que Hasselthorpe sabe de alguma coisa sobre esse assunto?

— Talvez. — Vale começou a andar de novo, e Reynaud o acompanhou. — Ou talvez alguém apenas ache que ele sabe de alguma coisa. Ou então uma coisa não tem relação nenhuma com a outra e estou procurando chifre em cabeça de cavalo.

Reynaud resmungou. Vale podia gostar de bancar o bobo, mas ele conhecia o homem desde a infância e não se deixava enganar. O amigo era uma das pessoas mais inteligentes que já conhecera.

— No começo, achei que o atentado havia sido encomendado por Reginald St. Aubyn.

— E agora?

— A Srta. Corning argumentou que ele teria de ser um imbecil para tentar me assassinar na frente da própria casa.

— Ah.

— Se o atentado contra mim tiver alguma conexão com o ataque contra Lorde Hasselthorpe, então também tem uma conexão com Spinner's Falls — afirmou Reynaud, pensativo. — Mas qual?

— Acho que você sabe de alguma coisa — disse Vale.

Reynaud parou, estreitando os olhos para o homem diante dele.

— O que quer dizer com isso?

Vale ergueu as mãos, em rendição.

— Não estou acusando você. Só acho que você deve ter alguma informação sobre o traidor que ainda não cogitamos.

Reynaud franziu a testa.

— Nós dois fomos separados no acampamento indígena e nunca mais nos vimos, até dia desses. O que eu poderia saber que você não sabe?

— Não faço ideia. — Vale deu de ombros. — Mas acho que deveríamos nos encontrar com Munroe e compartilhar as lembranças que temos.

— Munroe sobreviveu? — Reynaud ergueu as sobrancelhas. Fazia anos que não pensava no naturalista.

— Sim, mas ficou com profundas cicatrizes. — Vale desviou o olhar. — Ele perdeu um olho naquele acampamento, Reynaud.

Reynaud fez uma careta. Ele sabia bem qual era o destino dos prisioneiros dos indígenas. Sete anos de sua vida foram perdidos, e agora parecia que isso era culpa de alguém — um de seus companheiros — que os traíra em Spinner's Falls.

— Então vamos conversar com Munroe e resolver essa questão — disse ele, determinado. — Vamos encontrar o desgraçado que fez isso e mandá-lo para a forca.

— ELE AGENDOU UMA data para apresentar o caso ao comitê parlamentar — sussurrou Lorde Blanchard, dando a notícia como se a planta no vaso atrás dele tivesse ouvidos.

Lister ergueu uma sobrancelha, parecendo entediado como sempre, enquanto observava o salão de baile lotado.

— E isso o surpreende?

O rosto de Blanchard corou.

— Você não precisa reagir assim, de forma tão indiferente. Se St. Aubyn tomar meu título, sua carreira política também pode ser afetada.

Lister deu de ombros, apesar de seu rosto ter-se petrificado.

— Por favor, cavalheiros — disse Hasselthorpe, baixinho. — Brigar não nos serve de nada.

— Bem, então o que serviria? — Blanchard parecia emburrado. — Nenhum de vocês me ofereceu apoio. Estou sozinho. Até minha sobrinha se voltou contra mim. Hope a está cortejando, aquele desgraçado.

— É mesmo? — Hasselthorpe se virou para observar Hope, que estava caminhando com Vale pelo perímetro do salão. — Um estratagema inteligente. Se ele tiver uma esposa, será mais fácil dissipar os boatos de insanidade. Um homem sempre parece mais estável com uma mulher ao lado.

— De fato — concordou Lister com a voz arrastada. — Não é verdade, Graham?

Nathan Graham piscou. Ele encarava os próprios pés, como se estivesse perdido em pensamentos.

— O quê?

— Estamos dizendo que uma esposa faz a carreira de um homem — disse Lister. — Não concorda?

O belo rosto de Graham corou. Naquela noite havia boatos correndo pelo salão de que ele brigara com a esposa. Apesar disso, ele respondeu com a sobriedade necessária.

— Naturalmente.

Lister estreitou os olhos, como se tivesse farejado sangue de uma presa.

Hasselthorpe franziu os lábios.

— Faz tempo que não veio um evento tão cheio de indivíduos notáveis de nossa sociedade.

Lister se virou para ele com um olhar questionador.

Hasselthorpe sorriu.

— Confesso que admiro a coragem da Srta. Molyneux.

— Em que sentido? — perguntou Blanchard.

Hasselthorpe deu de ombros.

— É só que, se o sobrinho dela tiver um surto de insanidade em um ambiente como este, toda a alta sociedade verá.

O jovem Graham foi o primeiro a compreender. Seu rosto ficou impávido enquanto observava Lorde Hope do outro lado do salão.

Lister abriu a boca para comentar algo, mas foi interrompido por Adriana, que veio se saracoteando para o lado de Hasselthorpe. Ela usava um vestido amarelo-claro e lavanda, parecendo uma borboleta especialmente fútil.

— Querido! — cacarejou ela. — Ah, deixe um pouco de lado suas conversas políticas enfadonhas e dance comigo. Tenho certeza de que os cavalheiros vão compreender se você der um pouquinho de atenção à sua esposa.

Então ela piscou os olhos repetidamente para Lister, Blanchard e Graham.

O duque de Lister, que observava a amplitude macia de seu colo exposto, fez uma mesura.

— É claro, senhora.

— Pronto, viu só? Sua Alteza teve a bondade de nos dar sua permissão.

Adriana fez uma reverência sedutora.

Hasselthorpe suspirou. Caso se recusasse, Adriana só continuaria a insistir e a adular os outros de forma cada vez mais irritante, até que ele cedesse ou fizesse um escândalo.

— Pois bem. Podem me dar licença, cavalheiros?

Os outros fizeram mesuras enquanto a esposa se agarrava a ele e o arrastava para a pista de dança.

— Achei que o jovem Bankforth a estivesse acompanhando nas danças hoje — murmurou ele.

Adriana deu uma risadinha, tão animada que parecia mais uma adolescente do que uma mulher em seus quarenta anos.

— Eu cansei o pobrezinho. Além do mais — ela o ajeitou na posição correta —, você adora dançar!

Hasselthorpe suspirou de novo. Ele odiava dançar, e já tinha deixado isso claro para Adriana muitas vezes. Por algum motivo, ela preferia acreditar que o marido estava brincando sempre que reclamava. Ou talvez o cérebro dela fosse pequeno demais para guardar essa informação por um período de tempo mais longo.

Hasselthorpe olhou por cima da cabeça da esposa enquanto esperava a música começar e viu Blanchard fitando o outro lado do salão com raiva. Não foi difícil encontrar o alvo de seu olhar — Lorde Hope se aproximava da Srta. Corning, que estava sentada em um canto com a Sra. Graham. Ele se voltou de novo para Blanchard. Se olhares matassem, Lorde Hope estaria caído no chão, sangrando. Que interessante. Parecia que o ódio que Blanchard sentia por Hope era pessoal.

E isso o **levou a pensar** no que um homem com tamanha animosidade seria capaz de fazer.

— AGORA ME DIGA — pediu Beatrice, depois de um tempo. — O que é tão urgente assim para você sentir a necessidade de me afastar de Lady Vale?

— Eu queria que você ficasse sabendo da notícia por mim — respondeu Lottie, séria.

As duas estavam sentadas na lateral do salão, em um canapé de seda dourada. A estátua de um deus grego de um lado e uma planta em um vaso do outro lhes davam certa privacidade.

— Você anda muito misteriosa — disse Beatrice.

Seus olhos correram para a barriga da amiga. Será que...?

— Deixei Nathan.

O olhar de Beatrice subiu na mesma hora.

— Mas por quê? — Ela encarou Lottie com preocupação e um tanto confusa. — Achei que você amasse o Sr. Graham.

— Eu amo — respondeu Lottie. — É claro que amo. Mas isso só piora a situação.

— Não entendo como.

Lottie suspirou, e, pela primeira vez, Beatrice viu que a amiga parecia realmente exausta. Havia leves semicírculos arroxeados sob seus olhos, e ela apertava as mãos como se tentasse controlar um tremor.

— Eu amo meu marido, e acredito que ele ainda me ame, mas ele não se importa mais comigo. Sou... sou como um objeto para ele, Bea.

— Acho que não estou entendendo o que você quer dizer, querida. Pode me explicar?

— Ah! — Lottie ergueu as mãos do colo e as fechou em punhos. — Ah, é tão difícil colocar em palavras.

Beatrice segurou um dos punhos dela.

— Estou escutando.

Lottie puxou o ar e fechou os olhos.

— É como se eu fosse só mais uma coisa que ele possui. Nathan tem uma carruagem, um mordomo, uma mansão e uma esposa. Eu ocupo uma posição, por assim dizer, e talvez ele me ame, no fundo, por trás de sua fachada diária, mas eu poderia ser qualquer pessoa, Bea. — Ela abriu os olhos e encarou a amiga com uma expressão muito similar ao desespero. — Eu poderia ser Regina Rockford, ou Pamela Thistlewaite, ou aquela garota que se casou com o conde italiano.

— Meredith Brightwell — murmurou Beatrice.

Ela sempre tivera uma memória melhor para nomes do que Lottie.

— Sim — concordou a amiga. — Qualquer uma delas. Eu ocupo um... um lugar na vida dele, nada mais. Se eu morresse, ele ficaria de luto e depois sairia para encontrar outra para preencher a vaga.

— Claro que não — murmurou Beatrice, bastante chocada.

Será que um casamento realmente era assim? Será que o amor, os elogios e os cortejos não perduravam?

— Pode acreditar, é verdade. — Lottie secou os olhos com um dos pulsos. — Eu não aguentava mais. Posso ser ingênua, mas quero ser amada. Amada por quem eu sou, não pela posição que ocupo. Então fui embora.

Beatrice engoliu em seco, olhando para a mão que permanecia segurando a de Lottie.

— Onde você está morando agora?

— Na casa de papai — respondeu Lottie. — Ele não está satisfeito, e mamãe está preocupada com o escândalo, mas vão me deixar ficar.

— Mas... — Beatrice franziu a testa. — O que você vai fazer?

— Não sei. — Lottie riu, mas o som ficou preso em sua garganta, então ela se calou. — Talvez eu cause um escândalo e arrume um amante.

Ela não parecia especialmente animada com a ideia.

Beatrice olhou para o outro lado do salão. Um minueto havia começado, e os casais dançavam com elegância pela pista. Ela viu Lorde Hope se aproximando, e seu coração pareceu saltar no peito. E, atrás dele, subitamente em destaque, estava o Sr. Graham — Nate —, encarando as duas com ar triste.

— Talvez você pudesse tentar conversar com ele.

Ela soube que as palavras eram extremamente inúteis no momento em que saíram de sua boca.

Lottie abriu um sorriso cansado.

— Eu tentei. Não deu certo.

— Sinto muito — disse Beatrice, sem saber o que fazer. — Sinto muito mesmo.

Ela ficou sentada com a amiga, em silêncio, observando Lorde Hope se aproximar. E se sentiu culpada, pois, mesmo sabendo que Lottie estava profundamente magoada, com a vida em frangalhos, Beatrice, ainda assim, ficou empolgada ao vê-lo. Lorde Hope parecia tão forte, tinha uma postura tão ereta. Ele continuava magro demais, mas seu rosto estava mais cheio, com as bochechas e os olhos menos fundos. Ele era bonito de um jeito assustador, mesmo com a expressão sombria que sempre exibia, e Beatrice não conseguia conter a felicidade que sentia ao vê-lo.

O visconde continuou abrindo caminho pela multidão de forma implacável, até parar diante delas. Então fez uma mesura.

— Damas.

— Milorde — disse Beatrice, meio ofegante.

Ele olhou para as pessoas dançando.

— Esta dança já vai acabar, creio eu. Poderia me dar a honra da próxima, Srta. Corning?

— Eu... estou lisonjeada, é claro. — Beatrice mordeu o lábio. — Mas acho melhor não.

— Pode ir, Bea. — Lottie tinha se empertigado com a chegada de Lorde Hope, e agora exibia um largo sorriso. — De verdade. Quero muito vê-la dançando.

Beatrice se virou para fitar os olhos da amiga. Ainda havia resquícios de tristeza neles, apesar de Lottie parecer determinada a aparentar que não havia nada de errado.

— Tem certeza?

Ela assentiu, firme.

— Sim, claro.

Beatrice esticou a mão, e Lorde Hope a segurou. Ele olhou para Lottie e disse com um sorriso torto:

— Obrigado.

Então guiou Beatrice pela multidão, os ombros largos e fortes ao lado dela. Os dois chegaram à pista de dança e pararam enquanto a música era encerrada com um floreio. Os dançarinos fizeram reverências e mesuras para os parceiros e se retiraram. Beatrice e Lorde Hope assumiram suas posições, esperando pacientemente a música recomeçar. Ela olhou de esguelha para ele, parado ao seu lado. Ele parecia preocupado.

Beatrice pigarreou.

— Sua conversa com Lorde Vale correu bem?

— Sim. — A música começou, e os passos da dança afastaram os dois por um instante. Lorde Hope franzia muito a testa quando voltaram a se aproximar. — Por que a pergunta?

— Ele é seu amigo — respondeu Beatrice. E então disse, mais baixo: — Eu me preocupo com o senhor.

Os dois se afastaram. Um cavalheiro próximo tropeçou e esbarrou em Lorde Hope. O visconde ficou imóvel e encarou o homem, mas então pareceu se recompor.

Quando chegaram perto de novo, Beatrice sussurrou:

— O senhor está se sentindo bem?

— É claro — respondeu ele, irritado, um pouco alto demais.

Cabeças se viraram.

Beatrice parou enquanto Lorde Hope andava ao seu redor, e, apesar de aquilo ser parte da dança, a sensação era a de que um grande predador a rondava.

Então algo horrível aconteceu.

O mesmo homem que esbarrara em Lorde Hope antes tropeçou e esbarrou nele de novo, desta vez com muito mais força, empurrando o visconde um passo para a frente. Lorde Hope se virou para o homem, puxando sua longa faca sob o paletó. Os dançarinos ao redor quase caíram ao parar de repente. Uma mulher gritou.

O homem empalideceu, indo para trás com as mãos erguidas.

— Eu... sinto muitíssimo!

— Por que fez isso? — questionou Lorde Hope. — Você esbarrou em mim de propósito.

Beatrice se adiantou.

— Milorde...

Mas o visconde pegou o homem pelo pescoço.

— Responda!

Meu Deus, será que ele tinha perdido a cabeça de novo? Cavalheiros colocavam suas parceiras de dança atrás de si, e a multidão se afastava, abrindo um clarão no meio da pista de dança.

— Reynaud — chamou Beatrice, baixinho. Ela tocou o braço que erguia a faca. — Reynaud, solte o homem.

Ele se distraiu com o som de seu nome saindo dos lábios dela e virou a cabeça, os olhos pretos vazios e assustadores.

Beatrice engoliu em seco e sussurrou:

— Reynaud, por favor.

Lorde Hope largou o homem de forma tão abrupta que o sujeito cambaleou.

— Vamos embora.

Com a mão livre, Lorde Hope agarrou o braço de Beatrice e começou a rebocá-la por entre a multidão. Ainda segurava a faca com a outra mão.

E, conforme eles andavam, a multidão de convidados abria espaço diante deles, alguns quase caindo na pressa de sair do caminho de Lorde Hope. Por todos os rostos que passavam, Beatrice via a mesma expressão.

Medo.

Capítulo Oito

Espada Longa ergueu sua poderosa lâmina. O dragão rugiu de novo e soprou chamas ardentes em sua direção. Mas o soldado passara sete longos anos no reino dos duendes, e o fogo não era mais algo que temia. Ele pulou em meio à rajada e golpeou decididamente com a espada, enfiando-a entre os olhos do dragão. A grande fera cambaleou e caiu morta, mas, nesse momento, deixou cair a dama mais bela do mundo. Espada Longa viu que ela poderia se espatifar sobre as pedras no chão, e correu para pegá-la em seus braços fortes.

A dama se segurou em seus ombros largos e o fitou com olhos da cor do mar.

— O senhor salvou a minha vida, gentil cavalheiro, e devo-lhe minha gratidão por esse feito. Porém, se salvar a vida de meu pai, o rei, dou-lhe minha mão em casamento...

— Espada Longa

Beatrice acordou cedo na manhã seguinte, convocando sua criada pessoal e pondo rapidamente um vestido simples listrado de azul e branco. Então tomou o café da manhã sozinha — tanto tio Reggie como Lorde Hope aparentemente ainda estavam na cama — e, em um gesto impulsivo, pediu a carruagem. Era cedo demais para fazer visitas sociais, mas ela sabia que Jeremy tinha dificuldade para dormir e gostava de ter companhia quando acordava cedo. Além do mais, ela precisava conversar com alguém sobre os acontecimentos da noite anterior.

Assim, meia hora depois, após brigar para passar pelo odioso Putley, Beatrice servia chá para si e para Jeremy.

— O que você usou ontem? — perguntou ele, enquanto ela cuidadosamente entregava a bebida em suas mãos.

Ela enchera a xícara apenas até a metade. — Jeremy estava sentado, apoiado em dois travesseiros, mas seus dedos tremiam, e Beatrice ficou com medo de ele derramar chá quente em si mesmo.

— Meu vestido bronze — respondeu ela, acrescentando um creme espesso à própria xícara. — Lembra que lhe mostrei o desenho e uma amostra do tecido no verão passado, antes de encomendá-lo?

— Aquela seda meio iridescente? — Quando a amiga concordou com a cabeça, Jeremy sorriu. — Ela me lembrou da forma como o conhaque brilha em um copo quando colocado contra a luz. — Ele tomou um gole de chá e apoiou a cabeça nos travesseiros, fechando os olhos. — Você deve ter ficado linda.

Beatrice riu.

— Acho que fiquei muito apresentável.

Ele abriu um olho.

— Modesta como sempre. O que Lorde Hope achou?

Ela olhou para a própria xícara, envergonhada demais para encarar o amigo.

— Ele disse que o vestido ficava bem em mim.

— Não é um homem muito eloquente, então — comentou Jeremy, seco.

— Talvez não, mas gostei do elogio.

— Ah.

Beatrice baixou a xícara com cuidado no pires sobre seu colo.

— Houve um certo... escândalo no baile.

Jeremy se empertigou.

— Sim?

Ela franziu o nariz, ainda encarando a xícara de chá.

— Um cavalheiro esbarrou em Lorde Hope na pista de dança, e ele reagiu mal.

— Com quem Lorde Hope estava dançando?

Beatrice bufou.

— Comigo, se faz questão de saber.

— Ah, faço — disse Jeremy, com prazer. — E o que exatamente você quer dizer com reagiu *mal*?

— Ele puxou a faca... Ele sempre carrega uma faca muito comprida. E, humm, ele a brandiu no ar, infelizmente. Enquanto segurava o outro cavalheiro pela garganta.

Beatrice fechou os olhos com força para afastar a lembrança.

Houve uma pausa, então Jeremy disse:

— Ah, como eu queria ter estado lá.

Ela abriu subitamente os olhos.

— Jeremy!

— Bem, eu queria — insistiu ele, sem um pingo de remorso. — Parece ter sido um evento muito animado. E Lorde Hope foi expulso do salão?

— O baile era da tia dele — lembrou Beatrice. — Então duvido que teria sido expulso da casa, mas não faz muita diferença, porque fomos embora logo depois.

— Ah, ele a levou junto, é?

— Sim. — Beatrice hesitou, então prosseguiu, falando baixo: — Ele não disse nada durante o caminho inteiro até em casa. Você devia ter visto a forma como todos olhavam para ele, Jeremy. Como se Lorde Hope fosse uma fera perigosa.

— E ele é? — perguntou Jeremy, baixinho. — Quero dizer, ele é perigoso?

— Não. — Ela balançou a cabeça, então admitiu: — Bem, não é perigoso para mim, acho.

— Tem certeza, Bea?

Ela mordeu o lábio, olhando para Jeremy, desamparada.

— Ele não me machucaria. De verdade.

— Espero que não, Beatrice, minha querida. — O amigo voltou a apoiar a cabeça no travesseiro, parecendo cansado. — Eu odiaria que esse homem a machucasse em qualquer sentido.

Havia um tom questionador na voz de Jeremy. Ela sentia que era observada enquanto bebia o chá, mas não queria tocar naquele assunto, nem mesmo com ele. Suas emoções eram especiais, algo sensível dentro de si, delicado demais para a luz do dia.

Beatrice se levantou e tirou a xícara vazia das mãos de Jeremy, deixando-a de lado quando ele indicou não querer mais. Quando voltou a se sentar, ela disse:

— Ontem à noite, Lottie me contou que deixou o Sr. Graham.

— Deve ter sido só uma briga de casal. Ela vai voltar em menos de uma semana, escute o que digo.

— Acredito que não — disse Beatrice, devagar. — Lottie parecia um tanto amuada, bem diferente do seu estado alegre normal.

Beatrice levantou o olhar e viu que os olhos de Jeremy estavam fechados, e seu rosto parecia exausto. Ela baixou a xícara para se levantar, mas, como se sentisse que era observado pela amiga, ele abriu os olhos.

Jeremy piscou e franziu a testa.

— Nunca achei que Nate Graham fosse um mau sujeito. Ele assumiu publicamente uma amante?

Beatrice hesitou, mas então decidiu seguir a deixa do amigo e fingir que não tinha percebido aquele momento de fraqueza.

— Lottie não falou nada sobre outra mulher. Na verdade, creio que não seja o caso. Ela disse que o Sr. Graham não lhe dá valor, que qualquer mulher poderia tomar seu lugar como esposa dele. Confesso que estou...

— Decepcionada? — completou Jeremy, baixinho.

Ela concordou com a cabeça, calada.

— Infelizmente, homens podem ser muito decepcionantes — afirmou Jeremy. — Nós somos apenas seres feitos de barro, vagando por aí, pisando nos sentimentos das pessoas que nos são mais queridas. É por isso que contamos tanto com a compaixão das mulheres, pois, se vocês deixassem de sentir pena de nós, se ofendessem e nos abandonassem em massa, estaríamos completamente perdidos, sabia?

As palavras brincalhonas fizeram Beatrice sorrir.

— Você não é assim, querido Jeremy.

— Ah, mas nós dois sabemos que não sou muito parecido com os outros homens, querida Bea — respondeu ele em um tom despreocupado. Antes de ela conseguir rebater, o amigo continuou: — Você conversou com Lorde Hope sobre o projeto de lei para os veteranos?

— Bem, toquei no assunto — disse Beatrice, devagar.

— E?

Ela balançou a cabeça.

— Ele está focado em recuperar o título e não quer pensar em outras questões por enquanto.

— Ah.

Jeremy olhou para sua xícara, e franziu a testa.

Beatrice se apressou em continuar:

— Mas ele falou com carinho dos homens dele, dos soldados que comandou em batalha, e isso me deixa um tanto otimista de que ele talvez apoie nossa causa. O problema é convencê-lo a agir, creio eu. Ainda não sei exatamente como fazer isso.

— Ele parece muito egoísta — murmurou Jeremy.

— Não creio que seja — disse Beatrice, devagar. — Não de verdade. Acontece que Lorde Hope está tão concentrado em recuperar o que perdeu que não parece haver espaço para mais nada por enquanto.

— Humm. Acho que todos nós, velhos soldados, ao voltarmos para casa, tentamos recuperar a vida que deixamos para trás. — A voz de Jeremy se enfraquecia cada vez mais. — O problema é que, depois de perdidas, algumas coisas não podem ser recuperadas. Fico me perguntando se ele já se deu conta disso.

— Não sei.

— De qualquer forma, você devia conversar logo com ele. O projeto de lei será apresentado ao Parlamento no mês que vem. Nosso tempo está se esgotando. E rápido.

Jeremy fechou os olhos de novo enquanto se recostava nos travesseiros. Beatrice mordeu o lábio.

— Você está cansado. É melhor eu ir.

— Não, não vá. — Ele abriu os olhos, tão azuis e cristalinos em contraste com a brancura do travesseiro. — Eu adoro a sua companhia, sabia?

— Ah, Jeremy — disse ela, tão emocionada que sentiu um aperto na garganta. — Eu...

Um estrondo soou vindo do saguão, no térreo.

Beatrice olhou para a porta fechada do quarto.

— O que...?

Gritos vieram do andar de baixo, chegando mais perto enquanto uma voz masculina berrava:

— Eu vou falar com ela, maldito seja! Saia do meu caminho!

Parecia muito com a voz de Lorde Hope. Beatrice fez menção de se levantar da poltrona.

— Não acredito que ele...

As vozes se aproximavam rapidamente. Se ela não tomasse uma atitude, ele entraria como um furacão no quarto. Beatrice seguiu apressada para o corredor, fechando a porta do quarto de Jeremy com firmeza. Subindo as escadas, parecendo um touro em investida, Lorde Hope exibia uma expressão sombria. Putley o seguia, vários passos atrás, a peruca perdida, o rosto assustado, enquanto implorava ao visconde.

— O que o senhor pensa que está fazendo? — questionou Beatrice.

— Vim descobrir quem é seu amante — grunhiu ele enquanto vinha a passos firmes em sua direção.

— Eu não tenho amante!

Lorde Hope deu um passo para o lado com a intenção de passar por ela e alcançar a porta, mas Beatrice o acompanhou.

— Vá para casa! — exclamou ela. — O senhor está se expondo ao ridículo.

— Foi a senhorita quem provocou isso — cacarejou Putley, logo atrás de Lorde Hope.

— Ah, cale essa boca, Putley! — exclamou Beatrice, então deu um gritinho, porque o visconde eliminou a barreira que ela formava ao simplesmente levantá-la pelos braços e tirá-la do caminho. — Ah, não!

Mas era tarde demais. Ele tinha aberto a porta, entrado no quarto, mas então ficou imóvel, bloqueando a visão dela.

Beatrice escutou a risada ofegante de Jeremy.

— Lorde Hope, presumo eu?

— Maldição — disse o visconde.

— Ah, saia da minha frente!

Beatrice deu um empurrão nas costas enormes e imbecis dele.

Lorde Hope fez a gentileza de se afastar para o lado.

Ela passou correndo por ele.

— Jeremy, você está bem?

— Muito bem — respondeu o amigo, com o rosto corado e animado. — Faz anos que não presencio algo tão emocionante.

— E isso não faz bem para você. — Beatrice segurou a mão dele e se virou para encarar furiosamente Lorde Hope, que continuava parado diante da porta. O homem não tinha sequer a decência de parecer envergonhado. — O que o senhor pensa que está fazendo aqui?

— Já disse. — De modo casual, ele chutou a porta para fechá-la. — Vim flagrá-la no ninho com seu amante. Parece que posso ter me enganado.

— *Pode* ter se enganado? — Beatrice fechou a mão livre em um punho e a levou à cintura. — O senhor fez papel de idiota, um idiota completo, além de ofender a mim e Jeremy. *É óbvio* que não somos amantes...

— Não há nada de óbvio nisso — grunhiu o visconde, fitando os resquícios das pernas de Jeremy sob as cobertas. — Conheço homens que perderam as pernas, mas não o...

— *Não* seja repugnante!

Beatrice gritava agora, perdendo completamente o controle. Como Lorde Hope ousava? Que tipo de mulher pensava que ela era? Ele a humilhara!

Às suas costas, Jeremy emitia sons engasgados, e Beatrice se virou rápido, preocupada.

O amigo tentava conter enormes gargalhadas, mas não tinha muito sucesso.

— Ah, você também, não — disse ela, furiosa, enquanto lhe servia um copo de água.

— Obrigado, querida — disse Jeremy. — E desculpe. Neste momento, sinto que devo pedir desculpas por todo o sexo masculino.

— Devia mesmo — resmungou ela. — Vocês todos são detestáveis, sem exceção.

— Sim, eu sei — concordou ele, com humildade. — E você é simplesmente uma santa por nos aturar. Mas preciso lhe pedir um favor, minha querida.

— O quê? — perguntou ela, de modo não muito cortês.

— Você se incomodaria muito de ir falar com Putley e acalmá-lo? Sei que é uma tarefa enfadonha, mas prefiro que ele não faça fofoca com os meus pais sobre o que aconteceu.

— Ah, pois bem. — Ela olhou com raiva para Lorde Hope. — Mas vou precisar deixá-lo aqui com *ele*.

— Eu sei. — Jeremy assumiu uma expressão angelical que não a enganou nem por um segundo. — Eu gostaria mesmo de ter uma conversa com o visconde.

— Humpf — disse Beatrice.

Ela avançou na direção de Lorde Hope até estarem frente a frente, com os rostos bem próximos — apesar de Beatrice ter de se esticar bastante para isso —, e o cutucou no peito com o indicador.

— Ai — disse Lorde Hope.

— Se o senhor encostar em um fio de cabelo dele — sibilou ela, colada em seu rosto — ou deixá-lo agitado de alguma maneira, vou arrancar esse brinco idiota da sua orelha.

Atrás dela, Jeremy caiu na gargalhada, mas Beatrice não se deu ao trabalho de olhar de novo para o amigo. Em vez disso, fechou a porta com força e foi atrás de Putley, batendo os pés.

Homens!

REYNAUD ESFREGOU O ponto no esterno que a Srta. Corning tentara perfurar com o dedo.

— Peço-lhe desculpas.

— Não é comigo que o senhor precisa se desculpar — disse o homem na cama, ainda rindo. — E vou lhe dar uma dica: as flores favoritas dela são lírios-do-vale.

— É mesmo? — Reynaud olhou para a porta com ar curioso. Fazia séculos que não dava flores para uma mulher, mas aquela situação provavelmente demandaria o método inglês tradicional de implorar o perdão de uma dama. Porém, no momento, havia outras questões a serem colocadas em pratos limpos. Ele se virou para o homem na cama. — Ferimentos de guerra?

— Um tiro de canhão em Emsdorf, no continente — disse Oates. Seu rosto estava excessivamente corado, como se estivesse febril. — Em mil setecentos e sessenta.

Reynaud concordou com a cabeça. Então seguiu até a mesa lotada de frascos de remédio de todos os formatos e tamanhos. Não havia nenhum medicamento no mundo capaz de devolver as pernas a um homem.

— Ela lhe contou que fiz parte do vigésimo oitavo regimento de infantaria nas colônias?

— Contou. — O rapaz apoiou a cabeça de volta no travesseiro, como se estivesse exausto. — Eu fiz parte da décima quinta cavalaria leve. Muito mais elegante que uma infantaria. Até, é claro, alguém levar um tiro e cair do cavalo.

— A guerra nunca é tão romântica quanto imaginamos — disse Reynaud.

Ele se lembrava bem de seu romantismo infantil sobre o Exército. A fantasia logo se dissipara diante da realidade de comidas apodrecidas, oficiais incompetentes e tédio. O primeiro combate de que participara destruíra quaisquer ilusões que ainda pudesse ter.

— Nosso regimento era recém-formado — explicou Oates —, e ainda não tínhamos experiência de batalha. Muitos dos homens eram alfaiates londrinos que estavam em greve e tiveram que se alistar. Não tínhamos chance.

— Vocês foram derrotados lá?

Oates abriu um sorriso amargurado.

— Ah, não. Vencemos naquele dia. Cento e vinte e cinco homens mortos só no meu regimento, mais de cem cavalos abatidos, mas ganhamos a batalha. Eu caí no segundo ataque.

— Sinto muito.

O rapaz deu de ombros.

— Você conhece o preço da guerra tão bem quanto eu. Talvez até mais.

— Não vou entrar nesse mérito. Vim até aqui por um motivo completamente diferente. — Reynaud se sentou na poltrona ao lado da cama. — O que você é dela?

O outro homem arqueou as sobrancelhas como se achasse graça da pergunta.

— Eu me chamo Jeremy Oates, aliás.

Não havia outra opção além de estender a mão.

— Reynaud St. Aubyn.

Oates aceitou a mão estendida e a apertou, olhando-o nos olhos como se buscasse alguma coisa. Seus dedos eram finos como gravetos.

— É um prazer conhecê-lo.

O mais estranho é que ele parecia sincero.

Reynaud puxou a mão de volta.

— Minha pergunta...

Oates abriu um meio sorriso, fechando os olhos enquanto se recostava nos travesseiros.

— Somos amigos de infância. Nós brincávamos de esconde-esconde na sala de estar da minha família, eu a ajudava com as aulas de geografia, e a acompanhei ao seu primeiro baile.

Reynaud sentiu uma pontada no esterno ao ouvir aquelas palavras. Talvez fosse um efeito persistente da cutucada, mas ele desconfiava de que fosse ciúme.

Ciúme. Nunca tinha sentido isso antes.

Era verdade que ele fora tomado pela fúria naquela manhã, ao descobrir que a Srta. Corning havia saído para visitar o namorado misterioso. Ele fora até lá com a intenção de pegá-los no flagra e dar uma surra no sujeito, caso necessário, mas não tinha parado para examinar as próprias emoções. *Minha*, dizia seu instinto, então Reynaud agira assim, sem pensar. Agora, a constatação de que sua reação fora emocional era um choque desagradável.

— Você a ama? — perguntou ele.

— Sim — respondeu Oates, simplesmente. — Com todo o meu coração. Mas creio que não da forma que está pensando.

Reynaud se ajeitou na poltrona, desconfortável com a necessidade de saber exatamente o que o outro homem queria dizer.

— Explique.

Oates sorriu, e Reynaud viu que ele fora um homem bonito antes de a doença entalhar rugas de sofrimento em seu rosto.

— Beatrice é mais querida para mim do que uma irmã de sangue poderia ser.

Reynaud estreitou os olhos. O homem podia dizer que a relação que mantinha com a Srta. Corning era fraternal, mas os dois não eram parentes de fato. Como, então, sua amizade poderia ser tão inocente quanto ele alegava?

— Então vocês não teriam se casado nem se isso não tivesse acontecido?

Ele indicou com o queixo as pernas ausentes do outro homem.

Muitos ficariam ofendidos com a pergunta, mas Oates apenas sorriu.

— Não. Apesar de Beatrice ter sugerido a ideia de nos casarmos mais de uma vez.

Esse foi um golpe desagradável. Reynaud se empertigou.

— O quê?

E o sorriso de Oates se alargou, fazendo-o perceber que tinha mordido a isca.

— Que jogo é esse? — grunhiu Reynaud.

— Um jogo de vida e morte, de amor e ódio — respondeu Oates, delicadamente.

— Está falando tolices.

— Não. — O sorriso desapareceu de repente. — Estou falando muito sério. O senhor vai cuidar dela?

— O quê?

Reynaud franziu a testa. Às vezes, pessoas enfermas ficavam confusas pela dor que sentiam e pelos medicamentos que tomavam para mascará-la. Será que Oates estava perdido em um delírio induzido por remédios?

— Prometa que vai cuidar dela — insistiu o outro homem, e, apesar de a voz soar fraca, o tom carregava o fantasma do comando de um bom oficial. — Beatrice é uma mulher especial, que merece ser estimada por quem é. Ela veste o manto da praticidade, mas, no fundo, é romântica e propensa a se magoar. Não parta o coração dela. Não vou perguntar se o senhor a ama. Duvido que saiba a resposta. Mas prometa que vai cuidar dela. Que vai garantir que ela seja feliz por todos os dias de sua existência. Que vai dar sua vida pela dela se necessário. Prometa.

Então, de repente, Reynaud entendeu. As emoções o haviam cegado para a realidade diante de si. Ele já vira aquele olhar nos olhos de outros homens antes, e sabia muito bem o que significava.

Então foi direto e sincero:

— Eu juro por tudo que me é sagrado que vou cuidar dela, mantê-la segura e me esforçar ao máximo para fazê-la feliz.

Oates concordou com a cabeça.

— Não posso pedir mais nada. Obrigado.

COMO ELE OUSA?

Beatrice abriu a porta da mansão de Jeremy e saiu em busca do ar fresco de que tanto precisava. Ela já intimidara Putley a ficar quieto sobre a invasão violenta de Lorde Hope na propriedade, mas ainda lidava com a própria reação às suspeitas do visconde. E que suspeitas terríveis! Uma ofensa tanto a ela quanto a Jeremy. Quando ela lhe dera motivos para que ele desconfiasse que ela era uma libertina? E por que o homem achava que tinha o direito de simplesmente aparecer e lhe dar ordens era um mistério.

Beatrice batia os pés, tanto para se manter aquecida quanto para ressaltar a própria raiva.

Havia três homens vadiando rua abaixo — dois sujeitos esqueléticos em paletós marrons surrados, e um mais alto, de paletó preto. O mais alto se virou ao ouvir o som dela batendo os pés. Seu olho direito girou para o canto da órbita, revelando de forma horrível a membrana branca do globo ocular. Beatrice desviou rapidamente o olhar do pobre homem. Seria melhor entrar de novo na casa, mas ela ainda estava irritada. Queria se recompor antes de encontrar Lorde Hope — para lhe dizer exatamente o que pensava dele.

A carroça de um cervejeiro passou, sacolejando sobre os paralelepípedos, e um dos homens na rua gritou algo para o condutor.

Atrás dela, a porta abriu tão rápido que Beatrice quase caiu dentro da casa. Em vez disso, mãos fortes a seguraram.

— Procurei a senhorita pela casa toda — disse Lorde Hope. — O que veio fazer aqui fora?

Beatrice tentou se afastar, mas ele não soltou seus braços.

— Eu queria tomar um pouco de ar.

O visconde a fitou com um olhar incrédulo, e ela notou que seus cílios emolduravam seus olhos de modo exuberante.

— No frio?

— Estou achando *refrescante* — disse Beatrice, puxando os braços de novo. — *Poderia* fazer o favor de me largar?

— Não — murmurou Lorde Hope, se virando para guiá-la a fim de descer os degraus, a mão ainda segurando um dos braços dela.

— Como é? — rebateu ela.

— Não vou deixá-la ir embora — disse ele. — Nunca.

— Isso não tem graça.

— Eu não pretendia ser engraçado — rebateu Lorde Hope de um jeito enlouquecedor ao chegarem à rua. — Onde está a maldita carruagem?

— Na esquina; não há espaço para estacionar aqui. O senhor está fazendo piada sobre não me deixar ir embora?

— Não faço piadas.

— Essa é a maior tolice que já ouvi — disse ela, falando alto demais. — Todo mundo faz piadas, até mesmo pessoas como o senhor, sem nenhum senso de humor.

Lorde Hope a puxou, fazendo com que ela batesse contra seu peito. Com força.

— Eu garanto — grunhiu ele com o rosto próximo ao dela — que...

Mas algo estranho aconteceu. Beatrice sentiu que era empurrada por trás, um golpe forte contra a lateral do corpo. As mãos de Lorde Hope apertaram dolorosamente seus braços, e ela viu que ele tinha um olhar assassino direcionado para algo às suas costas.

— O que...? — começou Beatrice.

Mas o visconde a empurrou para trás dele, na direção dos degraus da casa, enquanto puxava a grande faca do paletó.

— Entre!

E Beatrice viu, horrorizada, que os três homens avançavam sobre ele. O líder — o homem vesgo — empunhava uma faca, e havia sangue na lâmina.

Ela gritou.

— Entre! — gritou Lorde Hope de novo, e investiu contra o líder.

O homem alto ergueu a faca ensanguentada para atacar o visconde. Mas Lorde Hope segurou seu pulso, impedindo o golpe, e tentou atingir o abdome dele. O líder encolheu a barriga e deu um pulo para trás, sua camisa e o colete cortados. Um segundo homem, sem chapéu e calvo, agarrou Lorde Hope por trás, prendendo seus braços. O homem vesgo sorriu e avançou para desferir outro golpe. O visconde grunhiu e soltou o braço esquerdo bem na hora, usando-o para bloquear a faca. A lâmina cortou seu braço e o sangue jorrou, formando um arco fino pela rua.

Beatrice cobriu a boca e se sentou bruscamente nos degraus da casa. Pontos pretos flutuavam em seu campo de visão.

Um homem gritou, e ela olhou para cima.

O homem calvo havia caído no chão e apertava a lateral do corpo, que sangrava. Lorde Hope lutava com o líder de novo, enquanto o terceiro homem, atrás dele, erguia um punhal.

Beatrice tentou gritar para alertá-lo, mas não conseguiu. Era como se estivesse em um pesadelo. Nenhum som saía de sua garganta. A única coisa que conseguia fazer era observar, horrorizada.

O punhal desceu, mas o líder cambaleou para trás sob o ataque feroz de Lorde Hope, levando o visconde consigo, e a lâmina errou o alvo. De repente, Lorde Hope girou, carregando o líder, e o jogou contra o homem que o atacava pelas costas. Os dois caíram no chão em um emaranhado de braços e pernas. O líder sangrava de um corte terrível na cabeça, e sua orelha parecia dependurada.

Lorde Hope endireitou a postura e foi para cima dos homens caídos com passos determinados, mortais, como um lobo perseguindo uma lebre ferida. Ele exibia um sorriso de guerra enquanto se aproximava, selvagem e satisfeito. Sua grande faca estava erguida, agora também ensanguentada. Seus dentes expostos eram brancos demais em contraste com a pele bronzeada. Os homens no chão pareciam mais civilizados que o visconde.

Então, de modo tão repentino como havia começado, tudo acabou. O homem vesgo e seu companheiro se levantaram cambaleando, pegaram por baixo dos braços o terceiro sujeito, cuja lateral do corpo sangrava, e correram para o outro lado da rua, quase acertando alguns cavalos que puxavam uma carroça pesada. O condutor gritou, indignado. Lorde Hope deu um passo rápido, como se quisesse persegui-los, mas então parou. Com um olhar enojado, embainhou a faca.

Ele se virou para ela com uma expressão ainda selvagem, mas só o que Beatrice conseguia ver era a mão esquerda dele, pingando sangue pelo chão.

— Por que não entrou na casa? — Lorde Hope quis saber.

Beatrice ergueu o olhar, atordoada.

— O quê?

— Eu lhe dei uma ordem. Por que diabos não me obedeceu?

Ela não conseguia pensar em nada além do ferimento de Lorde Hope. Então ergueu a mão direita para segurar a dele. Mas havia algo errado. A mão dela já estava ensanguentada.

— Beatrice!

Ela franziu a testa ao ver a própria mão, confusa.

— Ah, sangue.

Então o mundo girou vertiginosamente, e tudo se apagou.

Capítulo Nove

— Sou a princesa Serenidade — disse a dama enquanto Espada Longa a colocava no chão. — Meu pai é rei desta terra, mas há uma bruxa má que vive nas montanhas perto daqui. Ela disse ao meu pai que, se ele não lhe pagasse um tributo anual, o destruiria e acabaria com todo o seu reino. Meu pai pagou o tributo no ano passado, mas se recusou neste. A bruxa mandou aquele dragão para capturá-lo e levá-lo até ela. Quando saí com um grupo de cavaleiros para resgatar meu pai, o dragão veio e matou todos, menos a mim.

A princesa Serenidade tocou o braço de Espada Longa com uma pequenina mão branca.

— A bruxa matará meu pai amanhã se eu não o resgatar. O senhor pode me ajudar?

Espada Longa olhou para o dragão morto, para a mão branca sobre seu braço e para os olhos da princesa Serenidade, azuis como o mar, mas ele havia tomado sua decisão antes mesmo de ela começar a falar.

— Vou ajudá-la...

— Espada Longa

— Beatrice! — gritou Reynaud de novo, apesar de saber que ela não escutava.

Ela desmaiara, desmoronando nos degraus sobre seu lado esquerdo. Uma mancha de sangue do tamanho da palma de uma mão fora revelada no seu lado direito e nas costas, e a visão encheu Reynaud de um pavor irracional. Ele já vira muito mais sangue em batalha — ferimentos horríveis, homens sem braços ou pernas, corpos que haviam explodido — e nunca perdera a compostura. Mesmo assim, suas mãos tremiam ao tocá-la. Quando a ergueu nos braços, ela era leve como uma criança. Ele sentiu o tecido molhado contra os dedos; o sangue também ensopava as saias de Beatrice, e, por um momento, Reynaud ficou paralisado, com medo de ela estar morrendo. *Os olhos castanhos dela o encaravam por trás de uma máscara de sangue, opacos e sem vida. Ele chegou tarde demais.*

Não. Não, aquela mulher não podia morrer. Ele não permitiria.

Reynaud apertou-a contra o peito e se virou para onde ela dissera que a carruagem esperava. Ele não se sentia seguro naquela região; aqueles que os atacaram, seja lá quem fossem, sabiam que ele estava ali. Precisava tirá-la dali. Precisava levá-la para a própria casa. Lá, poderia vigiá-la e cuidar do ferimento, então Beatrice estaria segura. Ele passou correndo pelas casas, o coração batendo disparado no peito. Ela gemeu e se agarrou no colete dele, mas não abriu os olhos.

Ali! Reynaud viu a carruagem de Blanchard enquanto fazia a curva e correu em sua direção, gritando ordens para o cocheiro. Ele viu os olhos arregalados do homem, a expressão assustada no rosto do lacaio, e pulou para dentro do veículo sem esperar colocarem os degraus.

— Vá! — gritou ele, e a carruagem partiu dando uma guinada, com o cocheiro vociferando para os cavalos.

Reynaud segurava Beatrice no colo. Olhou para seu rosto e viu que a pele estava branca como farinha, tão pálida que sardas minúsculas, antes despercebidas por ele, agora se destacavam nas bochechas. Ah, Deus, ele não deixaria aquilo acontecer. Reynaud afastou uma mecha de cabelo dos olhos dela, mas sua mão estava cheia de sangue e apenas sujou sua testa de carmim. Maldição. Precisava ver a gravidade do ferimento.

Ele enfiou a mão no paletó e pegou a faca. A carruagem balançou enquanto faziam uma curva, e Reynaud firmou-se com os pés e os cotovelos. Com cuidado, cortou o vestido, o espartilho e a anágua de Beatrice, da base do quadril até o topo do corpete, tanto na frente quanto atrás. Então, abriu o tecido e viu a ferida. Era um corte de cinco centímetros que ia da lateral até as costas, feio e brutal, em contraste com aquela vastidão de pele macia e pálida. Os assassinos miraram em Reynaud e a atingiram enquanto ele a segurava diante de si, como um escudo acidental. Sangue fresco, límpido e vermelho-vivo saía do ferimento. O tecido havia grudado na pele dela, e, ao ser removido, reabrira a ferida.

Reynaud xingou baixinho e cortou um pedaço da anágua de Beatrice, amassando o tecido e pressionando-o contra o corte. Então passou o outro braço por trás dos ombros dela e a abraçou firme, colocando a cabeça dela sob seu queixo. Beatrice era tão delicada, tão pequena em seus braços, e ele sentia o sangue ensopando o chumaço de pano, molhando seus dedos.

— Depressa — sussurrou ele.

Casas e lojas passavam pela janela. A carruagem ia rápido, mas eles ainda não tinham chegado à casa dele. O cocheiro gritou alguma coisa, e o veículo inteiro balançou com força. Reynaud escorregou pelo banco, batendo dolorosamente na lateral da carruagem, tentando amortecer o impacto com o próprio corpo.

Beatrice gemeu.

— Droga. Droga. Droga. — Ele afastou o cabelo dourado do rosto de Beatrice com a mão que a segurava e pressionou a boca aberta contra a testa dela, sussurrando: — Aguente firme. Só aguente firme.

A carruagem parou, e ele já estava de pé com Beatrice no colo antes mesmo de o lacaio abrir a porta completamente.

— Vire de costas! — ordenou Reynaud, irritado, para o homem que encarava a cena com uma expressão estúpida no rosto.

Reynaud desceu da carruagem, ciente de que Beatrice estava bastante exposta. Assim que ele chegou, correndo, ao topo da escada, com ela nos braços, o mordomo abriu a porta.

— Chame um médico — ordenou Reynaud para o criado boquiaberto. — E vou precisar de água quente e panos imediatamente no quarto da Srta. Corning.

Ele fez menção de subir a escadaria, mas foi barrado por St. Aubyn, que estava descendo.

— Beatrice! — O rosto naturalmente vermelho do homem mais velho empalideceu. — O que você fez com a minha sobrinha?

— Ela foi esfaqueada — respondeu Reynaud, seco. A preocupação na voz do homem que fizera a pergunta foi a única coisa que o impediu de empurrá-lo. — Não por mim.

— Meu Deus!

— Deixe-me passar.

St. Aubyn abriu espaço, e Reynaud passou por ele correndo, subindo os degraus o mais rápido possível. O quarto de Beatrice ficava dois andares acima. Ele ouvia o tio dela arfando atrás dele. Quando finalmente chegaram ao cômodo, a porta estava aberta, e a criada pessoal dela arrumava a cama.

— Deus tenha piedade — murmurou a mulher de baixa estatura, robusta, com cabelos ruivos, e que aparentava ser competente.

— Sua patroa foi esfaqueada — explicou Reynaud. — Preciso de ajuda para tirar o vestido dela.

— Ora, o que é isso? — bradou St. Aubyn da porta. — Você não pode fazer uma coisa dessas!

— Ela está sangrando — disse Reynaud em um tom baixo e intenso. — Posso segurar a atadura enquanto a criada tira o vestido. Ou o senhor prefere preservar a honra da sua sobrinha e deixá-la sangrar até morrer?

St. Aubyn engoliu em seco, mas ficou em silêncio, os olhos grudados no rosto de Beatrice.

Reynaud assentiu com a cabeça para a criada, e St. Aubyn se virou com um resmungo, fechando a porta atrás de si enquanto a mulher começava a remover o vestido. Um cavalheiro teria desviado o olhar, mas fazia tempo que Reynaud já não era mais um. Ele ficou observando enquanto a criada despia Beatrice. Seus seios eram fartos e redondos, os mamilos tinham um belo tom cor-de-rosa. A criada puxou o vestido pelas pernas, e ele encarou com um sentimento de posse aquele triângulo feminino, tão vulnerável, tão doce, coberto por pelos louro-escuros. Aquela mulher era sua, e ele havia falhado em protegê-la. A criada puxou a coberta sobre os seios e um dos braços de Beatrice, deixando seu lado direito exposto para que ele continuasse pressionando o pano, agora ensopado, contra o ferimento.

— Onde está o maldito médico? — grunhiu Reynaud.

Nenhum som havia saído dos lábios de Beatrice enquanto a criada movia seu corpo. Ela dormia profundamente.

— Acenda a lareira — ordenou ele à criada.

— Sim, milorde.

A mulher foi correndo para a lareira e amontoou carvões sobre as brasas.

— Qual é o seu nome? — perguntou ele quando ela voltou para perto da cama, mais para se distrair do que por curiosidade.

— Quick, milorde — respondeu a criada.

— Há quanto tempo está com sua patroa?

Os pensamentos de Reynaud corriam em círculos, como um rato preso em um pote de vidro. Onde estava o médico? Quanto sangue ela tinha perdido? Será que o sangramento parou?

— Oito anos, milorde — respondeu Quick. — Estou com a Srta. Corning desde que ela debutou.

— Bastante tempo, então — comentou ele, distraído.

Reynaud levou as costas de sua mão à bochecha de Beatrice. Ela ainda estava quente. Ainda estava viva.

— Sim, milorde — sussurrou a criada. — Ela é uma patroa muito gentil.

A porta se abriu, e vários lacaios entraram com panos e água quente. Um deles era Henry, parecendo preocupado ao ver a patroa inconsciente.

— O médico já está a caminho? — perguntou Reynaud ao rapaz.

— Sim, milorde — respondeu ele. — Foram chamá-lo imediatamente, e Lorde Blanchard está lá embaixo esperando por ele.

Reynaud assentiu.

— Preciso de mais um pano aqui.

— Ela vai ficar bem, milorde? — perguntou Henry enquanto lhe entregava o pano.

— Meu Deus, espero que sim — respondeu Reynaud.

Ele trocou o pedaço rasgado de anágua pelo pano limpo. O sangue agora brotava bem lentamente da ferida. Pelo menos isso era bom. Reynaud fechou os olhos. Se ainda acreditasse em orações, estaria de joelhos agora.

Uma comoção na escada o fez erguer a cabeça. Um homem magro e alto, usando uma peruca cinza e curta, entrou no quarto, seguido de perto por St. Aubyn. O médico deu uma olhada geral em Beatrice e se virou para Reynaud.

— Como ela está?

— Desmaiou e ainda não acordou — respondeu ele. — Mas o sangramento diminuiu.

— Ótimo. Ótimo. Uma facada, pelo que me informaram, correto? — O médico se aproximou. — Posso?

Reynaud soltou a atadura, e o médico a ergueu, emitindo sons de aprovação.

— Sim. Sim, certo. Apenas alguns centímetros e não muito fundo, creio eu. Ótimo. Vamos fechar o ferimento enquanto ela dorme. Traga-me água.

A última frase foi dirigida a Henry, que trouxe a bacia.

Reynaud ficou de pé para dar espaço ao médico, se sentindo estranhamente inútil.

O homem jogou água no ferimento e passou o pano, limpando o sangue.

— Para suturar, preciso ver. — Ele tirou uma agulha já com linha de sua bolsa. — Pode segurar aqui, mantendo as extremidades fechadas? — perguntou à criada.

A mulher empalideceu.

— Eu faço isso — murmurou Reynaud.

Ele apertou o corte de leve para fechá-lo.

— Ah. Ótimo.

O médico inseriu a agulha na pele de Beatrice.

Reynaud se contraiu ao ver sangue fresco brotar do furo feito pela agulha. Beatrice gemeu.

— Rápido — sussurrou ele para o médico.

Se ele a visse sofrendo, perderia o controle.

— A pressa é inimiga da perfeição — murmurou o médico, puxando a linha ensanguentada com cuidado.

O homem fez o segundo ponto, seus movimentos eram precisos.

— Jesus Cristo — murmurou St. Aubyn.

Reynaud olhou para ele. O rosto do usurpador estava pálido, e, pela primeira vez, ele sentiu pena do velho — St. Aubyn parecia louco de preocupação com a sobrinha.

Reynaud voltou a olhar para a agulha do médico furando a pele macia de Beatrice.

— Não há necessidade de tanta gente aqui. Todos podem ir embora, com exceção de Quick e do conde.

Vários pés se encaminharam para a porta.

— Falta apenas um para fechar completamente — disse o médico.

Beatrice soltou outro gemido.

— Pode segurar os ombros dela? — perguntou Reynaud, rígido, para a criada. — Não deixe que ela se mova.

— Sim, milorde.

Ela dirigiu-se à cabeceira da cama.

O médico deu um nó, vagarosamente e com cuidado. Reynaud franziu a testa, olhando para as próprias mãos, desejando, em silêncio, que o homem se apressasse.

— Pronto — finalmente disse o médico, e cortou a linha.

— Graças a Deus. — Reynaud sentiu uma gota de suor escorrer pelo rosto.

— Vamos fazer um curativo — continuou o médico, rapidamente —, e então estará nas mãos de Deus.

Reynaud assentiu e se levantou, observando com atenção enquanto o médico também se levantava. Ele tirou um frasco com um remédio da bolsa, deu instruções para administrar o medicamento quando a paciente acordasse e foi embora com a mesma rapidez com que chegara. O usurpador o seguiu para fora do quarto, provavelmente para acompanhá-lo até a saída, e Reynaud se virou para Quick.

— Vamos deixá-la mais confortável.

A criada assentiu e trouxe uma bacia com água fresca. Ela passou uma esponja molhada em torno do curativo e depois secou com um pano, enquanto Reynaud limpava com delicadeza o rosto de Beatrice. Ela ainda não havia acordado, e ele olhou para ela com o cenho franzido ao remover os grampos de seu cabelo e ao pentear as mechas louras sobre o travesseiro. Ela não parecia estar sentindo dor, pelo menos.

— A senhorita já está o mais confortável possível, milorde — disse Quick. — Ficarei aqui para o caso de...

— Não — disse ele de imediato, interrompendo-a. — Eu fico. Deixe-nos a sós, por favor.

A criada pareceu hesitar por um instante, mas, ao ser encarada por Reynaud, fez uma mesura e saiu do quarto, fechando a porta.

Ele desembainhou a faca e colocou-a em cima da mesa de cabeceira. Tirou a peruca e deixou-a em uma cadeira. Então removeu as botas e se acomodou na cama. Delicada e cuidadosamente, aproximou Beatrice do próprio corpo, pressionando-lhe o lado não machucado contra si enquanto se deitava.

Reynaud afastou o cabelo do rosto dela. Ele se sentia impotente. Toda sua força e toda sua determinação não faziam nenhuma diferença ali. Tudo dependia de Beatrice e da força que ela possuía.

— Acorde, querida — sussurrou ele, os lábios roçando o cabelo dela. — Meu Deus, por favor, acorde.

HAVIA ALGO QUENTE ao seu lado. Grande e quente, e, ah!, tão aconchegante. Beatrice se mexeu um pouco, tentada a afundar o nariz naquele calor, mas algo ardeu na lateral do seu corpo.

— Ai.

— Não se mexa.

Seus olhos se abriram imediatamente ao escutar a voz grossa, e, por um momento, ela apenas encarou os olhos pretos emoldurados por cílios escuros e espessos. Ele tinha cílios tão bonitos; ela quase sentia inveja deles. Por que um *homem* precisaria ter...

A mente de Beatrice interrompeu o pensamento e voltou alguns passos. Um *homem*...

Ela piscou, encarando Lorde Hope.

— O que o senhor está fazendo na minha cama?

— Cuidando de você.

As palavras saíram tranquilas, mas não era isso que o rosto dele transparecia. Beatrice o analisou com um olhar arrastado, por algum motivo cansada demais para se levantar. O visconde estava sem a peruca, e o cabelo na cabeça raspada era apenas um pouco maior do que a barba por fazer no queixo. Seu cabelo estava brilhoso e rente à cabeça. Ela queria tocá-lo, para ver se os fios eram macios ou se espetavam. Os três pássaros voavam ao redor do olho direito dele, todos parecidos, mas levemente diferentes. E aqueles olhos de meia-noite a encaravam de volta, as sobrancelhas franzidas de preocupação.

— Por que o senhor precisa cuidar de mim? — sussurrou Beatrice.

— Você foi ferida — respondeu ele —, e a culpa foi minha.

— Como?

— Havia três assassinos de aluguel perto da casa de Jeremy Oates.

Beatrice se lembrava agora — o homem vesgo e outros dois menores, vadiando.

— Por quê? Por que estavam lá?

— Para me matar — respondeu Lorde Hope, sombrio.

Ela esticou a mão e traçou com os dedos uma das tatuagens de pássaro perto do olho dele.

— Por que estão tentando matá-lo? O senhor sabe?

Lorde Hope fechou os olhos ao toque dela.

— Não, não sei. Vale acha que é alguém do nosso passado.

— Não compreendo.

Beatrice baixou a mão.

— Nem eu. — Lorde Hope abriu os olhos, que agora eram de um preto ardente. — Apenas sei que você se machucou por minha culpa.

Ela franziu a testa, ainda confusa.

— Mas por que foi culpa sua?

— Não consegui protegê-la.

Beatrice ergueu as sobrancelhas, perplexa.

— E a responsabilidade é sua? De me proteger?

— Sim — respondeu Lorde Hope. — É minha.

Então, muito lentamente, ele inclinou a cabeça na direção dela. Beatrice observou enquanto ele se aproximava, os pássaros vindo ao seu encontro, e pensou: *Ele vai me beijar.*

Então ele fez exatamente isso.

Seus lábios eram mais macios do que Beatrice poderia imaginar — e se moviam sobre os dela com delicadeza, porém com firmeza. Os dois já tinham se beijado antes, mas havia sido tão breve que ela mal tivera tempo de assimilar as sensações. Desta vez, era diferente. As bochechas dele arranhavam as suas com a barba que começava a crescer, mas Beatrice não se importava. Estava perdida na sensação da boca dele, no cheiro de seu pescoço — quente e masculino — e no ritmo de sua respiração, que se tornava cada vez mais ofegante durante o beijo.

Ele passou a língua preguiçosamente pelos lábios dela, e ela ficou tão encantada que os abriu, deixando-o entrar. O visconde invadiu sua boca, fazendo-a sentir um gosto de homem, e Beatrice gemeu baixinho, apenas um pouco, mas o suficiente para que ele se afastasse.

— Estou machucando você — disse ele com a cara fechada.

— Não — falou Beatrice, mas era tarde demais.

O visconde rolou para fora da cama, levando com ele todo seu glorioso calor e aquela boca mágica.

Beatrice fez biquinho.

— Vou chamar sua criada — disse ele enquanto calçava as botas. — Quer alguma coisa? Chá? Um pouco de sopa?

— Eu gostaria de chá — respondeu Beatrice. Então apertou os olhos na direção da janela, mas as cortinas estavam fechadas. — Que horas são?

— Já está anoitecendo — respondeu ele. — Você dormiu o dia inteiro.

— Dormi? — Era estranho se lembrar da manhã e depois de mais nada até escurecer. Esse pensamento estimulou seu cérebro e ela se recordou de algo. — O senhor se machucou!

Lorde Hope se virou para encará-la.

— O quê?

— Seu braço. Vi um dos homens ferir seu braço.

— Isto aqui?

Ele arregaçou a manga do paletó, revelando a blusa rasgada, com uma mancha cor de ferrugem.

— Sim, isso aí! — Agora ela tentava se levantar. — Por que não pediu que examinassem?

O visconde a empurrou delicadamente de volta para a cama.

— Porque não é motivo de preocupação.

— Talvez não para o senhor...

— Shh. — O olhar dele era bastante determinado. — Você teve um dia cansativo, e o ferimento deve estar dolorido. Descanse agora, e voltarei para uma visita quando você estiver vestida de forma mais apropriada.

Então ele saiu do quarto, imperioso.

Vestida de forma mais apropriada? Beatrice franziu a testa e só então se deu conta de que não usava sequer uma única peça de roupa sob a coberta.

Minha nossa.

JÁ PASSAVA DAS DEZ quando Reynaud chegou à casa de Vale e começou a esmurrar a porta. Se o amigo tivesse saído para um evento social, aquele horário era cedo demais para estar de volta, e, se fosse uma das raras ocasiões em que Vale estivesse em casa, já estava tarde demais para receber visitas. Reynaud continuou batendo mesmo assim. Até onde sabia, Vale era seu único aliado, e ele precisava de um no momento.

A porta se abriu, então surgiu o rosto de um mordomo irritado, cuja expressão se suavizou ligeiramente ao ver que o visitante era um cavalheiro.

— Senhor?

Reynaud empurrou o ombro contra o homem para passar. Ele não se sujeitaria a ficar esperando do lado de fora como um pedinte.

— O visconde está em casa?

O mordomo baixou as sobrancelhas.

— Lorde e Lady Vale não estão recebendo visitas esta noite. Talvez se o senhor...

— Não vou voltar amanhã — interrompeu-o Reynaud. — Ou você vai atrás dele para avisar que estou aqui ou eu mesmo faço isso.

O mordomo endireitou a postura e fungou.

— Pode aguardar na sala de estar, milorde.

Reynaud foi batendo os pés para a sala indicada e passou os dez minutos seguintes andando de um lado para o outro. Estava quase desistindo de esperar e indo procurar Vale por conta própria quando a porta se abriu.

Vale entrou, bocejando e amarrando um robe na altura da cintura.

— Por mais que eu esteja feliz por você ter voltado dos mortos, meu caro, preciso deixar bem claro que as noites em que estou em casa são reservadas à minha esposa.

— É um assunto importante.

— Harmonia conjugal também é importante. — Vale foi até uma bandeja que continha um decantador e taças. Então ergueu a garrafa. — Conhaque?

— Beatrice foi esfaqueada hoje de manhã.

Vale fez uma pausa, ainda segurando o decantador.

— Beatrice?

Reynaud acenou com uma das mãos, impaciente.

— A Srta. Corning. Ela foi atingida numa tentativa de assassinato contra mim.

— Meu Deus — disse Vale, baixinho. — E como ela está?

— Ela desmaiou e perdeu muito sangue — murmurou Reynaud, com a imagem da violação da pele macia de Beatrice ainda fresca em sua memória. — Mas acordou cerca de uma hora atrás e parecia bem lúcida.

— Graças a Deus. — Vale serviu um pouco de conhaque em uma taça e tomou um gole. — E seu parentesco com a prima Beatrice é muito próximo?

Reynaud o fitou.

— Nem tanto.

— Fico feliz em saber. — Vale desabou sobre uma poltrona estofada. — Espero que ela se recupere completamente para você poder pedi-la em casamento. Porque, acredite, o matrimônio é algo realmente abençoado, apreciado por todos os homens de bom senso e de habilidades minimamente razoáveis no quarto.

— Obrigado por essa opinião edificante — resmungou Reynaud.

Vale acenou com a taça.

— Disponha. Ora, você não se esqueceu de como entreter uma dama no quarto, não é?

— Ah, pelo amor de Deus!

— Você passou anos e anos fora do convívio da sociedade refinada. Posso lhe dar algumas dicas, caso precise.

Reynaud estreitou os olhos.

— Isso vindo de um homem que tive que resgatar da ira de uma prostituta quando nós tínhamos dezessete anos?

— Meu Deus, eu tinha me esquecido desse incidente.

— Eu não esqueci — murmurou Reynaud. — O cafetão dela era um sujeito enorme.

— Sim, bem, ela reclamou por eu ter me recusado a pagar o triplo do valor combinado quando o cafetão dela chegou, não pelas minhas habilidades no quarto — ressaltou Vale. — Mesmo aos dezessete anos, eu já podia ter lhe ensinado uns truques...

— Jasper — grunhiu Reynaud em advertência.

Vale escondeu um sorriso por trás do copo, ficando sério ao baixá-lo.

— Quem eram os assassinos?

Reynaud se jogou em uma poltrona.

— Três bandidos, não muito habilidosos, creio eu. Eram liderados por um homem vesgo.

— É mesmo? — Vale jogou a cabeça para trás e encarou o teto. — Ele tinha mais alguma característica interessante que facilite sua identificação?

— Alto, rápido, sabia usar uma faca. — Reynaud deu de ombros. — Só isso, infelizmente.

— A cor do cabelo?

— Castanho.

— Humm. — Vale pensou por um instante. — Vou mandar outra carta para Munroe. Precisamos dele aqui.

Reynaud franziu a testa.

— Você acha que o ataque contra mim tem alguma relação com o que aconteceu sete anos atrás?

— Acho.

— Por quê?

— Veja bem. — Vale se inclinou para a frente na cadeira, abandonando a imagem de aristocrata preguiçoso e se portando como um homem de profunda inteligência. — Achei que tínhamos chegado a um beco sem saída na busca pelo traidor de Spinner's Falls. E então você voltou para casa, e, no período de pouco mais de uma semana, dois atentados foram cometidos contra sua vida. É extraordinário!

— Que bom que eu lhe dei alguma alegria — murmurou Reynaud.

Vale ignorou o sarcasmo.

— Estou mais convencido do que nunca de que você sabe de alguma informação importante que poderá revelar o traidor ou deixá-lo vulnerável de alguma forma.

— Então você descartou completamente a possibilidade de St. Aubyn estar por trás dos ataques?

Reynaud já tinha chegado a essa conclusão, mas queria ouvir a opinião de Vale.

O outro homem balançou a cabeça.

— Blanchard é arrogante e pomposo, mas é esperto o suficiente para não tentar matar você. Além do mais, sei que você não gosta do sujeito, mas ele nunca me pareceu alguém tão desprovido de moralidade a ponto de contratar um assassino.

Reynaud fechou a cara.

— Isso é...

— Além do mais, por que Blanchard correria o risco de matá-lo, já que você forneceu um material excelente de fofoca na outra noite?

Reynaud se virou para encarar o amigo com irritação.

— Eu me compadeço. — Vale deu de ombros. — Mas você precisa admitir que suas estripulias na pista de dança não o ajudaram muito.

— Nós estávamos falando de Blanchard...

Vale acenou com uma das mãos, interrompendo Reynaud.

— Blanchard não tem nada a ver com essa história. Nós estamos chegando mais perto de descobrir o traidor de Spinner's Falls. Não sei como, mas só pode ser isso, a julgar pelos ataques contra você. Se conseguirmos convencer Munroe a vir e juntarmos nossas cabeças, talvez consigamos encontrar a resposta de uma vez por todas.

— Pois bem — disse Reynaud, devagar. — Mas talvez seja melhor enviarmos um mensageiro. Um cavaleiro chegaria à Escócia mais rápido do que o correio. Ou você prefere ir por conta própria?

— Vamos enviar uma carta por mensageiro. — Vale se levantou num pulo e seguiu para uma mesa, como se pretendesse escrever a carta naquele mesmo instante. — Na verdade, não pretendo sair de Londres no momento.

Reynaud lançou-lhe um olhar questionador e ficou admirado ao ver um rubor subindo pelas bochechas do velho amigo.

— Minha esposa está, humm, esperando o sexto visconde Vale — murmurou ele. — Ou talvez simplesmente uma ilustre senhorita. Não dou a mínima para o que vai ser. Só quero um bebê com todos os dedos e que não seja muito parecido com o pai.

Reynaud sorriu.

— Parabéns, homem!

— Sim, bem. — Vale pigarreou. — Ela está um pouco nervosa com tudo isso, então é preferível manter segredo enquanto for possível. Você compreende?

— Certamente.

Reynaud franziu a testa. Melisande parecia bastante saudável, mas muitas coisas podiam dar errado em uma gravidez.

— E, nesse meio-tempo — disse Vale, ansioso para mudar de assunto —, enquanto esperamos por Munroe, creio que seja prudente investigar os homens que atacaram você. Londres é uma cidade imensa, mas não deve haver *tantos* assassinos de aluguel vesgos por aí.

— Obrigado — disse Reynaud, e, pela primeira vez em muitos, muitos anos, sentiu que era amparado por um amigo.

Agora, só precisava manter Beatrice segura.

— CONTE UMA HISTÓRIA — pediu Beatrice.

Ela ainda estava acamada — já era o quarto dia seguido de "repouso" — e se sentia terrivelmente entediada. Usava um vestido diurno confortável e estava sentada, apoiada nos travesseiros, mas, ainda assim, totalmente confinada em seu quarto.

— Que tipo de história? — perguntou Lorde Hope em um tom distraído.

Ele ocupava uma poltrona ao lado da cama, supostamente para lhe fazer companhia, mas, em vez disso, lia uma pilha de papéis enviados por seus advogados.

— O senhor pode me contar sobre a primeira vez que fez amor com uma mulher — disse ela, casualmente.

Houve uma pausa e, por um momento, Beatrice teve certeza de que ele não a ouvira, então o visconde levantou o olhar para encará-la. Seus olhos pretos brilhavam, e, nesse momento, ela percebeu que ele havia escutado, *sim*.

— Você ainda está se recuperando, então acho melhor guardarmos essa história para outra ocasião.

— Que frustrante — reclamou Beatrice, baixando os olhos de modo recatado.

Lorde Hope pigarreou.

— Talvez outra história possa entretê-la.

— Qual?

Ele deu de ombros.

— Gostaria de ouvir sobre minha vida no exército? Ou sobre meus tempos de escola com Vale?

Beatrice inclinou a cabeça.

— Eu adoraria escutar essas histórias em algum momento. Mas, agora, estou curiosa sobre o período em que ficou com os indígenas.

O visconde voltou a olhar para a papelada, franzindo ligeiramente as sobrancelhas, diminuindo o espaço entre elas.

— Disso eu já falei. Fui capturado e escravizado. Não há muito mais o que contar.

Beatrice o avaliou, ciente de que seria mais educado deixar o assunto de lado. A história de como ele fora capturado e levado à aldeia indígena era angustiante. Estava na cara que Lorde Hope não queria falar sobre o cativeiro. Mas ela também sabia — por algum motivo, sem explicação lógica — que ele estava mentindo. Havia mais, muito mais, naquela história. Mais sete anos inteiros. E foi durante esse tempo que Lorde Hope deixou de ser o rapaz risonho do quadro e se transformou naquele homem inflexível diante dela. Beatrice precisava saber como aquilo tinha acontecido, e talvez, de alguma forma, ele também precisasse contar a ela.

— Por favor? — pediu ela, baixinho.

Por um instante, teve certeza de que Lorde Hope se recusaria. Mas então ele colocou os papéis no chão.

— Pois bem.

— Obrigada.

Ele encarou o nada por um tempo. Então piscou e disse:

— Sim, bem. Gaho me queria porque precisava de outro caçador para sua família. Devo explicar que alguns indígenas seguem uma tradição interessante. Eles fazem prisioneiros em guerras ou ataques e cerimonialmente os agregam aos seus clãs. Então assumi a posição que um filho teria na família de Gaho.

— Então ela era como sua mãe adotiva?

— Apenas em teoria. — A boca do visconde se retorceu. — Eu era, em todos os sentidos práticos, um escravo.

— Ah.

Mais uma vez, Beatrice pensou em como aquilo devia ter sido um golpe terrível no orgulho daquele homem — deixar de ser um visconde e um oficial do exército de Sua Majestade e passar a ser um escravo.

— Gaho me tratava suficientemente bem. — Lorde Hope olhava pela janela do quarto, sem parecer ver nada. — Com certeza melhor do que muitas vezes nós tratamos nossos prisioneiros de guerra. E, é claro, eu era grato por não ter sido executado. Mas, no fim das contas, eu era um escravo, sem controle nenhum sobre minha própria vida.

Por um instante, o visconde ficou em silêncio.

— Quais eram as suas tarefas? — perguntou ela.

— Caçar. — Ele a encarou, retorcendo a boca. — Depois de um tempo, descobri que a aldeia costumava ser muito maior, mas a tribo tinha sido dizimada por uma doença alguns anos antes. No passado, havia muitos homens fisicamente capazes de prover carne durante o inverno, porém, naquela época, restavam poucos. Eu saía para caçar com o marido de Gaho, um homem mais velho a quem chamávamos de tio, e Sastaretsi.

Beatrice estremeceu.

— Deve ter sido horrível ter que caçar com o homem que pretendia matá-lo.

— Eu estava sempre alerta.

— E o senhor tentou fugir?

Lorde Hope olhou para seus papéis.

— Eu pensava em fugir constantemente. Todas as noites, quando amarravam minhas mãos e me prendiam em uma estaca no chão, eu ficava bolando formas de desamarrar as cordas. Minhas unhas cresceram de novo, mas logo percebi que não conseguiria sobreviver sozinho por muito tempo. Não no auge do inverno, quando a carne era escassa e a aldeia inteira corria o risco de morrer de fome. Aquela terra é vasta e cruel. A neve pode chegar à altura do peito. Eu estava entranhado por centenas de quilômetros no território francês.

Beatrice estremeceu.

— Parece ter sido horrível.

Ele assentiu.

— Fazia tanto frio que meus cílios congelavam quando saíamos para caçar.

— E o que caçavam?

— Tudo o que conseguíamos encontrar — respondeu o visconde. — Cervos, guaxinins, esquilos, ursos...

— Ursos! — Ela franziu o nariz. — O senhor não comeu os ursos, comeu?

Lorde Hope riu.

— Demora um pouco para se acostumar com o gosto, mas, sim...

A porta se abriu, interrompendo-o. Quick entrou com uma bandeja de chá.

— Trouxe para a senhorita. — Ela baixou a bandeja. — Ah, e uma mensagem para o senhor, milorde.

Ela entregou um pedaço de papel dobrado para Lorde Hope.

Enquanto recebia de Quick um pires com uma xícara de chá, Beatrice observou o visconde. Ele franziu o cenho ao ler a mensagem, depois amassou o papel e o jogou no fogo.

— Espero que não sejam más notícias — disse ela, tranquila.

— Não. Nada para se preocupar. — Ele se levantou da poltrona. — Na verdade, você devia estar repousando. Preciso sair para resolver alguns assuntos.

— Faz quatro dias que estou repousando — gritou Beatrice para as costas largas de Lorde Hope.

Ele apenas sorriu por cima do ombro e fechou a porta após sair.

— Já estou cansada de ficar na cama — reclamou ela para Quick.

— Entendo, mas Lorde Hope insiste que a senhorita deve permanecer aqui por mais um ou dois dias.

— Quando foi que todo mundo passou a dar atenção ao que ele diz? — murmurou Beatrice, de modo infantil.

Mas Quick levou a pergunta a sério.

— Creio que tenha sido depois que milorde cuidou de Henry, quando ele foi ferido. E ele também parecia saber exatamente o que fazer quando a senhorita foi ferida. — A criada deu de ombros. — Sei que ele ainda não é oficialmente o conde, senhorita, mas é difícil tratá-lo de outra forma.

— Ele parece mesmo ter se encaixado naturalmente no papel — murmurou Beatrice.

Naquela semana, Lorde Hope supervisionara seus cuidados médicos. Além disso, pelo que ela havia observado das cartas que o visconde lia e pelas conversas que ouvia dos criados, o homem parecia receber relatórios de todas as propriedades e terras do condado Blanchard. Relatórios que costumavam ir para as mãos de seu tio.

Ela não via tio Reggie desde a manhã em que sofrera o ataque e, agora, se perguntava — com a consciência pesada — como ele estaria. Apesar da resistência de tio Reggie, tudo estava mudando ao redor. Devia ser difícil. Ainda mais difícil pelo fato de ele ter, aparentemente, enfiado na cabeça que ela estava apenas do lado de Lorde Hope. Se dependesse de sua vontade, Beatrice ficaria dos *dois* lados... se pelo menos eles lhe dessem essa possibilidade.

Ela suspirou. Estava cansada de ficar na cama, cansada de só ficar sabendo das novidades e dos eventos, sem poder vivenciá-los por conta própria.

— Vou me levantar.

Quick pareceu nervosa.

— Lorde Hope disse...

— Lorde Hope não manda em mim — rebateu Beatrice com ar imperioso, e empurrou as cobertas. — Peça a carruagem.

Quarenta e cinco minutos depois, ela atravessava Londres, a caminho da casa de Jeremy. Ela não tinha notícias dele desde o dia em que havia sido esfaqueada, e estava começando a ficar preocupada. Lottie enviava cartas diariamente, junto com um pequeno e adorável buquê de flores, mas Beatrice não recebera uma palavra sequer do amigo. Será que ele ficou sabendo que ela havia sido ferida?

A carruagem parou em frente à casa de Jeremy. O céu tinha escurecido, ameaçando chuva. Beatrice saiu do veículo e subiu correndo as escadas da frente da mansão para bater à porta. Ela olhou para o céu e viu as nuvens escuras enquanto aguardava, torcendo para Putley aparecer logo.

Quando o homem finalmente abriu a porta, ela tentou passar direto por ele, dizendo:

— Boa tarde, Putley. Não vou demorar.

— Um instante, senhorita — disse o mordomo.

— Ah, francamente, Putley, depois de tanto tempo, você não pode ao menos fingir que me conhece?

Ela sorriu, mas logo o sorriso desapareceu por completo, como se nunca tivesse existido.

O rosto do mordomo estava cinza.

— O que houve? — sussurrou Beatrice.

— Sinto muito — disse ele, e, pela primeira vez, parecia sentir mesmo.

E isso só fez o pânico no peito dela aumentar.

— Não. Deixe-me entrar. Deixe-me vê-lo.

— Impossível, senhorita — disse o velho mordomo. — O Sr. Oates morreu. Morreu e já foi sepultado.

Capítulo Dez

O cavalo da princesa Serenidade havia sido morto, e Espada Longa não tinha um, então os dois tiveram de ir andando até o covil da bruxa. Passaram o dia inteiro caminhando, e, apesar de a princesa ser pequena e delicada, não vacilou em momento nenhum. Ao cair da noite, eles chegaram ao pé da montanha em que a bruxa morava. No escuro, guiados apenas por uma fraca luz do luar, subiram a grande montanha preta. Feras estranhas se moviam nas sombras e pássaros lamuriosos piavam na escuridão, mas Espada Longa e a princesa seguiram em frente. E, quando o primeiro raio de sol iluminou o pico da montanha, os dois se viram diante do castelo da bruxa...

— Espada Longa

— Como assim, ela saiu? — sibilou Reynaud para o mordomo.

Ele estava parado no saguão de entrada, tinha acabado de chegar de uma reunião de negócios.

O homem se retraiu, mas permaneceu firme, corajoso.

— A Srta. Corning me informou que pretendia visitar o Sr. Oates, milorde.

— Maldição! — Reynaud se virou e correu para a porta, abrindo-a com força. O cavalariço guiava seu cavalo para a esquina. — Ei! Volte aqui!

O rapaz olhou, assustado, mas trouxe o grande cavalo baio. Reynaud desceu as escadas da frente pulando vários degraus e montou no animal, esporeando-o para começar a trotar. Ele recebera a mensagem naquela tarde, enquanto estava no quarto com ela. Jeremy Oates falecera dois dias antes. Por que os pais do rapaz haviam demorado tanto tempo para escrever aquele mísero bilhete estava além da sua compreensão. Ele sabia que era errado ler a correspondência de Beatrice, mas queria protegê-la enquanto ela estivesse se recuperando daquela terrível facada. Reynaud pretendia lhe dar a notícia sobre a morte do amigo com delicadeza. Abraçá-la enquanto ela chorava. Maldição! Agora, seu plano para amortecer o golpe tinha ido por água abaixo. Ele fez o cavalo acelerar para um meio-galope, passando perigosamente rápido por carroças e pedestres.

Cinco minutos depois, quando fez a curva na rua de Oates, a primeira coisa que Reynaud viu foi Beatrice, parada no topo da escada em frente a casa, parecendo uma criança abandonada e desamparada. Ele pulou do cavalo e jogou as rédeas para um dos lacaios que cuidavam da carruagem dela. Então subiu vagarosamente a escada. Um pingo grosso de chuva caiu, depois outro, então o céu desabou.

Os dois ficaram imediatamente ensopados.

Reynaud tocou o braço dela com delicadeza.

— Vamos para casa, Beatrice.

Ela o encarou, a água escorrendo por seu rosto como lágrimas.

— Ele morreu.

— Eu sei — murmurou Reynaud.

— Como? — perguntou Beatrice. — Como ele pode ter morrido? Nós o vimos no outro dia, e ele estava bem.

— Vamos para casa. — Reynaud começou a guiá-la pelos degraus. — Você precisa se recuperar.

— Não! — De repente, ela puxou o braço, surpreendendo-o o suficiente para conseguir se soltar. — Não! Eu quero vê-lo. Talvez tenham se enganado. Eles mal olham para o filho. Talvez tenha sido só... só...
— Ela foi parando de falar, olhando ao redor de modo descontrolado. — Quero ver Jeremy.

Então começou a subir a escada de novo.

Reynaud foi rápido atrás dela e a pegou no colo.

— Você precisa ir para casa.

— Não! — Beatrice agitou os braços e bateu nele. Era difícil saber se por acidente ou não. — Me solte! Me deixe ver Jeremy!

Reynaud não tentava mais discutir. Em vez disso, desceu correndo os degraus molhados com ela e foi para a carruagem.

— Para casa! — gritou ele para o cocheiro antes de abaixar a cabeça para entrar no veículo.

O lacaio bateu a porta depois que entraram, e a carruagem se pôs em movimento com um solavanco.

Reynaud passou os braços em torno de Beatrice para conter seus movimentos e impedir que os pontos se abrissem, mas ela já tinha parado de se debater. Soluços profundos, ofegantes, sacudiam seu corpo.

Ele apoiou a bochecha no cabelo molhado dela.

— Sinto muito.

— Não é justo — disse Beatrice com a voz embargada.

— Não, não é.

— Ele era tão jovem.

— Sim.

Reynaud murmurava, os lábios roçando o cabelo dela, acariciando suavemente sua bochecha, seu ombro, deixando-a chorar apoiada nele. O sofrimento de Beatrice era descontrolado, infantil, selvagem e sem nenhuma sofisticação, e toda essa emoção primitiva despertou algo dentro dele. Aquela mulher era real. Talvez ele nunca mais voltasse a ser o cavalheiro inglês civilizado que Beatrice merecia, mas ela era exatamente o que Reynaud queria. Aquilo de que ele precisava. Ela era afetuosa e acolhedora, e era seu *lar*.

Ele a queria.

Então, quando a carruagem finalmente parou diante da mansão Blanchard — da casa *dele* —, Reynaud a pegou no colo, carregou-a pela escada da frente e entrou com ela na casa, como faziam seus ancestrais com as noivas. Passou pelo mordomo, pelos lacaios e pelas criadas, e todos se afastaram, abrindo caminho para ele e seu prêmio.

— Não nos incomodem — disse Reynaud, e subiu a escadaria até o quarto dela.

O quarto principal da casa — que havia sido de seu pai e de todos os condes de Blanchard que o antecederam — teria sido melhor para seus planos, mas estava ocupado pelo usurpador, e, de qualquer forma, não fazia diferença. Aquilo era algo entre eles dois e mais ninguém.

Reynaud chegou ao quarto e entrou. A criada estava lá, hesitante, ao lado do guarda-roupa.

— Deixe-nos a sós — pediu ele, e a mulher obedeceu.

Reynaud acomodou Beatrice na cama com cuidado. Ela permanecia com o rosto enterrado em seu ombro, o corpo mole como o de uma boneca de pano.

— Não — disse Beatrice em um tom de voz fraco, apesar de Reynaud não saber contra o que ela protestava.

Era bem provável que ela também não soubesse.

— Você está molhada — explicou ele, todo gentil. — Preciso secá-la.

Beatrice se levantou sem reclamar enquanto Reynaud desamarrava seu corpete e espartilho, afastando o tecido molhado de seu corpo. Seus gestos eram impassíveis. Precisava aquecê-la e certificar-se de que nenhum ponto do seu ferimento havia sido aberto. Quando ela ficou nua, ele pegou um pano no guarda-roupa e a esfregou por inteiro, secando onde ela estivesse molhada. A pele de Beatrice era clara, num tom de pêssego, linda e macia em sua totalidade. Reynaud retirou os grampos do cabelo dela e o secou com a toalha, observando as sedosas mechas douradas se encaracolarem em torno de seus dedos. Quando terminou de fazer isso, ele molhou a ponta do pano na bacia sobre a cômoda e limpou o rosto dela. Suas bochechas estavam vermelhas, seus olhos e lábios, inchados, e Reynaud sabia que Beatrice não estava em seu melhor momento, mas o pau dele não se importava. Ele estava ereto desde que entrara no quarto.

Finalmente, Reynaud puxou as cobertas da cama e, pegando-a no colo, colocou-a no colchão e ajeitou os lençóis sobre ela para aquecê-la.

Foi só após ele tirar o paletó e começar a desabotoar o colete que Beatrice franziu as sobrancelhas.

— O que — disse ela, baixinho — o senhor está fazendo?

O PEITO DELA doía. Seu coração, seus pulmões, seus seios, tudo doía a cada respiração que dava. Beatrice sentia como se parte de seu mundo tivesse caído e se espatifado, e nunca mais pudesse ser recuperado. Jeremy estava morto. Morto, e ela só ficara sabendo disso quando Putley lhe deu a notícia. Será que ela já não devia saber? Não devia ter sentido a morte do amigo em algum lugar profundo de si mesma?

Beatrice afastou o pensamento, afastou a dor avassaladora, e olhou para Lorde Hope. De alguma forma, o homem a levara para seu quarto e tirara sua roupa. Ela devia estar escandalizada, mas não tinha disposição para isso. E agora... agora ele parecia estar tirando as próprias roupas.

Ela o fitou, apenas um pouquinho curiosa.

— O que o senhor está fazendo?

— Tirando a roupa — respondeu ele, e fazia sentido, porque era isso mesmo o que estava fazendo.

O visconde tirou o colete e a camisa, e Beatrice observou, distante. Os braços dele eram fortes e bronzeados de sol. Será que usava camisa quando vivia com os indígenas? Ele desabotoou a braguilha da calça, e Beatrice observou enquanto ele a retirava também. As roupas de baixo formavam uma tenda sobre suas partes masculinas, e, em qualquer outro momento, a visão teria sido muito interessante, mas agora o que ela sentia... era nada.

Ou, pelo menos, quase nada.

— Mas por quê? — perguntou Beatrice, e, mesmo em seu estado melancólico, sabia que sua voz soava como a de uma criancinha.

— Por que o quê? — rebateu ele enquanto tirava os sapatos e as meias.

— Por que está tirando a roupa?

— Porque pretendo me deitar com você — respondeu Lorde Hope, e tirou as roupas de baixo.

Bem, aquilo certamente era algo que ela nunca tinha visto antes. O pênis dele estava em riste, orgulhoso como um soldado, grosso, redondo e de um vermelho quase arroxeado, especialmente a cabeça. Beatrice piscou diante da visão. Então Lorde Hope foi em sua direção, com aquele membro balançando a cada passo, e se deitou ao seu lado na cama. Ele a puxou para perto, e seu corpo era tão quente. Tão quente que parecia uma fornalha, e Beatrice soltou um pequeno suspiro ao sentir como era bom o toque daquele corpo rijo e quente contra sua pele fria.

Ela o encarou, tão próximo, aqueles olhos pretos a apenas centímetros dos seus, e disse:

— Ele morreu, e nunca vou esquecê-lo.

— Sim, eu sei — afirmou Lorde Hope.

— Quero morrer também.

Os olhos do visconde ficaram sérios.

— Não vou deixar.

E ele a beijou. Sua boca também era quente, e, desta vez, não esperou antes de enfiar a língua na boca dela. Beatrice gemeu um pouco diante da sensação. Ele tinha gosto de água de chuva e sal, e, naquele momento, ela não conseguia pensar em um sabor melhor. Ela agarrou seus ombros, sentiu a pele masculina nua, e fincou as unhas nele. Já que não tinha permissão para morrer, ela viveria e se esqueceria do resto do mundo por enquanto.

Naquele momento, só havia eles dois, juntos, na cama aconchegante.

O visconde entrelaçou os dedos pelo cabelo dela, agarrando-a pela nuca e mantendo-a parada enquanto explorava sua boca com a língua. Ele enfiava e tirava a língua de sua boca até que Beatrice a mordiscou e chupou, fazendo-o emitir um som de aprovação. Então, ele girou o corpo para cima dela, e ela sentiu os pelos do peito dele roçarem contra seus seios, fazendo cócegas e a excitando.

Ela fez um barulho no fundo da garganta, e o visconde levantou a cabeça.

— Estou machucando você?

— Não.

Beatrice tentou puxá-lo de volta para o beijo, mas o homem permaneceu imóvel, resistindo.

— Tem certeza?

— Tenho — respondeu ela, irritada, porque não queria que os beijos parassem.

Parecia que ele só queria provocá-la.

Então o visconde se moveu, mudando de posição, usando uma das pernas para afastar as dela. Beatrice olhou imediatamente nos olhos dele, e viu um dos cantos de sua boca se erguer.

— Tem certeza?

— Siiim — respondeu ela, mas estava distraída, sentindo a lenta inserção da coxa dele entre as suas.

As pernas de Beatrice se afastaram, permitindo a entrada, mas ele não parou por aí, continuou pressionando a coxa até alcançar o vértice das pernas dela, até se enterrar em sua pele feminina. Então ela estava exposta, aberta para ele.

Os olhos dela se arregalaram.

Os dele se voltaram para baixo, os pássaros tatuados parecendo selvagens e pagãos.

— Não está doendo? — perguntou o visconde em um tom gentil.

— Não... ah! — Ela arfou quando ele se mexeu, pressionando-a, porque, por algum motivo, a combinação era simplesmente divina. — Faça isso de novo — exigiu Beatrice.

O visconde sorriu, seus dentes brancos em contraste com a pele bronzeada.

— Como a minha dama quiser.

E a beijou enquanto usava a coxa para pressioná-la. Beatrice abriu mais a boca, querendo provar aquele homem por inteiro, querendo experimentar tudo o que ele pudesse lhe mostrar. Quando foi pressionada de novo, ela se impulsionou para cima, se esfregando nele, se contorcendo e empurrando-o em resposta. Ela queria... *mais*. Muito mais.

Beatrice arrancou sua boca da dele e o encarou.

— Coloque em mim.

O visconde não fingiu surpresa.

— Ainda não.

— Mas por quê? — Beatrice abriu mais as pernas em um convite. Ela sentia aquela parte dele pressionando sua coxa. — Não é isso o que vem depois? Não é isso o que você quer?

— Ainda não — repetiu o visconde, de modo enlouquecedor, e levou sua boca à dela de novo.

Porém, desta vez, não permaneceu ali. Ele a acariciou com a boca aberta, com os lábios macios, enquanto descia por seu pescoço. Lambeu a curva superior de seu seio e então abocanhou o mamilo.

Beatrice arfou. Aquele pequeno ponto queimava de prazer, cada sugada forte era um puxão que sentia no centro de seu corpo. Ela se arqueou, segurando com força a cabeça dele, sentindo o cabelo raspado sob as mãos.

O visconde mudou de posição, lambendo-a até chegar ao outro seio, e saboreou aquele mamilo também. Ao mesmo tempo, sua coxa ainda a pressionava.

Beatrice arqueou o corpo.

— Ah, por favor, agora.

— Ainda não — sussurrou ele, seu hálito soprando o mamilo molhado, sensível.

Lorde Hope se ergueu sobre os braços esticados e colocou ambas as pernas entre as dela. Beatrice estava completamente aberta agora, ansiosa e esperando pela conclusão inevitável daquele momento.

Mas isso não aconteceu. Ele usou uma das mãos para se posicionar, colocando o pênis sobre as dobras molhadas dela. Então deslizou, pressionando-se contra o ponto mais sensível dela.

Ela se retorceu, arfando, sob o visconde.

— O que está fazendo?

O rosto dele estava sério, e o brinco de cruz reluzia na linha de sua mandíbula.

— Estou preparando você.

Beatrice o encarou com os olhos entreabertos.

— Eu *estou* preparada.

Os lábios do visconde se curvaram, não exatamente sorrindo.

— Ainda não.

Ele se inclinou e prendeu o lábio inferior dela entre os dentes, mordendo-a de leve enquanto se movia contra seu corpo. E algo entrou em combustão lá embaixo. Uma centelha virou chama e irrompeu num clarão, aumentando cada vez mais, se espalhando pela barriga dela, ameaçando sair de controle.

— Pare — gemeu Beatrice, mas sua voz foi abafada pelos lábios do visconde.

Ele abriu a boca sobre a dela e engoliu seu gemido de êxtase.

— Agora — disse ele ao erguer a cabeça. — Agora, sim, está pronta. Pode me colocar onde quiser. — O visconde segurou a mão dela e a posicionou entre seus corpos, guiando-a para seu membro rijo, escorregadio. Então fechou os dedos dela em torno daquele calor e tirou a própria mão. Ele olhou para ela. — Depende só de você.

Beatrice piscou.

— Mas eu não sei...

— Você quer?

Gotas de suor se destacavam sobre o lábio superior dele. Beatrice percebeu que ele estava se esforçando para permanecer imóvel.

Ela umedeceu os lábios.

— Quero.

— Então — ele empurrou o quadril, seu membro deslizando pelos dedos dela, com os olhos semicerrados — vá em frente.

Então Beatrice o guiou para o ponto onde achava que devia colocar, sentindo a largura da cabeça do pênis dele escorregar para dentro de suas dobras, se perguntando se aquilo realmente era possível. Ela o encarou, encontrando aqueles olhos pretos, intensos, e, por uma fração de segundo, pensou ter perdido a cabeça.

Então ele se inclinou e lhe deu um beijo na testa.

— Tem certeza?

E aquele pequeno gesto de carinho fez com que ela se decidisse.

— Tenho.

Ele não foi delicado. Não tentou ir devagar. Apenas se impulsionou para dentro dela, rápido e violento, e todo o corpo de Beatrice se arqueou de dor. Aquilo queimava. Rasgava. Havia algo errado.

Ela pressionou as mãos contra o peito dele.

— Não.

O visconde a encarou, o rosto contorcido, os pássaros tatuados voando em torno do olho, selvagens e primitivos, e ele não parecia mais carinhoso. Parecia um conquistador.

— Tarde demais. Você é minha agora.

E foi retirando lentamente o pênis, até que apenas a cabeça permanecesse dentro dela, grande e intrusiva.

— Você é tão macia, tão apertada em volta de mim — sussurrou ele, como um íncubo demoníaco. Seu lábio superior se curvou em um êxtase erótico. — Quero ficar dentro de você para sempre. Quero fazer amor com você pela eternidade.

O visconde se impulsionou de novo para dentro dela, e, apesar de doer, não foi tão ruim quanto da primeira vez. Ele se inclinou para baixo e passou a língua no canto da boca de Beatrice.

— Sinto o cheiro do seu sexo, e está muito quente em volta de mim. Você me faz tremer de desejo.

Beatrice tocou o rosto dele, tracejando com os dedos os pássaros úmidos, fascinada. Aquilo era verdade? Ele tremia por causa dela? Ela nunca soubera, nunca sonhara que poderia afetá-lo daquela maneira.

O visconde fechou os olhos como se sentisse dor.

— Estou tentando me segurar, ir devagar, mas não consigo. — Ele baixou a cabeça, o brinco de cruz metálica roçando no seio dela. — Não consigo.

Então se impulsionou dentro dela de novo, rápido e com força. Beatrice arfou com o impacto. Não doía mais, porém também não havia o mesmo prazer de quando ele a pressionara com a coxa. Ela observou o rosto do visconde, sério e determinado sobre o seu, e sentiu o membro dele deslizando dentro dela. Aquele homem estava por cima dela e dentro dela, dominando-a fisicamente, mas era ele quem parecia ser o mais vulnerável naquele momento, e isso a fascinava. A respiração de Lorde Hope era ofegante, saindo em arfadas rápidas; seus olhos estavam sem foco e desesperados, a boca contraída de desejo. O corpo parecia ter vontade própria, como se ele não controlasse mais os próprios movimentos.

Beatrice esticou o braço para acariciar a bochecha dele.

Os olhos do visconde se fecharam.

— Beatrice. Beatrice.

Ele se inclinou e a beijou de modo selvagem, descontrolado e desesperado, e ela retribuiu o beijo, admirada por tê-lo levado àquele estado extremo.

Então, de repente, Lorde Hope se arqueou e estremeceu, seu grande corpo convulsionando. Ele enterrou a cabeça entre os seios dela e abafou um grito, tremendo por completo.

Então o quarto ficou em silêncio. Beatrice sentiu o peso dele sobre seu corpo e ouviu o barulho da chuva batendo na janela. Ela devia sair daquela posição — obrigá-lo a sair dali —, devia se levantar e lidar com a tragédia, com o luto, com a vida.

Em vez disso, ela dormiu.

REYNAUD ACORDOU COM o som de um trovão lá fora e a respiração suave de uma mulher ao seu lado. Todos os músculos de seu corpo, todos os ossos e tendões estavam completa e plenamente relaxados, e ele sorriu antes mesmo de abrir os olhos. Pela primeira vez em sete longos anos, sentia-se... em paz. Então se virou para olhar para a mulher ao seu lado. A mulher que lhe trouxera uma satisfação tão extraordinária.

Beatrice dormia. Seu cabelo cor de trigo estava emaranhado sobre o rosto. Seus doces lábios estavam levemente abertos, e suas belas sobrancelhas estavam franzidas, como se, mesmo dormindo, ela lamentasse a perda do amigo. Reynaud queria aliviar aquele pequeno vinco em sua expressão, queria remover todo seu sofrimento, mas era impossível. Ele não podia curar sua dor, mas podia se certificar de que ela nunca mais sofresse. Beatrice agora era importante demais para ele. Ela o fazia se sentir inteiro. São e calmo. E ele sabia que precisaria agir rápido para consolidar sua posição.

Em silêncio, Reynaud afastou a coberta e se levantou da cama. Ele se espreguiçou, sentindo a coluna estalar, então se inclinou para recolher suas roupas de baixo que estavam no chão. Seus movimentos provavelmente não foram tão furtivos quanto imaginava, pois, ao se levantar, olhos claros e cinzentos se encontraram com os dele.

Ele largou as roupas de baixo e foi até ela.

— Você está bem?

Beatrice piscou, sonolenta, então corou de modo encantador.

— Estou... bastante dolorida.

— Desculpe. — Reynaud se sentou na cama e afastou o cabelo dos olhos dela. — Fique aqui, vou pedir à criada que prepare um banho quente.

Um canto da boca dela se curvou para baixo, triste.

— Seria bom.

— Você pode passar o resto do dia na cama — disse ele, baixinho.

Os olhos dela desviaram dos seus.

— Mas Jeremy...

— Vou descobrir quais foram as providências que a família tomou. Onde o enterraram.

Reynaud se inclinou para lhe dar um beijo delicado na bochecha. Ela segurou sua mão.

— Obrigada.

Ele concordou com a cabeça e se empertigou, pegando as roupas de baixo de novo. Então as vestiu e fechou o botão.

Beatrice franziu as sobrancelhas.

— Que horas são? Há quanto tempo estamos enfurnados aqui?

Reynaud olhou para o relógio sobre a cornija.

— Faz pouco mais de uma hora e meia.

— Ah, meu Deus! — Beatrice tentou se sentar, mas teve dificuldade. O lençol escorregou de seu tronco, expondo seus belos seios. Ela o puxou para cima. — O que Quick vai pensar... e meu tio?

Reynaud estava abotoando a calça e parou por um momento, encarando-a. Ela parecia tão jovem, recostada na roupa de cama branca, seus cabelos ao redor do rosto, seus grandes olhos cinzentos fitando-o com seriedade. Ela havia acabado de perder o amigo de infância. Talvez ainda não tivesse pensado nas consequências daquilo.

— Vão pensar que eu me deitei com você — disse Beatrice, boquiaberta. — Você precisa sair daqui agora.

Ele enrijeceu a mandíbula e pegou a camisa.

— Beatrice...

— Rápido. Posso pensar em uma desculpa para Quick se você sair logo daqui. Tenho certeza de que vamos dar um jeito. Vai ser como se nada tivesse acontecido.

Reynaud fechou a cara, não havia gostado nem um pouco daquilo. Francamente, estava pouco se lixando para o que os outros pensavam, inclusive o tio dela, mas as bochechas de Beatrice haviam empalidecido. Maldição, ele não queria deixá-la angustiada.

Ele se inclinou sobre Beatrice, apoiando as mãos dos dois lados de seu quadril.

— Eu vou embora, mas não sou um jovem imaturo para ser dispensado da sua cama, madame.

Então a beijou antes que ela conseguisse reagir. Um beijo forte e intenso, enfiando a língua na boca de Beatrice sem preâmbulos. Aquela mulher era sua e, após tê-la tomado, não permitiria que ela duvidasse disso nem por um segundo.

Reynaud se endireitou e fitou aqueles olhos cinzentos atordoados.

— Esse assunto não está encerrado.

E, pegando o restante de suas roupas, saiu do quarto.

Capítulo Onze

Dos portões do castelo saíram cem guerreiros ferozes. Eles trajavam armaduras tão pretas que não refletiam luz nenhuma, e seus gritos de guerra eram tão altos que até mesmo o ar tremia. Os homens atacaram Espada Longa. Era de se imaginar que tamanha demonstração de força botasse um mero mortal para correr, mas não este. Nosso soldado se manteve firme e forte e brandiu sua pesada espada. A lâmina brilhava sob o sol, o suor escorria de sua testa larga, e as cabeças do exército mágico caíam como folhas no outono. Por uma hora, Espada Longa lutou, e, no fim desse tempo, nem sequer um guerreiro de preto permanecia vivo...

— Espada Longa

— Ele realmente ameaçou se deitar com você de novo? — perguntou Lottie na tarde seguinte, com uma animação que não demonstrava havia muitos dias.

— Não com todas essas palavras — respondeu Beatrice, com toda a calma. — Mas certamente deu a entender isso.

As duas damas estavam na carruagem de Lottie, seguindo para uma recepção na residência da Sra. Postlethwaite.

— Que emocionante! — exclamou Lottie. — Parece uma peça de teatro de péssima qualidade.

— Mas não é uma peça de teatro de péssima qualidade — rebateu Beatrice, ressentida. — É a minha vida. Ai, o que faço, Lottie? Eu me *entreguei* para ele.

— Ora, *se entregou*! Como alguém pode achar que foi entregue a um homem, eu pergunto?

Beatrice franziu as sobrancelhas.

— Não sei de que outra forma dizer isso. Não sou mais virgem.

— E daí? — rebateu Lottie, enérgica. — É só um pouco de sangue e um ato de cinco minutos, mais ou menos...

— Durou bem mais do que cinco minutos — murmurou Beatrice, corando.

Lottie dispensou o comentário da amiga com um aceno de mão.

— De *qualquer* forma, não acho que isso deva determinar sua vida inteira.

— Mas e se eu estiver grávida?

— Muito improvável, tendo sido só uma vez.

— Sim, mas...

— E, além do mais, está na cara que ele se aproveitou de você. Ora, logo depois de você ficar sabendo do pobre Jeremy! Não foi nada justo. Acho que não devia nem contar, na verdade.

Beatrice franziu a testa, sem entender bem o que Lottie queria dizer com "contar".

— Veja bem — continuou a amiga, distraída. — Vai levar pelo menos dois meses para você ter certeza. Embora eu já tenha ouvido falar de senhoras que nem sequer desconfiaram até ter um bebê chorando nos braços.

Beatrice gemeu.

— *Porém*, de qualquer forma — continuou Lottie, na mesma hora —, não há necessidade de tomar uma decisão agora. Só porque o homem tirou a sua virgindade não quer dizer que ele deva ser seu dono pelo resto da vida. E se você resolver ter outros amantes?

— Mas eu *não* quero outros amantes.

— Afinal, por que se prender a um homem só? Você poderia ser uma cortesã elegante e escandalosa!

Beatrice suspirou. Lottie parecia estar confundindo a situação dela com a própria vida depois de ter deixado o Sr. Graham. Apesar disso, era evidente para ela que *Lottie* não começara a ter amantes nem vivia como uma matrona desavergonhada.

— Não quero ser uma cortesã elegante e escandalosa — disse Beatrice, baixinho. — E realmente preciso tomar uma decisão, porque Lorde Hope não é o tipo de homem que fica parado, esperando os outros tomarem uma atitude. Ele decidirá por mim se eu não o fizer logo.

— Humm, isso é um problema.

— Sim, é. — Beatrice olhou para as próprias mãos em seu colo, tentando decifrar seus sentimentos. — Eu gostaria de saber o que ele sente por mim. Ou se é *capaz* de sentir alguma coisa.

— Como assim?

— Às vezes, ele é tão frio, Lottie, como se qualquer sensibilidade que tenha tido um dia, qualquer capacidade de amar, tivesse sido destruída pelos anos que passou nas colônias.

Beatrice olhou para a amiga a fim de ver se ela compreendia.

— Então não sabe se ele é capaz de amar você.

Beatrice assentiu, triste.

Toda a animação de Lottie desapareceu.

— É tão difícil saber, não é? Os cavalheiros não têm os mesmos ideais e objetivos que nós, mulheres. — Ela pensou por um momento e disse: — Não tenho nem certeza de que eles mesmos saibam se amam uma mulher ou não.

E esse era o problema, não era?, pensou Beatrice, desanimada. Como ela poderia entender o que motivava Lorde Hope quando não entendia o próprio homem ali? Será que ele fez amor com ela porque realmente gostava dela? Ou foi por algum outro motivo masculino, mais sutil, talvez por pura luxúria? E o desejo que ela sentia por ele tornava a situação toda ainda mais complicada. No fundo, uma parte de Beatrice simplesmente o queria, independentemente de seus sentimentos serem correspondidos ou não. E isso, ela sabia, era perigoso.

Se todos os sentimentos fossem apenas do seu lado, correria o risco de se magoar profundamente.

Nesse momento, a carruagem parou diante da casa da Sra. Postlethwaite, e os pensamentos de Beatrice se voltaram para outro assunto.

— Está vendo a carruagem do Sr. Wheaton em algum lugar?

Ela olhou para os dois lados da rua lotada. Havia outras duas carruagens atrás delas, e dois homens fortes parados diante da casa vizinha. Os olhos de Beatrice se estreitaram, mas eles eram completamente diferentes dos desordeiros do atentado contra ela e Lorde Hope no outro dia. Para começar, estes homens estavam muito mais bem-vestidos.

— Não — respondeu Lottie. — Mas ele provavelmente entraria pelos estábulos para não chamar atenção.

Isso certamente fazia sentido. Aquele era apenas o terceiro encontro clandestino da Sociedade dos Amigos dos Veteranos do Sr. Wheaton. Se não fosse um encontro da Sociedade, Beatrice provavelmente não teria saído de casa; a morte de Jeremy ainda estava muito recente. Porém, de certo modo, ela estava ali por ele. Fora o amigo quem lhe apresentara as considerações do Sr. Wheaton sobre os soldados e o que acontecia com eles depois que se aposentavam do exército de Sua Majestade. Jeremy demonstrava profunda preocupação com os homens que serviram sob seu comando. Seu desejo era que se aposentassem com dinheiro suficiente para não precisar mendigar pelas ruas. Era frequente se deparar com esses seres miseráveis, ainda trajando os paletós vermelhos, sem um membro do corpo ou um dos olhos, sentados nas esquinas com uma xícara de metal nas mãos. Beatrice estremeceu. Jeremy com certeza compreenderia sua presença ali hoje.

Ela desceu da carruagem com Lottie e anunciou seus nomes para o mordomo que atendeu à porta. Logo em seguida, as duas foram conduzidas a uma sala de estar pequena, porém arrumada, e a Sra. Postlethwaite as cumprimentou.

— Que gentileza se juntarem a nós, Srta. Corning, Sra. Graham.

A Sra. Postlethwaite pegou as mãos das duas e as apertou de leve antes de conduzi-las a um canapé.

Ela era uma dama de meia-idade, sempre vestida em tons escuros de cinza e preto. Tinha o cabelo grisalho preso em um coque simples, afastado do rosto, e coberto por uma touca. A Sra. Postlethwaite perdera o marido, o coronel Postlethwaite, alguns anos antes, em uma batalha no continente. Então, o que lhe restou foi uma pensão anual generosa e muito tempo livre, que decidiu usar para ajudar os homens que haviam sido subordinados ao seu marido. Homens esses que ela passara a conhecer bem com o passar dos anos, enquanto acompanhava o coronel em campanha.

Beatrice olhava ao redor do cômodo enquanto a anfitriã as conduzia. Além da Sra. Postlethwaite, havia talvez meia dúzia de cavalheiros de meia-idade e idosos. Beatrice e Lottie eram as únicas outras mulheres na sala, e Beatrice se sentiu grata pela anfitriã fazer questão de incluí--las na Sociedade.

A Sra. Postlethwaite serviu chá e pequenos biscoitos duros, então o Sr. Wheaton entrou. Ele era um homem jovem, de altura mediana, o cabelo castanho-claro preso para trás de forma simples, sem nenhuma aplicação de pó. Como sempre, sua testa estava franzida de preocupação. A anfitriã certa vez lhes confidenciara que a Sra. Wheaton tinha problemas de saúde e vivia confinada em casa, acamada, fazia alguns anos já. Devia ser um fardo muito pesado para o pobre homem ter uma esposa doente e, ao mesmo tempo, precisar lidar com todas as responsabilidades de ser um membro do Parlamento.

O Sr. Wheaton carregava um maço de papéis, então colocou-o sobre a mesa e pigarreou. A sala ficou em silêncio. Ele assentiu, em agradecimento à atenção de todos, e disse:

— Obrigado, amigos, pela presença hoje. Tenho algumas questões importantes para discutir sobre o projeto de lei e sobre os membros do Parlamento que esperamos que votem a nosso favor. Agora, então...

Beatrice se inclinou para a frente enquanto o Sr. Wheaton explicava seus planos, mas uma pequena parte de sua mente imaginava que Jeremy adoraria estar ali. Ela não havia cumprido a promessa que fizera a ele. Jeremy morreu antes da votação do projeto de lei do Sr. Wheaton. Ela fracassara nesse ponto, mas jurou para si mesma que não deixaria o projeto em si fracassar. Faria tudo o que estivesse ao seu alcance para que a lei fosse aprovada e que todos os soldados que lutaram pela Inglaterra recebessem auxílio. A lei seria aprovada, *sim*. Beatrice garantiria isso.

Por Jeremy.

— O HOMEM QUE liderou o ataque contra você se chama Joe Cork — disse Vale, enquanto se deixava cair em uma poltrona.

Reynaud desviou o olhar do relatório do advogado e encarou o velho amigo. Ele estava em uma pequena sala de estar, nos fundos da mansão Blanchard, que tornara como seu escritório. Havia um escritório oficial para o conde, é claro, mas o espaço, no momento, era ocupado pelo usurpador, e os advogados de Reynaud aconselhavam que ele tivesse paciência. Daí o refúgio temporário para tratar de negócios. Mas de modo nenhum abriria mão de residir na própria casa.

— Você o encontrou, então? — perguntou ele.

Vale retorceu a boca em uma expressão cômica.

— Não o encontrei exatamente, não. O malfeitor parece ter desaparecido. Mas vários marginais o identificaram a partir da descrição feita pelo meu empregado, Pynch.

— Pynch.

— Ora, você não conhece Pynch, não é? — Vale coçou o nariz. — Eu o contratei depois, humm, depois de Spinner's Falls. Foi meu servente pessoal no Exército e agora me serve como um camareiro extremamente arrogante.

— Ah. — Reynaud bateu no papel que estava à sua frente com um lápis. — E qual é a relação disso com o assassino de aluguel?

Vale deu de ombros.

— Bem, pedi a Pynch que investigasse. É incrível o que ele consegue arrancar dos sujeitos mais taciturnos. Só que parece que Joe Cork se escafedeu. Faz dias que ninguém o vê.

Reynaud se recostou na poltrona.

— Maldição. Eu tinha esperanças de descobrir quem o contratou.

— É um empecilho, concordo. — Vale apertou os lábios e encarou o teto por um instante. — Você já cogitou contratar guardas?

— Já fiz isso. — Reynaud se inclinou para a frente. — Mas não para mim. Para a Srta. Corning. Chegaram perto demais dela da última vez. Se a faca tivesse atingido um pouco mais em cima...

Ele se interrompeu, sem querer pensar nisso. Tinha sonhado com o sangue de Beatrice em suas mãos na noite anterior.

As sobrancelhas espessas de Vale se levantaram.

— Acha que ela corre tanto perigo quanto você? Imagino que, se você simplesmente ficasse longe da moça, ela permaneceria segura, não?

— Mas eu não pretendo ficar longe dela — argumentou Reynaud.

— Ah. — Vale o encarou por um instante, então um sorriso largo se espalhou pelo seu rosto. — Estão assim já?

— Isso — grunhiu Reynaud — não é da sua conta.

— É mesmo? — Vale sorria como um idiota agora. — Ora, ora.

— O que isso quer dizer?

— Não faço ideia. Só é algo que gosto de falar. Ora, ora. Creio que me faça parecer extremamente perspicaz.

— Não, não faz — murmurou Reynaud.

Vale o ignorou.

— Você já fez o pedido? Sou muito bom nisso, modéstia à parte. Convenci três damas diferentes a se casarem comigo enquanto você estava fora. Sabia? Algumas não chegaram ao altar, mas isso não vem ao caso. Talvez você queira algumas dicas sobre...

— *Não* quero suas malditas dicas — grunhiu Reynaud.

— Pelo menos tem certeza de que a moça gosta de você?

Reynaud se lembrou de Beatrice abrindo as pernas para ele com avidez, os olhos semicerrados, o pescoço coberto por um rubor de desejo.

— Creio que isso não seja um problema.

— Nunca se sabe — rebateu Vale. — Emeline me trocou por Samuel Hartley, e o sujeito é bem menos bonito do que eu.

Reynaud piscou.

— Você foi noivo da minha irmã?

— Não lhe contei?

— Não, não me contou.

— Bem, sim — respondeu Vale, casualmente. — Não que tenha durado muito tempo depois que Hartley colocou suas garrinhas encantadoras nela. Já, minha segunda noiva me trocou por um pároco.

Reynaud o encarou.

— Um pároco lourinho. — Vale concordou com a cabeça. — É sério. Claro, foi assim que acabei me casando com minha adorável esposa, mas, na época, fui pego completamente desprevenido. Imagino que a Srta. Corning não conheça nenhum pároco louro, conhece?

— É melhor não conhecer — grunhiu Reynaud.

E foi então que decidiu que não deixaria aquela situação com Beatrice se prolongar. Ele precisava de uma esposa. Ela já se entregara a ele. Era simples assim.

E, naquela mesma noite, deixaria isso claro para ela.

EM PLENA MADRUGADA, Beatrice acordou, abriu os olhos e viu uma vela acesa no quarto. Devia ter ficado chocada — até assustada —, porém, em vez disso, permaneceu em silêncio e observou Lorde Hope colocar a vela sobre a mesinha ao lado da porta.

— O que está fazendo? — perguntou ela.

— Vim lhe fazer uma visita — respondeu o visconde em um tom igualmente prático.

Ele usava um robe vermelho e preto, e sua cabeça estava desnuda.

Então tirou o robe.

— *Visita* parece um eufemismo — observou Beatrice.

Lorde Hope parou, as mãos sobre os botões da própria blusa.

— Tem razão.

E puxou a camisa por cima da cabeça.

Pela primeira vez, Beatrice sentiu uma pontada de medo. Ele não sorrira. Estava sério e determinado, como se executasse uma tarefa repugnante.

— Você não precisa fazer isso — sussurrou ela.

— Acho que preciso — rebateu o visconde. Ele se sentou em uma poltrona para tirar os sapatos. — Você parece não ter certeza sobre mim. Sobre nós, juntos. Pretendo acabar com todas essas incertezas hoje.

Beatrice notou que ele não falara em amor em momento nenhum, e sentiu a decepção invadir seu corpo.

— Mas me seduzir não provaria nada — disse ela.

— Não? — Lorde Hope parecia despreocupado. — Vamos ver.

Ela observou enquanto ele tirava as meias, a calça e as roupas de baixo. O homem parecia totalmente confortável com a própria nudez, mas Beatrice sentiu a própria respiração acelerar. Quando se deitaram juntos no dia anterior, ela estava em choque, apenas em parte consciente do que acontecia. Agora, estava plenamente desperta, seus sentidos quase alertas demais a ele. Lorde Hope estava parado, de pé, alto e orgulhoso, a pele de todo o seu corpo bronzeada por igual. Seus braços e ombros eram levemente musculosos, como os de um trabalhador. Ela se lembrou de quando ele lhe contara que caçava para comer. Havia pelos pretos encaracolados em seu peito, mas não muitos, e ela via os pontos castanho-escuros dos mamilos.

O olhar de Beatrice desviou-se para baixo, inevitavelmente atraído para o que estava entre as coxas dele. Os pelos ali eram espessos e pretos, como se para destacar o pênis, descaradamente em riste. Seu pau era enorme e estava ereto, as veias se destacando, a cabeça brilhando de umidade. Tudo ali era lindo e, ao mesmo tempo, intimidador, pelo seu propósito óbvio.

Quando ela ergueu o olhar e encontrou os olhos de Lorde Hope, ele a observava. Então ele assentiu e envolveu o pau com a própria mão.

— Isto é para você. Pode olhar à vontade.

— E se eu não quiser?

— Então está mentindo.

Isso fez com que seu corpo fosse tomado por uma onda de raiva.

— Acho que sou capaz de saber quando eu *quero* algo ou não.

Ele balançou a cabeça.

— Não neste caso. Fazer amor ainda é algo novo para você. Ainda não experimentou nem um décimo do que pode acontecer entre um homem e uma mulher.

Beatrice estava quente agora, e molhada, mas continuou falando em um tom irritado.

— E se você me mostrar tudo o que pode acontecer, e eu continuar desinteressada, vai desistir de mim, então?

— Não. — Ele se aproximou devagar, a confiança inabalável. — Você se entregou para mim. A escolha já foi feita.

— Mas por que eu? — Beatrice realmente não compreendia. Por que agora? Por que *ela*? — Você me ama?

— Amor não tem nada a ver com isso — disse ele, e afastou a coberta do corpo dela. — É algo bem mais primitivo que amor. Você é minha, e pretendo deixar isso bem claro para você.

— Reynaud — disse Beatrice, baixinho, usando o nome do visconde pela primeira vez, odiando o tom de súplica em sua voz.

Era muito decepcionante saber que, para ele, aquilo não se tratava de amor. Ela não estava interessada em um sentimento "mais primitivo". Só queria que ele a amasse.

Reynaud subiu na cama e puxou a camisola dela. Beatrice não resistiu, porque a verdade era que ela não conseguia. Ele tinha razão, e uma parte dela sabia disso. Ela se entregara a ele. Pertencia àquele homem em um nível primitivo que parecia passar por cima do amor.

E talvez, só talvez, ela quisesse ver seu rosto enquanto ele perdia o controle de novo dentro dela.

E então já era tarde demais para pensar e se preocupar. Reynaud a tinha despido, e ela estava exposta diante dele como um banquete para um homem faminto. Ele apenas a observou por um momento, sentado ao seu lado, imóvel, percorrendo seu corpo com os olhos. Beatrice sentiu seus mamilos se enrijecerem, como se estivessem se mostrando para ele. O rosto de Reynaud estava sério. Ele esticou a mão e tocou seu mamilo direito com um dedo apenas.

De leve. De forma delicada. Devastadora.

Beatrice engoliu em seco, sentindo o calor crescer no centro de seu corpo.

— Você é tão bonita — disse ele, a voz grossa e rouca. Então circulou o mamilo com o dedo, seu toque tão leve que poderia ser o de uma pena, e ela estremeceu. — Sua pele parece ter brilho próprio, e é macia, tão macia.

O dedo dele foi descendo, tracejando levemente a curva inferior de seu seio então passando para o outro. Beatrice estava ofegante, tremendo de desejo só com a delicadeza de seu toque.

— Seus mamilos são cor-de-rosa — sussurrou Reynaud, roçando o bico. Os mamilos dela estavam tão rijos que chegavam a doer. — Mas escurecem para um tom de rosa mais profundo quando ficam duros. Será que, se eu chupá-los, vão ficar vermelhos como cerejas?

Beatrice fechou os olhos, sentindo aquele único ponto de contato entre os dois, tão sutil e tão erótico. Aquilo não era o que ela esperava quando ele declarara suas intenções. Ela achou que o visconde seria breve, consumindo seu desejo em movimentos rápidos e fortes.

Em vez disso, ele a seduzia lentamente, sem pressa.

O dedo dele descia pelas suas costelas, deslizando pelo seu abdome, circulando o umbigo. Beatrice encolheu a barriga; o toque quase fazia cócegas.

— Tão macia — sussurrou Reynaud. — Como veludo.

Ele descia ainda mais, e toda a atenção de Beatrice estava focada naquele dedo e no seu destino final.

— Abra as pernas — murmurou Reynaud.

O coração dela disparou de preocupação.

— Eu... eu...

— Beatrice — disse ele em um tom soturno —, abra as pernas para mim.

Talvez fosse porque seus olhos estivessem fechados — caso estivessem abertos, ela o veria encarando-a com tanta intimidade que não teria coragem. Mas, fosse como fosse, Beatrice afastou as coxas.

O dedo de Reynaud mergulhou em seus pelos virginais, acariciando-a.

— Tão bonita, tão doce. Fico imaginando qual deve ser o seu gosto.

E algo a tocou delicadamente sob os pelos, algo macio e molhado, e que, com certeza, não era um dedo.

— Reynaud! — exclamou Beatrice.

— Shh — sussurrou ele, sua respiração soprando a pele úmida, excitada. — Quietinha agora.

Ela mordeu o lábio, as mãos agarrando ansiosamente a roupa de cama.

A língua dele explorou suas dobras, acariciando e lambendo. Ele estava tão perto que devia conseguir sentir seu cheiro, seu gosto, e Beatrice alternava entre um pavor terrível e um prazer avassalador.

— Está gostando? — murmurou Reynaud. Seus lábios a roçavam em cada palavra.

— Eu...

Ele usou os polegares para afastar seus lábios e soprou de leve.

— Está, Beatrice?

— Ah, meu Deus!

Reynaud então riu, como um demônio maldoso, e disse:

— Acho que está.

Então ele começou a mover a língua tão rápido contra seu corpo que Beatrice não conseguia pensar, não conseguia se afastar dele. Não que quisesse. Ele era implacável, incansável e meticuloso, estava completamente concentrado naquele único ponto. No momento em que ela achava que não conseguiria mais aguentar — quando sua respiração saía em arfadas rápidas e curtas —, ele abriu a boca em volta de seu clitóris e o sugou com vontade.

Beatrice pressionou a cabeça contra o travesseiro, os lábios se abrindo em um grito sem som. Ele puxava, sugava aquele pedacinho de carne, suas mãos largas pressionando suas coxas, mantendo-a aberta com firmeza, e ela não conseguiu resistir. Estrelas implodiram nela, enviando ondas de prazer por todo o seu corpo. Beatrice teve um espasmo atrás do outro, até seus membros desabarem, pesados, num relaxamento prazeroso.

Ela abriu os olhos para vê-lo engatinhando por cima dela. Primeiro o peito dele e depois o quadril roçaram contra a pele recentemente sensibilizada, então ele ajeitou o peso em cima de seu corpo, pressionando seus seios. E abriu as pernas dela sem esforço.

— Reynaud — disse, arfando.

Ele olhou nos olhos dela enquanto deslizava levemente para cima, a cabeça larga do pênis apenas beijando sua entrada. Então flexionou o quadril e começou a penetrá-la. Beatrice estreitou os olhos ao sentir um incômodo. Só fazia um dia desde que perdera a virgindade.

— Beatrice — sussurrou o visconde.

— Está doendo — disse ela, a voz manhosa.

Reynaud assentiu.

— Olhe para mim.

Ela arregalou os olhos, fitando os dele. Ele exibia uma pequena ruga entre as sobrancelhas espessas.

Então empurrou um pouco mais.

Beatrice sentiu os músculos internos se esticando. Ele a pressionava com firmeza, alargando-a, se enterrando em sua carne. Então, de repente, enfiou mais, com força, e entrou nela por inteiro. Ela sentiu a pressão de seu púbis contra o dela. A boca de Reynaud se estreitou, como se ele mal conseguisse se controlar.

— Agora — disse ele. — Agora, vou fazer amor com você.

Ele se inclinou e a beijou com a boca aberta, a língua conquistando seus lábios como o pênis conquistava a carne trêmula entre suas pernas. Ele se afastou e deslizou para dentro de novo, com mais facilidade dessa vez, se erguendo um pouco na cama. Depois, pegou-a por baixo dos joelhos e afastou suas pernas, se aconchegando, ficando confortável no corpo dela.

Ela gemeu e se mexeu sob ele. Porque, diferentemente da noite anterior, o que Reynaud fazia agora com ela começava a ser bom. Mais do que bom.

Beatrice deslizou as mãos para a nuca dele, esfregando o cabelo espetado. Estava se sentindo preenchida, pesada, como se ansiasse por alguma coisa. Reynaud ainda a beijava, e ela mordiscou seu lábio, provocando um rosnado dele.

Ele acelerou o movimento, enfiando mais rápido.

Ela agarrou seus ombros, escorregadios de suor, e se segurou, incitando-o com a boca e com as mãos. Mais. Mais. Mais.

Então ela chegou ao ápice, de repente e sem aviso, numa explosão maravilhosa, gloriosa, de prazer. Ela teria gritado se sua boca não estivesse preenchida pela língua de Reynaud. Ele se enrijeceu e se ergueu, e ela notou que ele também tinha chegado ao clímax. Suas narinas estavam dilatadas e seus dentes, trincados e expostos. Ele enfiou até o fim uma última vez, estremecendo, e deixou a cabeça cair pesada, os braços ainda esticados, apoiando seu tronco.

E respirou profundamente.

Beatrice pressionou os músculos das costas dele, desejando prolongar aquela conexão.

Ele ergueu a cabeça, e ela viu seu rosto. Severo. Inflexível. E sem um traço de pena.

— Você é minha — disse Reynaud.

Capítulo Doze

Espada Longa e a princesa adentraram os portões do castelo juntos; porém, no instante em que seus pés tocaram o chão, uma videira espinhenta brotou, mais rápida que um raio. Ela cresceu, ficando cada vez mais alta e espessa, até formar uma cerca viva gigante e cheia de espinhos, cobrindo o castelo tão completamente que nem uma pedra permanecia à mostra. Espada Longa começou a atacar a cerca viva, mas, assim que cortou um galho, outro cresceu em seu lugar.

— É impossível! — gritou a princesa.

Mas Espada Longa respirou fundo e atacou a cerca viva, brandindo sua espada mais rápido do que os olhos podiam ver. Seus movimentos eram tão velozes que a lâmina da espada ficou incandescente, cortando e queimando os galhos ao mesmo tempo, de forma que não conseguiam mais crescer. Em um minuto, Espada Longa abriu caminho pela cerca viva mágica...

— Espada Longa

— Sabia que Lottie Graham deixou o marido? — perguntou Adriana enquanto espetava um pedaço de peixe com o garfo. Ela encarou a comida com ar crítico e disse: — Será que ele arrumou uma amante? Ou duas? Porque a maioria dos homens arruma uma amante vez ou outra, e creio que esposas práticas simplesmente não notem esse tipo de indiscrição, não acha?

Hasselthorpe tomou um gole de vinho, um pouco surpreso com a ideia de Adriana se considerar parte do grupo das esposas "práticas". Os dois estavam na sala de jantar da mansão, um cômodo excessivamente decorado, com cupidos dourados e mármore cor-de-rosa. Ele nem se deu ao trabalho de responder, porque a esposa raramente precisava da ajuda de outras pessoas para conversar. Aquilo era muito útil, em especial nas raras ocasiões nas quais os dois jantavam sozinhos, pois ele não precisava acompanhar o assunto.

E, de fato, a mulher continuou falando depois de engolir:

— Não consigo pensar em nenhum outro motivo para ela abandonar o Sr. Graham. Ele é tão bonito e sempre me elogia quando nos encontramos. Gosto de cavalheiros que são bons com as palavras. — Ela espetou o peixe e franziu a testa. — É difícil entender por que os peixes precisam ter tantas espinhas, não concorda?

Hasselthorpe, que refletia sobre as chances cada vez menores de Blanchard manter o título, levantou o olhar, irritado.

— Do que você está falando, Adriana?

— Dos peixes — respondeu a esposa de imediato. — E suas espinhas. Eles têm tantas, e realmente não entendo por quê. Eles vivem na água.

— Todas as criaturas têm espinha. — Hasselthorpe suspirou.

— As minhocas não têm — rebateu ela. — Nem as águas-vivas ou os caramujos, apesar de eles terem conchas, que imagino serem bem semelhantes à espinha ou aos ossos, só que por fora.

Ele fez uma careta. Por que ela vivia tagarelando sobre bobagens?

— Mas não sei se as conchas equivalem a uma espinha do lado de dentro. — Ela franziu a testa de um jeito adorável para o hadoque em seu prato. — E, de toda forma, ainda não compreendo por que precisam de tantas, e por que vivem esperando uma oportunidade de ficarem presas na nossa garganta.

— Verdade.

Hasselthorpe desistiu de tentar acompanhar o raciocínio da esposa, apenas bebeu mais vinho. Às vezes, a bebida o ajudava a suportar aquelas refeições. Como Hope sobrevivera à segunda tentativa de assassinato? Maldição, o fato de o homem conseguir sobreviver a dois atentados em tão pouco tempo sem um arranhão era...

— Será que ele não se banha?

Hasselthorpe parou, a taça a meio caminho dos lábios.

— O peixe?

— Não, seu bobo! — exclamou Adriana, toda alegre. — O Sr. Graham. Alguns cavalheiros parecem acreditar que o banho é uma tarefa mensal, ou até mesmo anual. Será que o Sr. Graham é um deles?

Hasselthorpe piscou.

— Eu...

— Porque não consigo pensar em nenhum outro motivo para Lottie deixá-lo. — Adriana franziu a testa. — Ele é tão bonito, tão charmoso, e eu nunca escutei boatos sobre ele ter uma amante, que dirá duas, então creio que deva ser a questão dos banhos, ou melhor, da *ausência* de banhos, não concorda?

Ele suspirou.

— Adriana, querida, como sempre, você me fez perder o fio da meada.

— Fiz? — Ela sorriu. — Não foi minha intenção. E você é considerado um dos cérebros mais brilhantes do partido Tory!

Sua gargalhada seria suficiente para enlouquecer um homem mais fraco. Hasselthorpe, porém, apenas abriu um sorriso tenso para a esposa.

— Muito engraçada, querida.

— Sou, não sou? — disse ela, confiante, e voltou a despedaçar o peixe. — Imagino que seja por isso que você me ama.

Hasselthorpe suspirou. Porque, apesar da falta de discernimento, das conversas irritantes e do gosto execrável para decorações, Adriana estava certa nesse ponto.

Ele a amava.

BEATRICE DEVIA TER desconfiado quando Reynaud se sentou para jantar com ela e o tio naquela noite. Porém, infelizmente, ela estava tão concentrada em manter uma expressão neutra que nem parou para pensar no que ele poderia estar planejando. Então, quando ele fez o pedido, com o prato de peixe à sua frente, ela quase se engasgou com o vinho.

— O que disse? — arfou Beatrice, quando recuperou o fôlego.

— Eu não me dirigi a você — respondeu o traidor detestável.

— Ora, mas certamente precisará me consultar em algum momento — rebateu ela, ácida.

Um músculo na mandíbula de Reynaud se contraiu.

— Duvido que...

— Não! — bradou tio Reggie.

Beatrice virou a cabeça para o tio, preocupada. O rosto dele estava da cor de um vinho clarete.

— Por favor, não se exalte...

— Como se já não bastasse você querer tirar meu título, agora quer minha sobrinha também? — esbravejou tio Reggie. Então bateu com um punho na mesa, fazendo os talheres pularem.

— Eu não aceitei o pedido de Lorde Hope — disse Beatrice em um tom tranquilizador.

— Mas vai aceitar — rebateu Reynaud, acabando com qualquer paz que ela tivesse conquistado.

— Não ameace minha sobrinha! — gritou tio Reggie.

Os lábios de Reynaud se estreitaram.

— Não ameacei, apenas constatei um fato.

Então os dois começaram a bater boca de novo. Francamente, ela poderia nem estar ali, uma vez que ninguém lhe dava atenção. Beatrice era como um velho osso que dois cachorros teimavam em não largar. Ela suspirou e tomou outro gole de vinho, olhando de esguelha para Reynaud. Ele deixara o quarto dela pouco depois de fazerem amor na noite anterior, e tinham passado o dia inteiro sem se ver. Agora, o visconde usava a peruca branca e um paletó vinho que dava um ar exoticamente elegante à sua pele bronzeada, às suas sobrancelhas e aos seus olhos escuros. O brinco com a cruz de metal balançava contra sua mandíbula quando ele inclinava a cabeça, zombando do tio dela. E fazia com que ele parecesse um pirata, pensou Beatrice.

Reynaud notou seu olhar e piscou. O restante de seu rosto permaneceu impassível, e o gesto foi tão rápido que ela quase pensou ter imaginado aquilo. Ele queria mesmo se casar com ela? A ideia provocou um calor estranho no centro de seu corpo.

Até tio Reggie dizer:

— Você só quer se casar com a minha sobrinha para sustentar sua alegação de que não é louco. Isso não passa de outro estratagema para roubar minha casa e meu título!

Bem, aquilo era um balde de água fria. Beatrice fixou o olhar em sua taça. Ela não choraria na frente daqueles dois paspalhos.

O lábio superior de Reynaud se curvou em uma expressão desdenhosa enquanto ele se inclinava na direção do tio dela.

— A casa é minha. Quantas vezes preciso repetir isso? O título, a casa, o dinheiro, e, sim, agora Beatrice. É tudo meu. Você segura tudo com as pontas dos dedos, velho, e logo tudo vai escorregar da sua mão. E é por isso que está tão irritado.

Beatrice pigarreou.

— Não sei se os senhores estão cientes, mas *continuo* sentada bem aqui.

Reynaud ergueu uma sobrancelha para ela, os olhos pretos brilhando.

— Então poderia participar da conversa? Talvez fosse bom acrescentar um ou dois motivos pelos quais nossa união é inevitável?

Como ele ousava? A ameaça implícita era de que, caso ela recusasse o pedido, ele informaria a tio Reggie que havia se deitado com ela.

Beatrice empinou o queixo, se dirigindo a tio Reggie, apesar de ainda olhar para Reynaud.

— Tenho certeza de que Lorde Hope estaria disposto a recompensá-lo de alguma forma por sua administração do condado, tio.

Um canto da boca de Reynaud se ergueu enquanto ele articulava, sem emitir som:

— *Touché.*

Mas tio Reggie bradou:

— Nem sob um decreto eu aceitaria ajuda desse janota!

Beatrice suspirou. Às vezes, a teimosia dos cavalheiros era extraordinária.

— Não seria ajuda, tio, mas uma remuneração por anos a serviço do título. Francamente, seria o gesto mais adequado.

Reynaud se recostou na cadeira, olhando para ela com ar especulativo.

— O que a faz pensar que eu daria qualquer coisa ao usurpador do meu título?

— Bem, não me importa se é adequado, não vou aceitar. — Tio Reggie empurrou a cadeira para trás com um baque. — Vou deixá-la, sobrinha, na companhia do homem que escolheu em vez de mim.

E, com esse comentário, saiu da sala.

Beatrice olhou para o prato, tentando esconder a mágoa causada pelas palavras do tio.

— Ele é um velho tolo — disse Reynaud, baixinho.

— Ele é meu tio — rebateu Beatrice, sem levantar o rosto.

— E por isso eu deveria recompensá-lo por roubar meu título?

— Não. — Ela finalmente puxou o ar e o encarou. — Você devia lhe dar uma pequena remuneração porque seria a coisa certa e honrada a se fazer.

— E se eu não der a mínima para honra? — perguntou ele, baixinho.

Beatrice o observou, reclinado na cadeira, segurando a haste da taça de vinho, girando-a preguiçosamente. Mas ela sabia que não havia nada de preguiçoso no visconde. Ele a manobrara até aquele momento, até aquele confronto, de forma tão hábil quanto um mestre do xadrez encurralando a rainha do oponente. *E por que não?*, sussurrou uma pequena parte dela. Se ela fosse esposa de Reynaud, estaria em uma posição muito mais privilegiada para incentivá-lo a votar a favor da lei do Sr. Wheaton.

E poderia pedir concessões antes de se render.

Beatrice se recostou na cadeira, imitando a pose dele.

— Então poderia fazer isso por mim.

— Poderia? — perguntou Reynaud.

Ele a fitou como se pesasse o que valia mais, ela ou seu próprio orgulho.

— Sim — respondeu Beatrice, firme —, poderia. E também, caso recupere o título, poderia oferecer residência permanente nesta casa a tio Reggie.

— E que vantagem esse gesto magnânimo me traria?

— Você sabe muito bem qual seria a vantagem — respondeu ela, subitamente cansada daquele jogo. — Não brinque comigo.

Reynaud tomou um gole de vinho e baixou a taça, decidido.

— Venha até aqui.

Beatrice se levantou, deu a volta na mesa e parou na frente dele. Seu coração batia forte e acelerado, mas ela se esforçou para acalmar a respiração. Tentou não demonstrar como ele a afetava de maneira desesperadora.

Reynaud afastou a cadeira da mesa e abriu as pernas.

— Mais perto.

Ela parou entre suas coxas, quase o tocando, sentindo um frio na barriga.

O visconde ergueu o olhar para encará-la, um guerreiro conquistador.

— Me beije.

Beatrice respirou fundo e se inclinou, apoiando sua mão em um dos ombros de Reynaud. Seus lábios roçaram os dele, tremendo involuntariamente. Ela endireitou o corpo novamente e olhou para ele.

— Mais — disse o visconde.

Ela balançou a cabeça.

— Aqui, não. Os criados já vão voltar para tirar a mesa.

— Então onde? — Os cílios dele baixaram, preguiçosos. — E quando?

Em resposta, Beatrice ofereceu-lhe a mão, pois não confiava na própria voz. Suas ações iam contra tudo o que aprendera sobre o comportamento de uma dama. Tinham lhe dito que aquilo era errado. Que só traria tristeza e desonra. Mas seu coração parecia dizer o contrário, e ela não tinha mais ninguém a quem recorrer. Jeremy estava morto. Tio Reggie deixara evidente seu desgosto, e Lottie estava preocupada demais com a própria vida agora.

Assim, só podia contar consigo mesma.

Reynaud segurou a mão de Beatrice, e ela lhe deu um puxão de leve para incentivá-lo a se levantar. Então o guiou para fora da sala de jantar sem dizer nada. O corredor estava deserto; tio Reggie não gostava que os criados ficassem parados ali durante a refeição à noite. Beatrice subiu rápido a escadaria, ciente dos passos de Lorde Hope, firmes e quase ameaçadores às suas costas, mas não olhou para trás. Ela o conduziu em direção ao seu quarto, e então parou em frente à porta.

— Espere aqui — disse ela, e entrou.

Quick estava lá dentro, como todas as noites, para ajudá-la a se preparar para dormir.

— Já está dispensada por hoje — disse Beatrice para a criada. — E, Quick?

A mulher se virou para ela.

— Senhorita?

— Certifique-se de não ver nada no corredor.

Os olhos de Quick se arregalaram, mas ela era experiente demais para emitir qualquer comentário. Apenas fez uma mesura e saiu do quarto.

Beatrice respirou fundo e foi até a porta, abrindo-a. Ele estava no corredor, recostado na parede, esperando pacientemente.

— Entre — disse ela, e ele se endireitou.

COM A POSTURA altiva e empertigada, Beatrice o convidou para entrar em seu quarto. Ele já estivera ali duas outras vezes, é claro, mas nunca com um convite.

E isso parecia fazer toda a diferença.

Ele sentia o sangue pulsando nas têmporas e bem mais embaixo, na base de seu pau. E já estava ereto, pronto para ela, mas ele agiu devagar. O lobo nunca quer assustar o cervo antes de estar pronto para o bote.

Beatrice se virou, foi até a lareira e a remexeu com um atiçador.

— Pode tirar a roupa?

As mãos dela podiam estar firmes, mas sua voz era aguda e falha.

— Por que você não faz isso? — perguntou Reynaud, com a voz grave.

— Ah.

Ela deixou o atiçador de lado e tocou o laço do corpete.

— Não. — Em dois passos ele estava ao seu lado, segurando suas mãos. — Por que não tira a minha roupa?

Beatrice o encarou, o rosto corando, mordendo o lábio inferior. Reynaud também queria morder aquele lábio, queria pegá-la nos braços e levá-la para a cama, um guerreiro com seu prêmio. Mas precisava que ela o procurasse por vontade própria. Era verdade que a coagira, mas fora Beatrice quem o levara até o quarto. Ele acolheria aquele pequeno ato de livre-arbítrio de sua parte.

Ela apoiou as mãos no paletó dele e, devagar, com cuidado, empurrou o tecido para trás dos ombros. Reynaud moveu os braços para ajudá-la a remover a peça, mas, fora isso, apenas a observava. Quando era um jovem oficial no exército de Sua Majestade, ele fora a bordéis em Londres e no Novo Mundo. Havia experimentado os serviços de cortesãs respeitadas. Ainda assim, a visão daquela mulher bem-criada tirando seu paletó era mais erótica do que qualquer coisa que já presenciara em um prostíbulo.

Ela dobrou o paletó e o deixou de lado com cuidado. Então ficou na ponta dos pés e removeu sua peruca. Reynaud passou as mãos pela cabeça, esfregando o cabelo curto.

— Confesso que fiquei triste no dia em que você cortou o cabelo — disse Beatrice, baixinho.

Um meio sorriso curvou os lábios dele.

— Você preferia que eu mantivesse minha juba selvagem?

— Não. — Ela esticou os braços para acariciar sua cabeça. — Mas talvez um pouco maior do que isso. O cabelo comprido suaviza um pouco sua aparência. Só percebi isso quando o cortou. Sem ele, você parece tão... impiedoso.

Mas ele era impiedoso. Será que ela ainda não tinha percebido isso? Reynaud permaneceu quieto, apenas observando enquanto ela se concentrava nos botões do colete. Os únicos sons no quarto eram a respiração de Beatrice e o tecido roçando sobre os botões de osso. Ela terminou de desabotoar e empurrou o colete pelos ombros dele. Então pôs a peça de lado e hesitou por um instante, encarando sua camisa branca. Será que tinha perdido a coragem? Apenas dois dias antes, aquela mulher era virgem, e, agora, ele exigia que ela tirasse sua roupa. Talvez devesse ser mais compassivo.

Reynaud segurou uma das mãos dela e a levou ao seu peito.

— Agora é a vez da camisa, creio eu.

Beatrice começou a desabotoá-la sem fazer nenhum comentário, apesar de ficar mais ofegante. O roçar de seus dedos, mesmo com o pano fino separando suas peles, era uma tortura. Ela abriu o último botão, e Reynaud levantou os braços para que ela pudesse puxar a camisa pela cabeça.

Ela umedeceu os lábios e o espiou com timidez.

— Tudo?

— Tudo.

Beatrice concordou com a cabeça, puxando o ar como se reunisse coragem, então levou as mãos à braguilha da calça dele. Reynaud apoiou as mãos nos ombros dela enquanto os botões eram abertos, observando o topo da cabeça de Beatrice em vez de suas mãos. Ela se ajoelhou para puxar a calça, e Reynaud levantou os pés para retirar os sapatos e as meias. Quando chegou a vez das roupas de baixo, as mãos dela tremiam.

— Está com medo? — murmurou ele.

Beatrice parou e o encarou.

— Não.

Então Reynaud precisou trincar a mandíbula. Aquela franqueza, aqueles grandes olhos cinzentos sobre as bochechas sardentas, encarando-o com tanta inocência, sem malícia ou disfarce, quase o fizeram perder o controle.

Beatrice liberou-o das roupas de baixo, que ele chutou para longe, completamente nu agora.

— O que quer que eu faça? — perguntou ela.

Ele a encarou, ajoelhada aos seus pés, o rosto tão perto de sua ereção grosseira, e vários pensamentos lhe vieram à mente, mas, por fim, apenas ofereceu a mão a ela.

— Venha até aqui.

Beatrice se levantou, segurando a mão dele, e ele a guiou até a cama. Reynaud afastou a coberta e se deitou de barriga para cima, apoiado em vários travesseiros. Então a puxou para se sentar ao seu lado, e seu vestido se amontoou em torno das pernas dobradas.

— Fique confortável.

— Eu estou confortável.

Ele queria sorrir, mas percebeu que a rigidez de seus músculos não permitia.

— Então toque em mim.

— Aqui?

Beatrice levou a palma de uma das mãos ao seu peito, passando os dedos por seus pelos.

— Sim.

Ele observou o rosto dela enquanto ela o explorava, circulando um mamilo. Sua expressão era atenta, solene, como uma garotinha aprendendo um ponto de bordado.

— Eles são sensíveis? Como os meus? — perguntou Beatrice.

Reynaud semicerrou os olhos.

— São sensíveis.

Ela assentiu e foi descendo a mão, seguindo o caminho dos pelos até chegar ao umbigo. Ali, hesitou de novo, parecendo indecisa.

Reynaud esperou, sem apressá-la de novo. Devagar, Beatrice passou os dedos por seus pelos pubianos, se aproximando cada vez mais de seu pênis. Quando ela finalmente o tocou — com delicadeza demais, suavidade demais —, ele exalou.

Os olhos dela voaram para seu rosto, observando-o enquanto o toque subia por seu membro. Reynaud sustentou seu olhar, apesar de querer fechar os olhos diante da sensação daqueles dedos quentes sobre sua pele. Quando ela chegou à cabeça de seu pau, olhou para baixo de novo, e se aproximou um pouco mais, como se estivesse fascinada.

— É tão duro — murmurou Beatrice, circulando a glande. — Dói?

— Não. — A boca dele se retorceu. — Contanto que se alivie em algum momento.

Os olhos dela se arregalaram.

— Quer dizer que ele fica assim até...

Reynaud soltou uma risada rouca, ou algo como um urro.

— Não. Isso, ah, passa depois de um tempo, se não houver estímulo.

— Estímulo.

As sobrancelhas de Beatrice se uniram enquanto ela observava os dedos se fecharem em torno dele.

— Ver uma mulher bonita, ouvir sua voz, sentir o seu toque — explicou Reynaud.

— *Qualquer* mulher bonita?

Ela franziu a testa.

Ah, aquilo não era engraçado, não com aquelas adoráveis e pequenas mãos segurando seu pau, mas a boca dele se curvou num sorriso.

— Algumas mais do que outras.

— Humm.

Reynaud pigarreou.

— Você pode acariciá-lo.

Com hesitação, Beatrice o esfregou com os dedos.

— Com mais firmeza — murmurou ele, e envolveu a mão dela com a sua para demonstrar.

Reynaud subiu as mãos dos dois pelo pênis, com força o suficiente para mover a pele sobre a carne rígida por baixo, e então desceu de novo. E soltou a mão dela.

Beatrice repetiu o gesto.

— Isso — gemeu ele.

— Está gostando assim?

— Ahh, estou.

Ela continuou fazendo os movimentos com a mão, e Reynaud se deitou como um paxá entre os travesseiros, apenas recebendo prazer. Com os olhos semicerrados, ele a observou, o cabelo ainda em um coque recatado, a expressão séria, e a visão primitiva e chocante de seu pênis exposto nas mãos dela. Talvez a tivesse deixado terminar, mas, então, Beatrice se inclinou para mais perto e levou um dedo à cabeça de seu pau, onde o líquido claro havia começado a sair. Ele era forte e tinha bastante força de vontade, mas não era de ferro.

Reynaud se dobrou, pegou-a pela cintura — ignorando seu gritinho assustado — e a girou para posicioná-la de frente para a cabeceira da cama.

— Fique aí — ordenou ele em uma voz gutural.

Graças a Deus, Beatrice lhe obedeceu sem questionar quais eram suas intenções, porque ele não aguentaria muito de qualquer forma. Ela estava de joelhos, então Reynaud apenas jogou suas saias por cima do quadril. Ele acariciou sua bela bunda, se deliciando com a sensação da pele macia.

— Abra as pernas para mim — disse ele, e Beatrice obedeceu, ofegante.

Reynaud a tocou lá, entre as coxas, onde ela era mais macia, mais sensível, e afastou as dobras molhadas, revelando o centro reluzente.

E a ouviu gemer. Era isso o que queria, sua mulher, empinada, molhada, e esperando por ele. Reynaud segurou seu pau e o direcionou para dentro dela. Jesus Cristo! Beatrice era tão apertada, tão escorregadia. De repente, ele sentiu uma umidade nos olhos e os fechou para que ela não visse. Aquilo era um acasalamento, uma boa e bela foda, nada mais.

Porém, mesmo enquanto impulsionava sua carne para dentro da dela, Reynaud sabia que mentia para si mesmo. Tudo em Beatrice — seu cheiro, a sensação da pele dela na dele, seu corpo quente, seus gemidos baixos — significava algo mais para ele. *Lar*. Beatrice era seu lar, e ele voltara para ela.

Reynaud deixou aquele pensamento estranho de lado enquanto se enterrava por completo naquela mulher. Ele agarrou a cabeceira de ambos os lados dela e a cercou com seu abraço. Beatrice estremeceu, e, por algum motivo, aquele leve movimento foi a última gota. Reynaud começou a enfiar rápido, com força, e a sensação da carne escorregadia ao seu redor, apertando-o tanto, fez com que perdesse completamente o controle. Ela arqueou o quadril, pressionando-o de volta, e ele se inclinou para a frente, mordendo sua nuca para mantê-la no lugar. Beatrice soltou um grito, alto e desamparado, então seu interior se contraiu ao redor do pênis dele, ordenhando-o enquanto ela gozava.

Reynaud soltou um rosnado que veio do fundo da garganta e sentiu os testículos se contraírem enquanto se liberava dentro dela. E mesmo assim não conseguia parar, continuava com movimentos rápidos enquanto a preenchia com sua semente. Quando finalmente desabou para o lado, todos os seus ossos pareciam liquefeitos. Ele só teve presença de espírito suficiente para abraçá-la contra o peito enquanto Beatrice se aconchegava em seu corpo.

E então caiu no sono.

O QUARTO ESTAVA quase completamente escuro quando Beatrice acordou. O espartilho espetava a lateral de seu corpo. Ela adormecera totalmente vestida. Virando a cabeça, viu o brilho das brasas na lareira e sentiu Reynaud se mover sob sua mão. Com cuidado e em silêncio, Beatrice se levantou da cama. Ele estava esparramado, nu, sobre seus lençóis, como se tivesse todo o direito de fazer aquilo. Ela sorriu, um pouco triste. Reynaud provavelmente diria que aquele quarto e aquela cama também eram dele.

Beatrice ajeitou as saias e saiu do quarto. Sem dúvida estava toda amarrotada, e seria desagradável encontrar alguém nos corredores, mas já passava da meia-noite, e ela não acreditava que isso poderia acontecer. O quarto de tio Reggie ficava um pouco mais adiante no corredor, e a fresta sob a porta mostrava apenas escuridão. Ela sentiu uma pontada de arrependimento por terem se despedido de forma tão amargurada no jantar. Será que o tio algum dia aceitaria o retorno de Reynaud? Será que lhe perdoaria pelas decisões que tomara — e pelas que tomaria no futuro?

Depois de anos morando ali, ela não precisava de uma vela para se locomover, nem mesmo na quase completa escuridão. Beatrice tateou o caminho até a escadaria principal e desceu de fininho, como um rato. Abaixo, no térreo, um lacaio passou pelo corredor, seguindo na direção da cozinha e dos cômodos dos empregados. Ela ficou imóvel na escada, esperando pacientemente, e voltou a descer em silêncio depois de ele desaparecer pela casa. Ela parou na sala de jantar para acender uma vela com as brasas da lareira, então seguiu para a sala azul. Ali, Beatrice colocou a vela solitária sobre uma mesinha. E afundou em um canapé virado para a porta, enroscando os pés sob o corpo.

O retrato de Reynaud estava bem na sua frente. Ela apoiou o queixo em uma das mãos, olhando para ele. Passara tantas noites ali, sentada com ele, imaginando como seria de verdade o homem por trás daqueles olhos risonhos. E, agora, ela sabia. Ela o conhecia, fora sua amante, e ele era completamente diferente do que ela sonhara em suas fantasias infantis. Reynaud era duro, às vezes cruel, determinado a conquistar o que queria; ele era enlouquecedor e frustrante. Mas também era inteligente, carinhoso com aqueles que considerava os seus — como Henry —, complexo, desconcertante e um amante maravilhoso.

Um homem passional.

Mesmo que aquela paixão não fosse direcionada a ela, era admirável. Beatrice fitou aqueles olhos pretos, tão fisicamente semelhantes e tão espiritualmente diferentes do homem em carne e osso. Um casamento com ele não seria fácil. Na verdade, havia grandes chances de ser um desastre. Mas, para salvar tio Reggie, ela correria esse risco.

A porta da sala de estar se abriu, e Reynaud entrou, parando sem perceber ao lado de sua imagem pintada. Ele vestira a calça e a camisa. Seu olhar encontrou o dela, e ele se virou para ver o que ela olhava. Reynaud analisou o próprio retrato por um longo tempo antes de encará-la de novo.

— Você está bem?

Beatrice assentiu.

Ele começou a andar em sua direção, sem jamais desviar o olhar. Quando chegou bem na frente dela, parou e ofereceu-lhe a mão.

— Quer se casar comigo, Beatrice?

Ela colocou a mão sobre a dele.

— Sim.

Capítulo Treze

Espada Longa e a princesa estavam diante de uma torre preta enorme — a fortaleza do castelo. O soldado avançou com cautela em direção à torre, seguido pela princesa, mas o edifício permaneceu ameaçadoramente silencioso. Uma única porta enorme de madeira ocupava a fachada, sua superfície arranhada e chamuscada, como se tivesse sobrevivido a uma batalha terrível. Espada Longa abriu a porta, e, ao seu lado, a princesa Serenidade ofegou em choque.

Pois, dentro da torre, seu pai, o rei, se encontrava acorrentado. Ao redor dele, voavam três dragões, um maior que o outro. E o menor deles tinha o dobro do tamanho daquele que Espada Longa matara no dia anterior...

— Espada Longa

A terra recém-mexida já estava coberta de gelo, dura, congelada, definitiva. Beatrice se inclinou e colocou o buquê de ásteres sobre o túmulo. Ainda não havia uma lápide, apenas uma placa de madeira. O nome JEREMY OATES tinha sido rabiscado nela grosseiramente.

— Vou me casar com ele — sussurrou Beatrice para a placa deprimente.

Suas palavras foram carregadas pelo vento, atravessando o pequeno cemitério. Como que para enfatizar sua tristeza, o dia estava nublado e cinza. Os pais de Jeremy tinham decidido sepultar o filho no terreno de uma pequena igreja, fora do centro de Londres. Não era nem um jazigo da família. Talvez achassem que, se o escondessem bem longe, poderiam esquecê-lo completamente. Jeremy teria sorrido e lembrado a ela que, quando se está morto, não faz diferença nenhuma ser enterrado em um cemitério pequeno ou no de uma catedral.

Beatrice balançou a cabeça e franziu a testa com força para segurar as lágrimas. Jeremy não teria se importado, mas ela se importava. Aquela não era uma maneira digna de homenagear um homem bom. Ela fechou os olhos por um instante, apenas se lembrando do amigo, e as lágrimas vieram, independentemente de serem desejadas ou não.

Quando abriu os olhos de novo, seu rosto estava gelado e molhado, e uma dor de cabeça começava a incomodar. No entanto, por mais estranho que fosse, ela se sentia melhor.

Beatrice secou as bochechas e olhou para o portão da igreja. Reynaud estava apoiado na parede de pedras, esperando pacientemente por ela. A viagem até ali demorara mais de uma hora, e ele não reclamara. Embora ele não tenha visitado seu quarto naquela semana, desde a noite em que ela aceitara se casar com ele, Reynaud fazia questão de que passassem um tempo juntos sempre que possível. É claro, ele era um homem ocupado. Tinha reuniões diárias com os advogados sobre as propriedades e o título, e também se encontrava frequentemente com seu amigo Lorde Vale. Beatrice não sabia ao certo sobre o que os dois conversavam, porém ficava feliz por parecerem ter superado a animosidade inicial.

Ela se ajoelhou para tocar a terra congelada sobre o túmulo de Jeremy uma última vez antes de se levantar e limpar as mãos, batendo-as. Na primavera, traria algumas mudas de lírio-do-vale para plantar ali. Elas fariam companhia a ele. Beatrice seguiu para a carruagem e para Reynaud. O pequeno cemitério da igreja era lamentavelmente negligenciado, o caminho de pedras estava coberto de ervas daninhas. O vento soprou as saias contra suas pernas, e ela estremeceu ao se aproximar de Reynaud.

— Pronta? — Ele segurou seu cotovelo para ajudá-la.

— Sim. — Beatrice fitou o rosto sério dele. — Obrigada por me trazer.

Reynaud assentiu.

— Ele era um bom homem.

— Sim, era — murmurou Beatrice.

O visconde a guiou até ela entrar na carruagem e subiu em seguida, batendo no teto para sinalizar ao cocheiro que poderia partir. Beatrice olhou pela janela enquanto se afastavam do cemitério, então se virou para ele.

— Você não mudou de ideia sobre se casar com uma licença especial?

— Quero estar casado antes de me apresentar ao Parlamento — respondeu Reynaud. — Se isso a incomoda, podemos planejar um baile de comemoração no próximo ano.

Beatrice assentiu. Depois de tanta paixão enquanto ele a seduzia, sua praticidade em relação aos planos para o casamento era um pouco desanimadora. Ela se lembrou da explicação de Lottie sobre como os cavalheiros escolhiam esposas para preencher uma vaga. Não era exatamente isso o que estava acontecendo? Reynaud precisava dela como esposa para convencer as pessoas de sua sanidade. Nathan precisava de Lottie como esposa para avançar na carreira. A única diferença era que Lottie acreditara que o marido a amava.

Beatrice não tinha essa ilusão.

Ela se empertigou ligeiramente e pigarreou.

— Você nunca me contou como conseguiu fugir dos indígenas. Sastaretsi parou de odiá-lo?

Reynaud esticou a boca, impaciente.

— Quer mesmo escutar essa história? É chata, eu garanto.

Aquelas tentativas de enrolá-la só a deixavam mais curiosa.

— Por favor.

— Pois bem.

Ele desviou o olhar e ficou em silêncio durante um tempo.

— Sastaretsi? — incentivou Beatrice, baixinho.

— Ele nunca parou de me odiar. — Reynaud olhava pela janela, exibindo de perfil o nariz comprido e o maxilar definido, contrastando com o forro vinho às suas costas. — Porém, aquele primeiro inverno foi difícil, e tínhamos que nos esforçar ao máximo para encontrar comida suficiente e alimentar a todos. Eu era um caçador fisicamente apto, apesar de não muito habilidoso a princípio, então acho que ele preferiu deixar a hostilidade de lado por um tempo. De qualquer forma, estávamos todos debilitados pela fome.

— Que terrível.

Beatrice olhou para o colo, examinando suas refinadas luvas de pelica. Ela nunca passara fome na vida, mas via mendigos na rua de vez em quando. Tentou imaginar Reynaud com aquele rosto macilento, com aquela expressão desesperada, reluzente, nos olhos pretos. A ideia de ele ter sofrido tanto era desagradável.

— Com certeza não foi divertido — continuou Reynaud. — Lembro que, um dia, encontrei uma ursa. Os ursos entram nas árvores maiores, em buracos na madeira, para hibernar durante o inverno. O marido de Gaho me ensinou a procurar marcas de garras nos troncos para saber se havia ursos por perto. Depois que matamos a ursa, eles tiraram parte de sua pele e comeram a gordura sem nem se dar ao trabalho de acender uma fogueira e cozinhar a carne.

— Meu Deus.

Beatrice franziu o nariz de nojo.

Ele a encarou.

— Eu também comi. Saía fumaça da carne em contato com o ar frio do inverno, e só tinha gosto de sangue, mas engoli mesmo assim. Aquilo era a vida. Fazia três dias que não comíamos nada.

Ela mordeu o lábio e assentiu.

— Sinto muito.

— Não sinta — disse Reynaud, baixinho. — Eu sobrevivi.

Ele cruzou os braços sobre o peito e apoiou a cabeça no encosto atrás, os olhos fechados como se dormisse, apesar de Beatrice duvidar disso.

Ela baixou a cabeça. Reynaud tinha sobrevivido, e ela era grata por isso, de verdade, mas a que preço? Ele mudara muito depois de passar por tudo aquilo. Era como se tivesse atravessado uma fornalha ardente que havia queimado todas as suas partes sensíveis ou sentimentais, deixando apenas um núcleo endurecido pelo fogo, insensível a dores ou emoções, talvez também insensível ao amor.

Beatrice estremeceu com o pensamento. Reynaud certamente sentia algo por ela, não?

Os dois passaram o restante do caminho até a casa em silêncio, e foi apenas quando a carruagem diminuiu a velocidade diante da mansão Blanchard que ela olhou pela janela.

Beatrice se inclinou um pouco para a frente.

— Há outra carruagem bloqueando o caminho.

— É mesmo? — disse Reynaud, distraído, ainda de olhos fechados.

— Quem será? — perguntou Beatrice, reflexiva. — Um cavalheiro está saindo, agora está ajudando uma dama com roupas muito elegantes a descer. Ah, e há um garotinho com eles. Reynaud?

Ela o chamara porque, de repente, ele se sentou e virou o corpo para olhar pela janela.

— Jesus Cristo — disse o visconde.

— Você os conhece?

— É Emeline — disse ele. — Minha irmã.

ELE TINHA SONHADO com aquele momento por infinitas noites durante o cativeiro: o dia em que finalmente reencontraria a família. O dia em que reencontraria Emeline.

Reynaud saiu devagar da carruagem, se virando para ajudar Beatrice a descer. O rosto dela estava animado, radiante de curiosidade, fascínio e alegria, como se refletisse todas as múltiplas emoções que ele deveria estar sentindo naquele momento. Reynaud entrelaçou o braço no dela e se aproximou do pequeno grupo reunido no topo da escada da mansão Blanchard. O homem estava virado para os dois com uma fisionomia que, daquela distância, parecia impassível, mas o foco de Reynaud era a mulher. Ela acabara de notar a presença deles e estava se virando. Seu rosto ficou inexpressivo, então seus traços foram tomados por uma alegria pura.

— Reynaud! — gritou ela, e começou a descer a escada.

O homem — que devia ser Hartley — a segurou pelo braço, diminuindo seu ritmo, e, por um instante, Reynaud sentiu a raiva subir pelo peito.

Até ver por que Hartley a fizera ir mais devagar.

— Minha nossa — disse Beatrice sem ar.

Emeline estava obviamente enorme de grávida. Sete anos antes, ela havia sido uma jovem mãe e esposa. Agora, estava casada com um homem diferente e esperando o segundo filho. Ele perdera tanta coisa.

Perdera coisa demais.

Reynaud e Beatrice chegaram à base da escada ao mesmo tempo em que Emeline e Hartley. Sua irmã parou de repente, encarando-o, então esticou a mão, tocando sua bochecha, admirada.

— Reynaud — disse ela, sem fôlego. — Reynaud, é você?

Ele cobriu os dedos da irmã com uma das mãos, piscando para afastar as lágrimas em seus olhos.

— Sim, sou eu, Emmie.

— Ah, Reynaud!

E, de repente, Emeline estava em seus braços, e ele a apertava forte, desajeitado em torno da barriga acentuada. Era uma sensação tão boa estar com ela, sua irmã caçula, e Reynaud fechou os olhos, apenas a abraçando por um momento.

Ela finalmente se afastou e sorriu, o mesmo sorriso que tinha desde os dez anos, então franziu a testa.

— Ah, puxa vida! Vou chorar. Samuel, preciso entrar.

Hartley a levou rapidamente para dentro da casa, e Reynaud e Beatrice os seguiram em um ritmo mais tranquilo. O garoto foi atrás da mãe, mas ficava olhando para trás, em sua direção. Reynaud se lembrava de Daniel como um bebê que mal conseguia andar da última vez que se viram. Agora, tinha quase a altura da mãe.

Reynaud acenou com a cabeça para o sobrinho.

— Sou seu tio.

— Eu sei — disse Daniel, diminuindo o passo para andar ao lado deles enquanto seguiam pelo corredor. — Tenho um par de pistolas suas.

Reynaud ergueu as sobrancelhas.

— É mesmo?

— É. — O garoto parecia um pouco preocupado. — Quer dizer, posso ficar com elas?

Ao seu lado, Beatrice abafou uma risada. Reynaud a fitou com um olhar crítico antes de responder.

— Pode, sim.

O grupo tinha chegado à sala de estar agora, e Beatrice saiu para pedir chá e algum lanche.

— Os indígenas desenharam esses pássaros em volta do seu olho? — perguntou o sobrinho.

— Daniel — falou Hartley, pela primeira vez, sem levantar a voz.

E não disse mais nada, porém o garoto baixou a cabeça.

— Desculpe — murmurou ele.

Reynaud assentiu e se sentou.

— Sim, os indígenas tatuaram meu rosto.

Beatrice voltou nesse momento, e seus olhares se encontraram. Sua noiva o fitava cheia de compaixão, e ele sentiu o coração aquecido ao vê-la. Ela se sentou ao seu lado e colocou a mão sob a sua.

Então pigarreou.

— Sou Beatrice Corning.

Reynaud apertou a mão dela em gratidão.

Emeline se empertigou ligeiramente, parecendo um cão de caça ao ver um faisão.

— *Tante* Cristelle contou que a senhorita está noiva do meu irmão.

Beatrice o fitou e disse, animada:

— Sim. Pretendemos realizar uma pequena cerimônia em breve. A Srta. Molyneux não nos informou da sua visita. Os senhores eram aguardados?

— Claramente, não. — Emeline apertou os lábios. — Eu escrevi, é claro, para avisar que vínhamos, mas a carta deve ter se extraviado. Samuel precisava cuidar de alguns negócios na Inglaterra, e eu queria visitar *tante*. No fim das contas, nós a pegamos de surpresa com nossa chegada a Londres, então ela nos surpreendeu com a notícia de que Reynaud estava vivo.

— Uma ótima notícia. — Beatrice sorriu.

— Sim. — Emeline lançou um olhar rápido e curioso para ele e Beatrice. — Desculpe, mas a senhorita não é parente do atual conde de Blanchard?

— O usurpador — grunhiu Reynaud.

— Sou sobrinha dele — explicou Beatrice.

— E minha futura esposa — declarou ele.

— Humm. Quanto a isso — murmurou Emeline —, *tante* disse que faz menos de um mês que você voltou para casa.

Beatrice se remexeu ao seu lado.

— Receio que Reynaud tenha conquistado meu coração.

Emeline franzia a testa agora, o que irritou Reynaud. Sete anos separados, e sua irmã caçula achava que podia lhe dizer o que fazer com sua vida? Ele abriu a boca, mas recebeu uma cotovelada na lateral do corpo. Surpreso, olhou para Beatrice, que o encarava com um olhar muito severo.

Como se estivessem seguindo alguma deixa feminina, a conversa então passou para assuntos mais amenos. Hartley explicou seus negócios em Boston e Londres, e Emeline contou como os dois haviam se conhecido e tudo o que acontecera na ausência de Reynaud. As novidades não eram muito diferentes do que já soubera por *tante* Cristelle, mas era maravilhoso poder ouvir sua voz. Reynaud deixou a conversa fluir ao seu redor, contente por apenas ficar ali sentado, escutando a irmã e Beatrice. Aquela era sua família agora.

Finalmente, Emeline declarou que estava cansada, e Hartley correu para ajudá-la a se levantar.

Enquanto as damas se despediam, Hartley se virou para Reynaud e disse, baixinho:

— Fico feliz por você ter conseguido voltar para casa.

Reynaud assentiu. Ele estava em casa agora, não estava?

— Fiquei sabendo que você atravessou a floresta correndo para buscar resgate para os que foram capturados.

Hartley deu de ombros.

— Era o mínimo que eu podia fazer. Se soubesse que tinham levado você vivo, eu o teria procurado até encontrá-lo.

Era uma promessa fácil de ser feita, sete anos após o ocorrido, mas a expressão no rosto de Hartley era séria, seus olhos, sinceros e determinados, e Reynaud percebeu que ele falava a verdade.

— Você não sabia — disse ele, e lhe ofereceu a mão.

Hartley a aceitou e a apertou com firmeza.

— Bem-vindo de volta.

Reynaud conseguiu apenas assentir novamente e desviar o olhar, para não perder de todo a compostura.

Ele acompanhou Emeline e a família até a porta, depois voltou para a sala de estar e encontrou Beatrice se servindo de outra xícara de chá. Então foi até a cornija, parou para observar uma pequena pastora — aquela peça pertencera à sua mãe? — e depois seguiu para a janela. O tempo todo, sentiu o olhar de Beatrice em suas costas.

Ela colocou a xícara em cima da mesa ao seu lado e o fitou.

— Você está se sentindo bem?

Reynaud fechou a cara enquanto olhava pela janela.

— O que a faz pensar que há algo errado?

Beatrice ergueu as sobrancelhas.

— Perdoe-me, mas você parece inquieto.

Ele inspirou profundamente, observando a carruagem passar lá embaixo.

— Não sei. Tenho Emeline de volta, minha família de volta, mas há algo faltando.

— Talvez precise de tempo para se ajustar — disse ela, baixinho. — Você passou sete anos fora, vivendo de modo totalmente diferente. Talvez apenas precise se acostumar.

— Eu preciso é do meu título — grunhiu ele, se virando para encará-la.

Beatrice o observava com um ar pensativo.

— E, quando você tiver seu título e tudo o mais que o acompanha, vai ficar satisfeito?

— Você está sugerindo que não?

Ela olhou para a xícara.

— Estou sugerindo que talvez você precise de algo além de um título e dinheiro para ser feliz.

Reynaud jogou a cabeça para trás, como se tivesse levado um golpe. O que era aquilo? Por que ela resolvera desafiá-lo agora?

— Você não me conhece — rebateu ele, enquanto seguia para a porta. — Você não sabe do que eu preciso, então faça o favor de não especular, madame.

Dito isso, ele a deixou sozinha.

UMA SEMANA DEPOIS, Beatrice escondia as mãos trêmulas nas dobras do vestido de casamento. Era uma peça muito elegante. Lottie argumentara que só pelo fato de ela se casar às pressas não significava que não poderia ter um vestido novo. Então Beatrice usava uma bela seda furta-cor que mudava de verde para azul quando ela andava. Porém, apesar da beleza de seu vestido novo, não conseguia fazer as mãos pararem de tremer.

Talvez aquele fosse um nervosismo normal de uma noiva no dia do casamento. Ela tentou prestar atenção no bispo que celebrava seu matrimônio com Reynaud, mas as palavras do homem pareciam se fundir em um fluxo indistinto de zumbidos.

Beatrice esperava que isso não fosse um sinal de que estivesse prestes a desmaiar.

Será que tinha tomado a decisão certa? Mesmo ali, de pé no altar, ainda tinha dúvidas. Reynaud prometera cuidar de tio Reggie, prometera deixá-lo morar na mansão Blanchard, independentemente do resultado da disputa sobre o título. Ela garantira a segurança do tio, e talvez isso fosse motivo suficiente para se casar com aquele homem, mesmo que ele não a amasse.

Ele não a amava.

Beatrice olhou para o buquê de flores que segurava. Ela queria um homem que a amasse por quem ela era, mas, em vez disso, decidira se casar por um motivo frio e calculista. Será que isso bastaria? Ela não tinha certeza. O coração de Reynaud talvez nunca amolecesse o suficiente para amá-la. Nas últimas semanas, ele parecera mais duro do que nunca, mais focado em seu objetivo de recuperar o título e no poder que isso lhe traria. Se nunca fosse amada por ele, será que ela suportaria viver naquele casamento?

Mas, então, Reynaud se virou para ela, colocou uma aliança de ouro simples em seu dedo e lhe deu um beijo delicado na bochecha. De repente, a cerimônia havia acabado, e era tarde demais para repensar sua decisão ou se arrepender. Beatrice respirou fundo e apoiou a mão no antebraço daquele que agora era seu marido, apertando-o com mais força que o normal.

Ele aproximou sua cabeça da dela.

— Você está bem?

— Sim. Estou.

Um sorriso largo parecia estar gravado no rosto dela.

Ele a fitou com ar desconfiado, enquanto a guiava pelo pequeno grupo de pessoas que os parabenizavam.

— Já vamos voltar para casa, e, se você quiser, pode ir se deitar.

— Ah, mas temos ainda o café da manhã na recepção do casamento!

— E a noite de núpcias — sussurrou Reynaud em seu ouvido. — Não gostaria que você estivesse se sentindo mal e não aproveitasse essa parte.

Beatrice baixou a cabeça para esconder um sorriso satisfeito. O fato era que ele não fizera nada além de beijá-la pudicamente nos lábios desde o noivado, e uma pequena parte sua começara a se perguntar se ele já havia perdido o interesse.

Estava evidente que não.

Reynaud a guiou até a carruagem ao som dos gritos animados dos convidados e entrou rápido. Então sorriu para ela, enquanto o veículo se afastava.

— A sensação de estar casada é diferente?

— Não. — Beatrice balançou a cabeça, então pensou em algo. — Se bem que terei que me acostumar com o fato de ser Lady Hope, não é?

Reynaud fechou a cara.

— Deveria ser Lady Blanchard. — Ele olhou pela janela. — E será, em breve.

Não havia mais nada a dizer depois disso, então os dois permaneceram em silêncio até chegarem à mansão. Muitos dos convidados já tinham chegado e entravam na casa enquanto Beatrice descia da carruagem. Ela subiu a escada da frente da mansão Blanchard com Reynaud, sentindo-se estranha. Aquela ainda era a casa de seu tio, mas logo seria apenas dela e do novo marido — se ele recuperasse o título. Ela trocaria de posição com tio Reggie, e a ideia não era agradável.

Lá dentro, a sala de jantar havia sido arrumada para um banquete. Metros de tecido cor-de-rosa fino adornavam a mesa, e, por um instante, Beatrice pensou no quanto tio Reggie devia estar horrorizado com os gastos. Ele já estava sentado à cabeceira da mesa, parecendo bem desanimado e triste. E se recusava a encará-la.

Reynaud a conduziu para se sentar ao lado do tio, como ditava a etiqueta, então foi distraído por um convidado. Por um instante, Beatrice ficou em silêncio.

— Já está feito, então — disse tio Reggie.

Ela levantou o olhar e sorriu.

— Sim.

— Não dá mais para desistir.

— Não.

Ele soltou um suspiro pesado.

— Eu só quero o melhor para você, minha querida. Você sabe disso.

— Sim, eu sei, tio — disse ela, baixinho.

— Aquele malfeitor parece gostar de você. — Tio Reggie colocou as mãos sobre a mesa e as encarou como se nunca as tivesse visto antes. — Notei como ele a observa às vezes, como se você fosse uma joia que ele tivesse medo de perder. Espero que ele a trate bem. Espero que você seja muito feliz.

— Obrigada.

Beatrice sentiu lágrimas bobas — que durante o dia inteiro ameaçaram brotar — surgirem em seus olhos.

— Porém, se ele não o fizer — continuou o tio, falando baixo —, você sempre terá um lugar comigo. Podemos nos mudar desta maldita casa e encontrar outro lugar para nós.

— Ah, tio Reggie.

Beatrice engasgou com uma risada que era quase um soluço de choro. Tio Reggie tão, tão querido, mesmo se opondo à sua escolha, era incapaz de abandoná-la completamente.

Ela secava os olhos com um lenço quando Reynaud se sentou ao seu lado. Ele fechou a cara ao vê-la.

— O que seu tio disse?

— Shh. — Beatrice olhou discretamente para tio Reggie, que conversava com *tante* Cristelle. — Ele foi muito gentil.

Reynaud resmungou, sem parecer muito convencido.

— Ele é um velho arrogante.

— Ele é meu tio, e eu o amo — afirmou Beatrice com firmeza.

O marido apenas grunhiu.

O café da manhã de recepção foi demorado e suntuoso, e, quando finalmente acabou, Beatrice estava pronta para uma soneca. Mas, em vez disso, ela se levantou para se despedir dos convidados.

Quase no fim da fila estavam Lorde e Lady Vale. O visconde começou a falar com Reynaud, e, por um instante, Beatrice e Lady Vale ficaram sozinhas.

— Ele está muito feliz com essa união — sussurrou a outra mulher.

Beatrice a encarou, surpresa.

— O visconde Vale?

Ela concordou com a cabeça.

— Ele estava muito preocupado com Lorde Hope. Toda a situação causada por seu marido retornar vivo foi um choque. Um choque positivo, é claro, mas ainda assim um choque.

Beatrice ergueu as sobrancelhas.

— Ele se preocupa com quanto Lorde Hope mudou.

— Ele está mais sombrio — murmurou Beatrice.

Lady Vale concordou com a cabeça.

— É o que Vale me diz. Mas o fato é que ele ficou muito feliz pela senhora ter aceitado se casar com Lorde Hope.

Beatrice não sabia bem o que responder, então apenas assentiu.

A viscondessa hesitou por um instante.

— Eu gostaria de perguntar...

Beatrice a fitou.

— Sim?

A outra mulher parecia um pouco envergonhada.

— Eu gostaria de perguntar se posso lhe dar um presente de casamento um tanto diferente.

— O que é?

— É um trabalho, na verdade... Então, se não quiser fazê-lo, por favor, é só se recusar, e não ficarei chateada.

Beatrice estava curiosa agora.

— Por favor, me conte.

— É um livro — respondeu Lady Vale. — Há muito tempo, uma amiga me informou que a senhora encadernava livros como passatempo.

— Sim?

— Bem, é mais ou menos um projeto meu — explicou Lady Vale, quase tímida. — É um livro de contos de fadas que pertenceu originalmente a Lady Emeline. E ao seu marido.

Beatrice se inclinou para a frente.

— Pertenceu a Reynaud?

Lady Vale assentiu.

— Emeline o encontrou no ano passado e me pediu que o trouxesse. Estava escrito em alemão. Depois que fiz isso, pedi a uma amiga que o transcrevesse, e queria saber se a senhora poderia encaderná-lo para mim. Ou melhor, para Emeline. Eu gostaria de dar o livro de presente para ela ler para os filhos. Poderia me ajudar?

— É claro — murmurou Beatrice, segurando as mãos da outra mulher. Ela foi tomada por uma alegria enorme, como se Lady Vale tivesse, de alguma forma, lhe dado um passe de entrada para a família St. Aubyn. — Eu adoraria.

* * *

— BEATRICE ESTÁ ENCANTADORA — elogiou Nate ao parar ao lado de Lottie após a recepção do casamento.

— Está, sim — concordou ela, sem olhar em sua direção. — Eu não sabia que você tinha sido convidado.

Lottie estava parada perto da porta principal da mansão Blanchard, esperando sua carruagem. Apesar de fazer questão de não olhar para o marido, estava extremamente ciente de seu paletó e de sua calça azul-escuros, da brancura de sua peruca e da gravata, que o deixavam de fato muito bonito. Ela provavelmente era a única pessoa que notara que o punho daquele paletó específico estava esfarrapado e precisava ser restaurado. Esquecera-se de avisar isso ao camareiro dele antes de ir embora, e, pelo visto, ninguém mais na casa havia percebido.

O rosto bonito de Nathan se tornou soturno.

— Não? Eu jurava ter visto você olhando na minha direção na igreja.

Lottie exibiu um sorriso apertado.

— Talvez você tenha achado que todos olhavam para você, não? Já que é um jovem membro do Parlamento tão ambicioso.

Os lábios de Nathan se apertaram, mas ele apenas disse:

— Os dois formam um belo casal. Beatrice parecia estar muito feliz.

— Humm. Se bem que faz apenas três horas.

— Seu cinismo é desagradável.

— Ah, é verdade. Você prefere uma mulher que finja felicidade — rebateu ela em um tom doce.

— Na verdade, prefiro uma mulher que seja feliz de verdade e não apenas finja — revidou Nate.

— Então talvez você devesse ter prestado mais atenção na sua mulher.

— É esse o problema? — Ele chegou bem mais perto dela, quase tocando seu ombro com o peito, falando baixo e intensamente. — Você voltaria se eu prometesse uma ida ao teatro ou ao balé? Talvez se lhe desse doces e flores?

— Não me trate como uma criança.

— Então me diga o que você quer — sibilou Nate, seu rosto normalmente amigável retorcido de raiva. — O que eu fiz de tão errado, Lottie? O que eu posso fazer para você voltar? Porque as fofocas sobre a sua partida estão correndo por aí. Minha reputação e minha carreira não vão aguentar muito mais.

— Ah, a sua carreira... — começou ela.

Mas Nate a interrompeu, algo que nunca havia feito antes.

— Sim, minha carreira! Quando se casou comigo, você sabia que eu era político. Não se faça de vítima inocente agora.

— Eu sabia que você tinha uma carreira — rebateu Lottie, baixinho. — Só não sabia que ela consumia sua vida e seu coração de tal maneira que não haveria espaço para uma esposa.

Ele se afastou para encará-la.

— Não estou entendendo.

— Não? — rebateu Lottie. — Bem, então talvez fosse bom você pensar um pouco no assunto.

Então saiu pela porta antes que Nate tivesse oportunidade de responder — ou antes que ela se debulhasse em lágrimas.

Capítulo Catorze

Ao ver Espada Longa e a princesa, os três dragões voaram em direção a eles, estendendo as enormes garras, o fogo jorrando de suas bocas. O soldado se preparou e brandiu sua poderosa espada. PAF! O dragão menor caiu, gritando de dor pelo ferimento mortal em seu peito. Mas as feras restantes se separaram e o atacaram de ambos os lados. Espada Longa acertou o que estava diante dele e sentiu garras afiadas arranharem suas costas. Então girou, caindo sobre um joelho. O dragão que havia restado — o maior de todos — guinchou em triunfo e deu uma guinada para baixo a fim de desferir o golpe mortal...

— Espada Longa

Quando finalmente anoiteceu, Beatrice estava uma pilha de nervos. Ela já perdera a virgindade, então talvez não devesse estar tão nervosa — afinal, o que tinha a temer? Porém, apesar da intimidade física entre os dois, parecia que, de alguma forma, ela conhecia menos o marido agora do que semanas atrás.

Talvez fosse impossível entender os homens, mesmo depois de aceitá-los em seu corpo. Era um pensamento triste para se ter na noite de núpcias, Beatrice chegara a essa conclusão ao retirar os brincos de pérolas. Eles haviam pertencido a tia Mary, e ela se perguntou o que aquela mulher tão experiente teria achado de seu casamento. Será que ela aprovaria Reynaud? A tia, com certeza, não teria gostado da petulância com que ele tratava tio Reggie. Beatrice sentiu uma pontada de remorso. Será que aquele dia tinha sido um erro enorme?

No momento em que lhe veio o pensamento, Reynaud entrou no quarto. Beatrice dispensou Quick com uma palavra, em um tom baixo. Ela se mudara para os aposentos da condessa, desocupados desde a época da mãe de Reynaud. Tio Reggie permanecia no quarto do conde — pelo menos oficialmente —, mas passaria a noite fora. Beatrice imaginara que Reynaud poderia se aproveitar da ausência do tio para tomar o controle do quarto principal. Entretanto, ele não o fez.

Mais uma vez, o homem a surpreendia.

Agora, ele se aproximava dela usando apenas a calça e uma camisa sob um robe dourado escuro. Isso, junto com o brinco balançando perto de sua mandíbula e as tatuagens dos pássaros voando, lhe dava a aparência de um príncipe exótico. Daqueles que eram capazes de ficar deitados durante horas em uma montanha de almofadas de seda enquanto eram paparicados por um harém de beldades. Beatrice ficou envergonhada com o pensamento. Ela não era uma beldade de harém.

Talvez por isso sua voz tenha soado um pouco aguda quando disse:

— Há vinho, biscoitos e alguns doces na mesa perto da lareira. Quer que eu lhe sirva uma taça?

— Não. — Reynaud balançou a cabeça devagar enquanto se aproximava. — Não é vinho o que eu quero.

— Ah.

Ah, minha nossa. Ela devia fazer algum comentário sofisticado, algo que o fizesse deixar de vê-la como uma dama ingênua sem muita experiência.

Um dos cantos da boca de Reynaud se ergueu, e, agora, ele parecia um príncipe exótico perigoso. Beatrice deu um passo para trás, e seu traseiro bateu na cama.

— Nervosa? — perguntou ele, tentando parecer inocente e fracassando miseravelmente.

— Não — respondeu ela, e se sentiu compelida pela honestidade a se corrigir na mesma hora. — Bem, sim. Sim, estou um pouco nervosa. Não sou do tipo sedutora

— Não?

— Não — respondeu Beatrice em um tom quase brusco. — Sou prática e direta, e nunca tive cavalheiros atrás de mim.

Reynaud ergueu uma sobrancelha, gesto que, com as tatuagens e todo o restante, tornava sua aparência indubitavelmente diabólica.

— Sem pretendentes amorosos nem amantes desesperados?

Ela fez uma careta.

— Receio que não. Sou só uma moça inglesa comum.

— Graças a Deus — disse ele, subitamente tão perto que Beatrice conseguia sentir o calor de seu corpo, mesmo através de sua camisola e do robe dele. — Que bom que nenhum outro homem viu sua doce intimidade. Acho que, se fosse o caso, eu teria que matá-lo.

Ele fez aquela declaração em um tom tranquilo, mas Beatrice estremeceu diante da insinuação sombria de suas palavras. Será que ele estava apenas seduzindo a nova esposa na noite de núpcias, ou havia alguma verdade naquilo?

Ele realmente se sentia atraído por ela?

Ah, como queria que sim! Beatrice queria desesperadamente ser desejada apenas por quem ela era e por nenhum outro motivo. Mas ela foi distraída desse pensamento quando o marido inclinou a cabeça, baixando-a até levar os lábios ao ponto em que seu ombro e seu pescoço se encontravam. A sensação era curiosa; em parte, sentia cócegas, em parte, era erótica. Ela sentiu um arrepio ir do ombro até a junção entre suas coxas. Meu Deus, se ele era capaz de fazer aquilo apenas com um beijo em seu *ombro*, francamente, ela estava perdida. Como poderia levar um casamento em pé de igualdade se o simples toque do marido a deixava perdida de desejo?

Não poderia. Precisaria reunir todas as suas estratégias de moça inglesa comum e virar o jogo, de alguma forma. Beatrice não podia dizer a ele que o amava, mas certamente poderia lhe demonstrar isso com o corpo.

Com essa ideia em mente, ela esticou os braços na direção do marido. As mãos deslizaram pela seda do robe, sentindo o calor do corpo dele por baixo. Reynaud ordenara que ela o despisse da última vez. Agora, ela não esperaria instrução nenhuma. Beatrice afastou o robe dos ombros dele. Reynaud ainda beijava seu pescoço, mas soltou um grunhido baixo em resposta à ação da esposa.

Beatrice encarou isso como um incentivo.

Em seguida, ela desabotoou a camisa dele, feliz por reencontrar o peito vasto do marido. Reynaud tinha um peitoral maravilhoso, largo, musculoso e bronzeado de sol. Beatrice o incitou a erguer os braços e tirou a camisa. Talvez fosse por estar tentando ir devagar, seduzir, mas, desta vez, sentiu algo nas costas dele que não percebera antes. Ela jogou a camisa ao lado do robe e percorreu as laterais do corpo dele com as mãos, passando para as costas. Havia protuberâncias ali. Que estranho. Beatrice franziu a testa, explorando-as com os dedos. Parecia que...

Reynaud afastou as mãos dela de suas costas, segurando-as entre seus corpos enquanto a beijava ardentemente. Então invadiu-lhe a boca com a língua, e Beatrice sugou-a, fechando ligeiramente os lábios. Ele soltou suas mãos, e ela as deslizou pelo peito do marido, deliciando-se com a sensação daquela pele. E foi descendo até chegar à calça. Sem ver o que fazia, Beatrice procurou os botões, um trabalho que se tornou mais difícil quando ele começou a acariciar seus seios.

Ela se afastou do beijo, ofegante.

— Você está me distraindo, fazendo isso.

— O quê, isso? — perguntou Reynaud em um tom inocente, então apertou os mamilos dela.

— Ah!

Beatrice tinha conseguido abrir os dois primeiros botões da braguilha da calça e enfiou os dedos lá dentro, roçando a carne dura.

Reynaud murmurou baixinho antes de soltá-la de repente para arrancar a calça e as roupas de baixo.

— Vamos continuar isso na cama.

Ele foi de costas até o colchão, puxando-a junto, então se deitou nos travesseiros. Beatrice subiu na cama ao seu lado, de joelhos. Ele se espreguiçou, os braços se dobrando atrás da cabeça. O pelo em suas axilas era preto e grosso, e seus bíceps ficaram protuberantes com a flexão dos músculos. Beatrice sentiu um calor na barriga diante da visão. Então baixou os olhos. O pênis dele estava ficando duro agora, mas não completamente ereto. Na última vez que fizeram amor, Reynaud guiara os movimentos dela. Mas, agora, Beatrice queria fazer apenas o que desejava.

Então se inclinou ligeiramente para a frente e acariciou seu pau, que se moveu em resposta. Ela sabia que Reynaud gostava de um toque firme — ele já havia lhe mostrado. Com uma das mãos, ela o envolveu pouco abaixo da cabeça intumescida, medindo sua largura com o dedão e o indicador.

Reynaud se mexeu.

— Venha até aqui.

Beatrice engatinhou em cima dele, aquele homem grande que agora era dela, e, ao chegar ao seu rosto, segurou-o com as duas mãos e o beijou. As experiências de Reynaud podiam ter deixado sua personalidade mais fria, levando-o a ser até cruel em determinadas ocasiões, mas ela se sentia grata por tudo aquilo que o trouxera vivo para casa.

Então o beijou intensamente, movendo-se sobre o marido, e ele a posicionou como queria, colocando as pernas dela, uma de cada lado, junto de seu quadril, puxando-a até ela estar quase sentada nele. Ela se afastou para encará-lo com um ar questionador, e Reynaud assentiu com a cabeça.

— Cavalgue em mim.

Beatrice ergueu o corpo e tirou a camisola para ficar nua como ele. Aquela era a consumação de seu casamento, e ela queria se unir ao marido em pé de igualdade, exposta perante Deus. Quando se abaixou, suas dobras molhadas encontraram a rigidez de Reynaud.

Beatrice o encarou.

— Faça você desta vez. Coloque dentro de mim.

Seus olhares se encontraram, e ele esticou a mão direita entre os dois, posicionando-se bem ali, roçando nela.

— Assim? — perguntou Reynaud, e Beatrice sentiu aquele primeiro impulso, aquela sensação de esticar e ceder enquanto a cabeça dele a penetrava.

— Sim, assim — sussurrou ela, completamente fascinada pelos movimentos do marido.

Os lábios dele se apertaram.

Beatrice se inclinou um pouco para a frente, segurando os ombros dele, então Reynaud se impulsionou na direção dela, subitamente preenchendo-a por completo. Os dois estavam completamente unidos. Unidos por seus corpos e pelos votos que haviam trocado. Ela estremeceu de leve ao pensar naquilo, e seus olhares se encontraram. Será que ele também tinha noção da importância do momento? Era difícil saber; os olhos dele eram pretos e insondáveis, impossíveis de ler.

— Cavalgue em mim — repetiu ele.

Então Beatrice obedeceu. Ela se ergueu devagar, deixando-o deslizar de suas profundezas, então desceu de uma vez, ofegante, enquanto o marido a preenchia de novo. Os olhos dele ficaram semicerrados, o lábio superior se repuxou, expondo os dentes. Reynaud segurou os seios dela com as mãos grandes, passando os polegares pelos mamilos, e ela lutou contra o desejo de fechar os olhos. Aquilo era importante. Era um ato de importância sagrada, e ela queria estar ciente de cada segundo.

Beatrice se inclinou para a frente, se esfregando nele, e acelerou o ritmo. Aquele êxtase terrível se aproximava. Dava para sentir seu corpo se retraindo enquanto cavalgava nele, rumo ao ápice. O pau de Reynaud estava duro e escorregadio, e ela rebolou, esfregando suas dobras nele, dando prazer a si mesma enquanto também satisfazia ao marido. A cabeça dele estava caída para trás, os olhos, quase fechados. Beatrice se inclinou para lamber um dos mamilos de Reynaud, e ele gemeu. Ela observou aqueles inteligentes olhos pretos perderem o foco. Observou enquanto ele abria a boca e gritava. Reynaud se arqueou debaixo dela, o corpo formando um arco rijo, e ela agarrou seus ombros para permanecer no lugar enquanto tinha espasmos, o doce prazer inundando seu ventre.

Beatrice caiu sobre o peito ofegante do marido, de boca aberta, e lambeu o sal da pele dele enquanto outra onda a atingia. Ela fechou os olhos e enterrou o rosto naquele pescoço forte.

Foi quase perfeito.

Beatrice ficou deitada sobre ele, nele, sentindo o peito de Reynaud subir e descer. Ela poderia permanecer ali para sempre, perdida na felicidade pós-coito, mas, em algum momento, o mundo exterior se intrometeria. Então fez a pergunta que estava em sua cabeça desde que tirara a camisa dele.

— Como você ficou com essas cicatrizes nas costas?

REYNAUD DEVIA TER imaginado que ela não se deixaria enganar por suas tentativas de mudar o foco, mas a pergunta foi um choque mesmo assim. Por um instante, cogitou ignorá-la ou até fingir que não sabia do que a esposa estava falando. Mas os dois estavam casados agora. Ela as veria em algum momento, de qualquer forma — e por muitos anos no futuro, se Deus quisesse.

Então ele tomou coragem e disse:

— Vou contar uma vez, mas nunca mais quero tocar nesse assunto. Entendido?

E achou que ela poderia ficar emburrada — ou pior, magoada, pelo tom de voz duro —, mas Beatrice apenas o encarou com aqueles grandes olhos cinzentos.

— Pois bem. Posso ver?

Reynaud fechou a cara, desviando o olhar, mas então girou subitamente o corpo, exibindo suas costas. Ela suspirou e caiu em silêncio.

Ele fechou os olhos, imaginando a visão da esposa. Por já ter se olhado no espelho — uma única vez —, Reynaud sabia que suas costas eram um amontoado de cicatrizes. Havia as finas e brancas, entalhadas em meio à pele bronzeada, e as mais grossas, avermelhadas, que Beatrice havia sentido pouco antes, que iam da metade do tronco até o lado direito do quadril.

— Como isso aconteceu? — perguntou ela.

Reynaud se virou de frente para ela novamente, ainda de olhos fechados.

— Foi no segundo inverno que passei com a família de Gaho.

— Me conte — disse Beatrice, simplesmente, e Reynaud abriu os olhos e viu que ela o observava.

O rosto dela permanecia plácido, puro e lindo, o cabelo dourado ainda preso para trás. Ela cobrira os seios com o lençol, mas os ombros brancos permaneciam expostos.

— Na primavera, tínhamos mais comida. — Ele inclinou a cabeça para se concentrar no dossel da cama. — Os ursos e os cervos podiam estar magros após o inverno, mas eram mais fáceis de caçar. E as mulheres colhiam frutas e legumes nas florestas e nos campos, quando as plantas voltavam a crescer.

— As coisas estavam melhores — disse Beatrice, baixinho.

O tom de Reynaud não era impaciente, apesar de ele estar evitando o assunto principal.

— Estavam, sim — confirmou Reynaud. — E eu devia estar melhor também. Finalmente havia bastante coisa para comer depois de um inverno de fome. Mas os verões podem ser muito quentes naquela região do mundo. Quentes e úmidos, e acho que a combinação atacou meus pulmões. Fiquei muito doente, febril e botando tudo para fora do corpo. Gaho e as outras mulheres da família cuidaram de mim, mas há dias dos quais não tenho memória.

— Que terrível — disse Beatrice, entrelaçando os dedos dela nos dele. — Mas você sobreviveu.

— Sobrevivi, mas foi por pouco — continuou ele. — Então...

Era estranho como uma simples memória podia fazer o suor brotar em suas costas. Reynaud respirou fundo, lutando contra a náusea que subia por sua garganta. Sentia tanta vergonha daquilo.

— O que aconteceu?

Ele respirou fundo.

— Gaho saiu do acampamento para ir a uma cerimônia. Levou as duas filhas, os genros e o marido. Eu estava doente demais para viajar. Apenas eu, alguns homens velhos, uma escrava e Sastaretsi ficamos para trás. Ele disse que tinha brigado com o cacique da tribo que Gaho e a família visitariam, mas creio que tenha permanecido na aldeia apenas para me matar.

Beatrice continuou em silêncio, mas apertou os dedos.

Reynaud fechou os olhos, tentando manter a voz estável, se lembrando do horror de estar sob o controle de outra pessoa.

— O fato de eu ter sobrevivido feria profundamente o orgulho de Sastaretsi. Para ele, o fato de eu não ter sido torturado até a morte em sua glória era uma afronta pessoal. Quando estávamos perto de morrer no inverno, acho que ele teve paciência porque a tribo precisava de mais um caçador saudável. Porém, quando fiquei doente no verão, surgiu uma oportunidade.

— O que ele fez? — perguntou Beatrice.

— Ele me atacou em plena madrugada. Eu estava amarrado e continuava fraco por causa da febre. Não tinha chance de ganhar, mas lutei mesmo assim. Eu sabia que seria fatal cair nas garras dele.

— Mas, mesmo resistindo, você perdeu? — perguntou ela, baixinho.

Reynaud assentiu. As palavras pareciam entalar na sua goela, e seu peito doía como se fosse impossível respirar. A sensação das mãos de outro homem sobre sua garganta, sabendo que não era forte o suficiente para se soltar. De repente, ele sentiu cheiro de gordura de urso, quente, azeda e forte. Impossível. Era sua imaginação. Ninguém se besuntava de gordura de urso na Inglaterra. Mas Sastaretsi fazia isso, naquela terra tão longe dali. E o fedor penetrou em suas narinas naquela noite.

— Reynaud? — chamou Beatrice. — Reynaud, não precisa continuar.

— Não — arfou ele. — Não. Vou lhe contar a história uma vez, e depois nunca mais.

Então ficou parado por um momento, apenas respirando, tentando afastar o cheiro de gordura de urso do nariz. E disse:

— Sastaretsi me levou, me prendeu em uma estaca e me surrou. Várias vezes. Quebrou galhos nas minhas costas, fez cortes longos na minha pele, e, quando eu desmaiava, ele me acordava para repetir tudo.

Beatrice permaneceu em silêncio, as mãos apertando a dele agora.

— Ele pretendia me matar. Iria me torturar até eu implorar por piedade, então me queimaria vivo.

— Mas você não morreu — disse Beatrice. Ela parecia nervosa. — Você sobreviveu.

— Sim, sobrevivi. Sobrevivi porque me recusei a emitir qualquer som. Não importava o que ele fizesse, não importava quanto me batia, nem quanto sangue tirasse de mim, permaneci quieto. E, então, um milagre aconteceu.

Reynaud olhou para ela, sua esposa protegida da realidade da vida. Jamais deveria ter lhe contado aquela história, jamais deveria permitir que soubesse da escuridão pela qual ele passara, das vergonhas.

— O que aconteceu?

— Gaho e a família voltaram — contou ele, apenas, sem expressar em palavras o quanto ficou maravilhado ao vê-los na época. — Depois, ela me contou que teve um sonho. Uma cobra lutava contra um lobo, e a cobra enfiava as presas no pescoço do lobo. Gaho disse que a voz do seu pai lhe avisou que a cobra não podia ganhar. Quando acordou, ela abandonou as festividades e voltou para casa.

— O que ela fez? — perguntou Beatrice.

Reynaud fez um muxoxo.

— Ela me salvou da morte. Ela me libertou, me deu água, me limpou e fez curativos nas minhas feridas. E, na manhã seguinte, me entregou uma faca e disse que eu deveria fazer o que precisasse ser feito.

— O que você precisava fazer?

— Matar Sastaretsi — respondeu Reynaud. — Eu estava fraco, sofrendo pela perda de sangue e pela doença, mas precisava matá-lo. Mesmo se eu não tivesse a permissão de Gaho para matá-lo, eu não poderia deixá-lo viver, e ele sabia o que estava por vir, teve a oportunidade de fugir durante a noite, mas, ainda assim, ficou para lutar comigo.

— E você venceu — concluiu Beatrice.

— Sim, venci — confirmou ele, sem se sentir nem um pouco vitorioso.

Ela suspirou e se aconchegou em seu ombro.

— Fico feliz. Fico feliz que você tenha matado Sastaretsi. Fico feliz por você ter sobrevivido.

— Sim — respondeu Reynaud, baixinho. — Eu também.

Se ele não tivesse sobrevivido, Beatrice não estaria em seus braços agora. Pelo menos aquilo era bom. Reynaud fechou os olhos e sentiu a maciez quente da esposa, o cheiro de mulher e flores que o cercavam. Então ficou ouvindo a respiração dela se tornar mais ritmada e profunda enquanto caía no sono, e agradeceu por ter a oportunidade de viver aquele momento, com aquela mulher.

Talvez isso fizesse com que tudo o que aconteceu antes tenha valido a pena.

— VOCÊ ACORDA CEDO para um homem recém-casado — comentou Vale, alegre, uma semana depois. — Talvez tenha dormido demais ontem à noite.

Samuel Hartley, caminhando do outro lado de Vale, soltou uma risada. Os três passeavam por uma movimentada rua londrina para despistar espiões, mantendo um passo rápido, já que o vento estava bem frio.

Reynaud fechou a cara para os dois. A manhã estava linda, e ele deixara a esposa dormindo em sua cama quente para vir conversar com aqueles dois palhaços.

E eles nem reconheciam seu sacrifício.

— Podemos aconselhar você, se precisar — continuou Vale, tendo tanta noção quanto uma gralha —, sobre as maravilhas da alegria matrimonial. Pelo menos, eu posso.

E lançou um olhar questionador para Hartley.

— Eu também — acrescentou o colono.

Sua boca larga estava reta, mas era possível perceber que o homem ria.

— É bom saber disso, já que você é casado com a minha irmã — rebateu Reynaud com irritação.

A expressão de Hartley não mudou, porém seu corpo pareceu ficar mais tenso.

— Não precisa se preocupar sobre minha capacidade de cuidar de Emeline.

— Ótimo.

— Calma, meninos — pediu Vale em um tom ridiculamente gentil que parecia saído da boca de uma babá. — Já dei uma coça nele por cortejar Emmie.

Reynaud ergueu as sobrancelhas.

— É mesmo?

— Nada disso — respondeu Hartley enquanto Vale confirmava com a cabeça, alegre. — Eu o joguei escada abaixo.

Vale apertou os lábios e olhou para o céu.

— Não é assim que me lembro dos fatos, mas compreendo que sua memória possa estar comprometida.

— Ora, por favor — começou Hartley, baixinho, um toque de divertimento em sua voz.

— Senhores — disse Reynaud —, precisamos ir direto ao ponto, porque, de fato, faz apenas uma semana que eu me casei, e minha bela esposa logo estará à espera da minha companhia.

— Pois bem. — Hartley concordou com a cabeça, sério agora. — O que você descobriu desde a última vez que nos vimos, Vale?

— Há boatos de que o traidor de Spinner's Falls era um aristocrata e que sua mãe era francesa — respondeu Vale de imediato.

Hartley inclinou a cabeça.

— E como você obteve essas informações?

— Munroe — respondeu Reynaud, tendo já sido informado por Vale em seu último encontro. — A primeira informação veio de um colega de trabalho na França; a segunda...

— Ele ouviu de Hasselthorpe — disse Vale —, apesar de só ter se dado ao trabalho de compartilhar essa informação comigo há mais ou menos um mês.

Hartley o encarou com curiosidade.

— Por que não o fez antes?

Vale pareceu envergonhado.

— Imagino que tenha sido por minha causa — respondeu Reynaud. — Minha mãe era francesa.

— É claro. — O colono concordou com a cabeça.

— Sem dúvida, ele pensou que, como eu estava morto, não havia motivo para lançar dúvidas sobre meu caráter — continuou Reynaud, seco. — Porém, já que estou vivo...

— Agora precisamos pensar em algum sobrevivente cuja mãe era francesa — disse Vale, sério. — Porque esse deve ser o traidor.

— Só que não há mais ninguém — comentou Hartley.

Reynaud fechou a cara.

— Se está sugerindo que fui eu...

— Não seja ridículo — rebateu Hartley, irritado. — Apenas me escute. Somos eu, você, Vale, Munroe, Wimbley, Barrows, Nate Growe e Douglas. Já conversei com todos eles.

— Sim — disse Vale. — E todos nasceram em Londres e provavelmente têm ancestrais de sangue azul desde a época da invasão romana.

— Thornton, Horn, Allen e Craddock estão mortos — continuou Hartley —, mas nós os investigamos minuciosamente. A mãe de nenhum deles era francesa. O fato é que não existe nenhum sobrevivente que se enquadre nesse quesito.

— Então talvez tenha sido alguém que foi morto na guerra — sugeriu Reynaud, baixinho. — Apesar de isso não fazer sentido.

— Quem mais tinha mãe francesa? — perguntou Vale.

— Clemmons tinha uma cunhada francesa — respondeu Hartley, pensativo.

— É mesmo? — Vale o encarou. — Eu não fazia ideia.

O colono concordou com a cabeça.

— Ele mencionou isso uma vez. Esposa de um irmão mais novo, porém falecida.

— De qualquer forma, isso não se encaixa — disse Reynaud, impaciente. — A menos que a fonte de Munroe estivesse errada.

Hartley balançou a cabeça.

— Precisamos conversar com ele, ver do que se lembra — continuou Reynaud.

— Faz algumas semanas que mandei o mensageiro — disse Vale. — Mas o homem não respondeu.

Reynaud grunhiu. Todos sabiam que Munroe era recluso, mas eles também precisavam saber quais eram as lembranças dele. Talvez precisasse levar Beatrice em uma viagem para a Escócia.

Mas, primeiro, havia assuntos mais urgentes a tratar.

— Pretendo apresentar meu caso para o comitê especial do Parlamento amanhã — disse ele para os outros dois. — Para recuperar meu título como conde de Blanchard. E gostaria da ajuda de vocês.

Vale ergueu uma sobrancelha.

— Pode contar com meu auxílio, é claro, mas no que está pensando?

Reynaud olhou ao redor para se certificar de que ninguém prestava atenção à conversa dos três e disse:

— Tenho uma ideia...

BEATRICE ARRUMOU COM cuidado suas ferramentas para encadernar livros. Ela sempre ficava animada ao começar um projeto novo. Gostava da expectativa de pegar um livro velho e caindo aos pedaços e restaurá-lo, ou pegar o que era basicamente um maço de papéis e transformá-lo em um belo livro. Era quase uma arte, na verdade. E gostava que suas ferramentas e seus materiais ficassem posicionados do jeito certo. As dobradeiras de osso de tamanhos diferentes perfeitamente alinhadas, as agulhas em uma caixinha, os carretéis de linha um ao lado do outro, na parte superior da mesa de trabalho. Mais tarde, ela verificaria o estoque de papéis bonitos e o de couro de novilho; porém, por ora, só estava interessada em cortar, dobrar e costurar.

Ela cantarolava baixinho para si enquanto trabalhava, muito satisfeita, e, assim, foi uma surpresa ouvir o relógio no corredor bater e se dar conta de que já era quase a hora do jantar. Passos e vozes masculinas soaram no corredor, e Beatrice inclinou a cabeça, ouvindo a voz do marido. Ela ergueu o olhar quando a porta de sua pequena sala de estar abriu.

— Ah, aí está você — disse Reynaud enquanto entrava.

Beatrice sorriu, porque aparentemente não conseguira parar de sorrir feito uma boba sempre que via o marido. Todos os dias desde o casamento, ela ficava cada vez mais fascinada por ele — e essa percepção a preocupava. Reynaud ainda não lhe dissera que a amava e ele raramente demonstrava afeto fora da privacidade do quarto. Talvez o comportamento fosse normal em um casamento da alta sociedade. Talvez a maioria dos cavalheiros tivesse dificuldade para expressar seu afeto.

Meu Deus, como ela esperava que fosse isso.

Beatrice olhou para a mesa de trabalho sem prestar atenção no que via.

— Você se divertiu com Lorde Vale?

— *Divertir* talvez não seja a palavra certa. — Ele parou ao seu lado na mesa. — O que é isso?

— Um livro que estou encadernando para Lady Vale. — Beatrice olhou para ele. — É para sua irmã. Pelo visto, sua babá lia esse livro para vocês dois quando eram pequenos.

— É mesmo? — Reynaud se inclinou por cima do ombro da esposa, analisando as páginas que ela costurava. — Não acredito. É o conto do Espada Longa. — Um sorriso fascinado iluminou seu rosto. — Era um dos meus favoritos.

— Talvez eu devesse fazer um livro para nós também, então — sugeriu Beatrice em um tom despreocupado.

— Por quê?

— Bem... — Ela olhou para as próprias mãos, puxando a linha com cuidado. — Para nossos filhos, é claro. Certamente você gostaria de ler para eles um livro que apreciava quando era criança.

Reynaud deu de ombros.

— Se você quiser.

Beatrice franziu o nariz, contraindo o rosto ao máximo para conter suas lágrimas tolas. Era infantil de sua parte ficar magoada com o tom indiferente do marido. Ela respirou fundo.

— Sobre o que você e Lorde Vale conversaram?

— Sobre o meu título — respondeu ele. — Pretendo recuperá-lo amanhã, caso não lembre.

— É claro.

Beatrice se ocupou com as ferramentas. Reynaud parecia tão certo daquilo, mas os boatos sobre sua loucura ainda corriam pelas ruas de Londres.

— E, quando isso acontecer, esta casa será só minha.

— Espero que não se importe de tio Reggie e eu continuarmos aqui também. — Beatrice tentou usar um tom leve.

— Não seja boba. — Ele franziu a testa.

— Não sou boba — rebateu ela, apertando exageradamente a linha — É só que...

— O quê? — perguntou Reynaud, irritado.

Beatrice baixou o trabalho e o encarou, respirando fundo.

— Você está obcecado com a ideia de recuperar seu título, seu dinheiro, suas terras, tudo que perdeu, na verdade, e compreendo, mas há outras coisas com o que se preocupar.

— Como assim? — perguntou ele, seu rosto incomodado e franzido.

Beatrice empinou o queixo.

— Você já pensou no que vai fazer quando se tornar conde?

— Vou administrar minhas propriedades, cuidar das minhas terras e dos meus investimentos. — Reynaud acenou com a mão, impaciente. — O que mais você sugere que eu faça?

Ela colocou uma das mãos sobre a mesa, apertando a borda. O marido podia ser bastante intimidador quando ficava irritado.

— Você poderia fazer tanta coisa boa como conde...

— E pretendo fazer — afirmou Reynaud.

— Pretende? — Sua voz soava ácida, e Beatrice não se importava mais. Ele desconsiderava completamente suas ideias e ela própria. — Pretende? Só escuto você falar sobre sua casa, seu dinheiro, suas terras. Já pensou em como vai viver depois de conquistar todas essas coisas? Você vai ter um lugar na Câmara dos Lordes. Vai poder votar em projetos de lei no Parlamento, até propor os próprios projetos, se quiser.

— Você está falando como se eu fosse uma criança, Beatrice — rebateu ele, rispidamente. — Aonde quer chegar com isso?

— Um projeto de lei será apresentado amanhã — disse ela antes que perdesse a coragem. — A lei de pensão para os veteranos do Sr. Wheaton. Para dar sustento aos soldados que deram baixa no exército de Sua Majestade, uma remuneração para que não tenham que mendigar nas ruas...

Reynaud dispensou a ideia com um aceno de mão.

— Não tenho tempo agora para...

Beatrice bateu na mesa, fazendo o livro cair no chão. Reynaud se virou para encará-la, chocado.

Ela se levantou.

— Quando você vai ter tempo, Reynaud? Quando?

— Eu já disse — respondeu ele com frieza. — Depois que tiver garantido que vou recuperar meu título.

— E depois você vai, de repente, passar a se importar com os outros? É isso? — Seu corpo começara a tremer. Aquela discussão não era mais sobre o projeto de lei do Sr. Wheaton. De alguma forma, se tornara algo maior. — Diga, Reynaud, você me ama?

Ele inclinou a cabeça, observando-a com cautela.

— Por que está me perguntando isso agora?

Lágrimas quentes faziam os olhos de Beatrice arderem, mas ela os manteve abertos, encarando-o.

— Porque acho que você passou tanto tempo reprimindo suas emoções que não se permite mais senti-las. Acho que você não se importa com mais ninguém — respondeu ela.

E saiu da sala de estar.

Capítulo Quinze

A princesa se encolheu de medo, mas Espada Longa, mesmo com um joelho no chão, não vacilou. Ele encarou o ataque do dragão com o aço de sua lâmina. Uma, duas, três vezes a poderosa espada golpeou, e, quando a poeira finalmente baixou e o silêncio voltou a reinar, lá estava o grande dragão, caído, morrendo aos pés do soldado. E, enquanto a fera morria, seu corpo se transformou até surgir uma velha horrorosa em seu lugar, pois era a própria bruxa má que assumira a forma de dragão.

Ora! A princesa ficou muito satisfeita, pode acreditar. Ela correu para soltar o pai, o rei. Quando foi informado de que Espada Longa derrotara sozinho a bruxa malvada, o monarca ficou extremamente feliz em lhe dar a única filha como recompensa.

E foi assim que Espada Longa se casou com uma princesa real...

— Espada Longa

Passava da meia-noite quando Reynaud se juntou a Beatrice na cama. Ela estava imóvel, fingindo dormir. Era seu dever como esposa permitir que ele fizesse amor com ela, se ele assim desejasse, mas ela definitivamente não tinha vontade nenhuma naquele momento. Não depois de terem brigado. Reynaud provavelmente a odiava pelas grosserias que ela dissera, mas Beatrice precisara tirar aquilo do peito.

Tinha se casado com um homem que só pensava em si mesmo.

Então Beatrice ficou encarando a escuridão, respirando baixo e devagar, inspirando e expirando sempre no mesmo ritmo, como se estivesse em sono profundo. Ficou ouvindo enquanto ele tirava a roupa — o farfalhar do tecido, um resmungo baixo quando esbarrou em algo — e nunca se sentiu tão sozinha na vida.

Reynaud soprou a vela que carregava, e a cama afundou e balançou quando ele se deitou. As cobertas se repuxaram sobre os ombros dela quando ele as puxou também para se cobrir, e então ficou parado. Beatrice continuava olhando para a escuridão. Os minutos passaram, e, por um tempo, pensou que o marido tivesse caído no sono.

Mas então ele disse:

— Beatrice.

Ela não se moveu.

Reynaud suspirou.

— Beatrice, sei que está acordada.

Ela mordeu o lábio. Era bobagem continuar fingindo que dormia; porém, se respondesse agora, admitiria o fingimento.

— Sei que decepcionei você — disse Reynaud, baixinho. — Sei que provavelmente não sou o tipo de homem que você escolheria, se tivesse a opção.

Ela fincou os dedos na coberta; porém, continuou quieta.

— Mas sou o homem que você tem, e isso não vai mudar. Você vai ter que se contentar com isso. — Reynaud ficou quieto por um instante. — E, se não puder ser feliz comigo hoje, será que pode pelo menos chegar mais perto de mim? Droga, eu me acostumei a abraçar você enquanto durmo.

Beatrice já ouvira tentativas mais eloquentes de fazer as pazes, mas ainda assim ficou comovida. Além disso, fora ela quem começara a briga mais cedo. Fora ela quem escolhera se casar com um homem que ela sabia que não era perfeito. No fim das contas, deveria ser sua responsabilidade tentar fazer as pazes. Ela se mexeu para encostar o corpo no do marido.

— Assim é melhor. — Reynaud bocejou e passou um braço ao seu redor, puxando-a para mais perto. — Você é tão macia e quente. — Ele ficou em silêncio por um tempo, sua respiração se tornando mais pesada; então acrescentou, sonolento: — E gosto do cheiro do seu cabelo.

Sua respiração ficou mais alta, e Beatrice notou que o marido havia adormecido, mas ela permaneceu acordada. Escutou as batidas do coração dele, lentas e fortes sob seu ouvido, e o som reconfortante de sua respiração. E soube, súbita e completamente, como uma última peça se encaixando em um quebra-cabeças, que o amava. Amava aquele homem exótico e estranhamente raivoso. Será que seu amor seria suficiente para os dois?

Ela pensou nessa questão por muito tempo, mas ainda não tinha chegado a uma resposta quando finalmente caiu no sono.

BEATRICE ACORDOU COM A SENSAÇÃO de mãos quentes deslizando por suas costas, firmes e fortes, descendo, alcançando seu traseiro sob a camisola. Ela estava deitada de lado na cama grande, olhando para o lado oposto ao do marido, aconchegada sob as cobertas e a ele, ainda meio sonolenta. Ela podia sentir a respiração úmida de Reynaud contra seu pescoço. Um dos braços dele estava embaixo do seu corpo; o outro acariciava sua bunda. Por trás dela, ele era uma presença grande, quente, cercando-a e protegendo-a. Ela estava envolvida pelo calor e pelo cheiro do marido.

Ainda entre os sonhos e o despertar, Beatrice o sentiu se mexer, roçando nela a ereção insistente, exigente. Ela deu um leve suspiro, enterrando o rosto no travesseiro. O quarto estava acinzentado com a chegada da aurora, e ela queria Reynaud — precisava dele —, mesmo que ele só a desejasse. Esse pensamento lhe causou tristeza, e ela o afastou da mente, querendo apenas sentir o marido, sem pensar em mais nada.

Ele encaixou as mãos sob os joelhos dela, dobrando-os até a altura da cintura dela, separando suas pernas, e ocupou o espaço que criara. Reynaud parecia maior agora, a ereção pressionando sua bunda, quente e insistente. Ele deslizou para a frente, então seu pênis se posicionou na carne feminina. Beatrice estava molhada, e ele parecia estar exatamente no lugar certo. Perfeito, como se ele tivesse sido feito para se encaixar naquela parte dela. O pau dele deslizou pelas suas dobras, a cabeça esfregando o clitóris. Beatrice ofegou, subitamente extasiada pela sensação. Se ao menos Reynaud a amasse também, aquilo seria perfeito.

Mas não pensaria nisso.

A mão dele acariciou seu quadril e passou para a frente, acariciando seus pelos encaracolados, pressionando-a bem ali. Por trás, ele afastou o pau em uma carícia lenta, sensual, e a penetrou devagar, porém intrusivo.

Beatrice gemeu, entrelaçando os dedos com os da mão próxima à sua bochecha. De repente, aquilo era demais, a ardência de seu desejo junto com a descoberta recente de seu amor por ele. Os sentimentos misturados se transformaram em lágrimas que ardiam em seus olhos.

Reynaud apertou os dedos dela e foi um pouco mais fundo. Naquela posição, parecia que seu pau estava mais grosso. Beatrice abriu a boca em uma arfada silenciosa e arqueou levemente as costas, sentindo o gosto salgado de suas lágrimas na língua. Ele era lento e insistente, entrando cada vez mais nela, preenchendo-a aos poucos, de modo devastador. Beatrice levantou um pouco a perna de cima, prendendo-a à panturrilha do marido, e, de repente, ele estava completamente dentro de seu corpo, esticando-a. Ela fechou os olhos, inclinando a cabeça para trás em submissão. Reynaud beijou seu pescoço com a boca aberta, imóvel e enorme dentro dela.

Então, a mão dele se moveu e os dedos se espalharam para cobrir sua feminilidade, o do meio pressionando o botão sensível com uma precisão extraordinária.

Beatrice arqueou o quadril contra o marido.

— Reynaud.

— Shh — murmurou ele contra seu pescoço.

Então recuou um pouco o pênis, sua carne pressionando as paredes internas dela, e depois enfiou com força. Beatrice precisou se segurar na cama para não escorregar. Ele fez o mesmo movimento de novo, e ela gemeu.

— Shh — sussurrou Reynaud, sedutor e invisível às suas costas.

Beatrice sentiu o toque grosseiro e molhado da língua do marido em seu pescoço.

Ele a penetrou mais uma vez. Ritmado, incansável. Cada movimento era chocante por si só. Beatrice fechou os olhos, mordendo o lábio. Queria pressioná-lo de volta. Queria se esfregar contra ele e fazê-lo acelerar até que ela explodisse. Queria gritar seu amor. Mas aquela mão astuta enterrada na junção entre suas coxas a segurava, prendendo-a para que Reynaud pudesse dar prazer aos dois como bem entendesse.

Ele a penetrou bem fundo, empurrando o quadril até Beatrice sentir os testículos do marido pressionando sua umidade, até ela estar completamente esticada, esperando o próximo movimento.

— Por favor — sussurrou ela com a voz entrecortada.

— Shh.

Reynaud mordeu o lóbulo da orelha da esposa, prendendo-a e advertindo-a ao mesmo tempo em que se afastava e metia nela de novo.

Beatrice perdeu o fôlego, seu coração parou — talvez tenha se partido.

Ele se remexeu dentro dela, grande, viril, exigente, e passou o dedo pelo clitóris intumescido, esfregando, pressionando.

Ela não ia aguentar. Estava prestes a explodir, a se estraçalhar em mil pedaços que jamais poderiam ser reunidos. Nunca mais seria a mesma. Ela balançou a cabeça, soluçando contra o travesseiro, pressionando a bochecha contra suas mãos unidas.

— Beatrice — sussurrou ele, sua voz profunda e sedutora ao ouvido dela. — Beatrice, goze para mim.

E Beatrice o fez, chorando, tremendo, o corpo quente e ansiando por mais. Precisando de Reynaud, apesar de ele não precisar dela.

Ele manejou seu pau nela como se fosse um aríete. Batendo, martelando com força, e fagulhas de puro prazer a atravessaram, passando por suas veias, iluminando seus membros, brilhando como um sol em seu interior.

Reynaud mordeu o ombro dela e estremeceu contra o corpo de Beatrice. Ela se sentiu invadida pelo fogo do marido, que se unia e se mesclava com sua luz, transformando-se em um fogo eterno.

O SOL BRILHAVA pelas janelas quando Beatrice acordou de novo. Ela permaneceu deitada e observou enquanto Reynaud lavava o rosto na bacia sobre a cômoda. Ele usava apenas calças, e os músculos das costas se flexionavam com os movimentos, fazendo as cicatrizes ondularem.

— Você não me contou como conseguiu fugir do cativeiro — disse ela, baixinho.

Será que isso ainda importava? Ela não sabia. Talvez não, mas precisava saber.

Reynaud se virou ao ouvir a voz dela, sem demonstrar surpresa.

— Você acordou.

— Sim. — Beatrice puxou as cobertas até o queixo. Estava quente, e a cama tinha um leve cheiro do aroma íntimo dos dois. Sua vontade era passar o dia inteiro ali e nunca mais precisar se levantar para encarar a realidade. Bem ali, naquele momento, podia fingir que tinha um casamento com amor. — Pode me contar? — perguntou ela, baixinho.

Reynaud encarou a cômoda de novo, e Beatrice imaginou que não receberia uma resposta. Ele pegou uma lâmina de barbear e uma tira de couro e começou a afiá-la. Ela notara que, apesar de ter um camareiro muito competente, o marido preferia se arrumar quase que por conta própria. Talvez ainda não tivesse se acostumado a ter um criado pessoal.

— Muitos dos prisioneiros dos indígenas nunca voltam para casa — começou Reynaud em voz baixa. — Eles morrem no cativeiro, não por seus captores serem fortes, e sim porque os prisioneiros param de tentar fugir.

— Não compreendo — disse Beatrice.

Ele assentiu.

— Não faz muito sentido a menos que você tenha vivenciado isso. Já contei que os indígenas daquela parte do Novo Mundo adotam os prisioneiros como se fossem parte da família, para ocupar o lugar de parentes que morreram.

— Mas você disse que eles não são tratados como família de verdade. Que seu papel era simbólico.

— Humm. — Reynaud terminou de afiar a lâmina e deixou-a de lado. — Isso não é uma verdade absoluta. O prisioneiro ocupa o espaço de um membro trabalhador do clã, de um caçador, por exemplo, para essas necessidades serem supridas.

— Mas vai além disso? — perguntou ela.

— Às vezes. — Reynaud ensaboou o rosto com o sabão que estava em um prato. — Imagino que seja da natureza humana se afeiçoar às pessoas com quem se convive todos os dias. Você caça com os membros da tribo ou da família, come e dorme com eles. É um estilo de vida que envolve muita intimidade.

Beatrice ficou em silêncio enquanto o observava pegar a lâmina e passá-la pela primeira vez sobre a espuma em sua face.

— Às vezes — continuou ele, baixinho —, o prisioneiro se torna membro de verdade da família. Pode se casar e até ter filhos com a mulher.

Beatrice ficou paralisada.

— Você teve uma esposa indígena?

Reynaud limpou a lâmina na bacia de água e a encarou.

— Não. Mas poderia ter tido.

— Conte mais — sussurrou ela.

Ele inclinou a cabeça e raspou a região próxima à orelha com movimentos mínimos e cuidadosos. Podia ser sua imaginação, mas Beatrice tinha a impressão de que o marido estava se demorando mais do que o necessário naquela tarefa.

— Depois que Gaho salvou minha vida pela segunda vez, ela se afeiçoou muito a mim. Se foi por minha causa ou por causa do sonho que ela teve, não sei dizer. Porém, de qualquer forma, ela decidiu que minha vida entre eles devia ser feliz, e sabia que, se eu tivesse uma esposa e uma família, teria motivos para não tentar fugir.

— Ela queria manter você lá criando laços — disse Beatrice.

Ele concordou com a cabeça e bateu a lâmina lentamente contra a bacia de porcelana.

— Exatamente. Mas Gaho tinha um problema. Suas duas filhas já eram casadas, e, apesar de muitos homens na tribo poderem ter uma segunda esposa, as mulheres só podiam ter um marido.

— Que injusto — comentou Beatrice, seca.

Um sorriso passou rapidamente pelo rosto de Reynaud e desapareceu.

— Não fui eu quem inventou isso.

— Humpf.

Ele se virou para o espelho sobre a cômoda e continuou:

— Passei o inverno seguinte me recuperando da doença e dos ferimentos. Na primavera, Gaho me levou para tatuar o rosto com a imagem de um dos seus deuses. Ela furou minha orelha e me deu um dos próprios brincos. Isso era uma forma de sinalizar que eu era um bom caçador, que eu me tornara parte de sua tribo, e que ela me valorizava. Então ela se comunicou com uma outra tribo com a qual queria formar uma aliança. Seu plano era que eu me casasse com a filha de um guerreiro. — Beatrice viu um músculo pulsar na mandíbula do marido. — Assim, as duas tribos ficariam em paz e se tornariam aliadas.

— A moça era bonita? — perguntou ela, sem conseguir se conter.

— Até que sim — respondeu Reynaud —, mas era muito jovem, não tinha nem completado dezesseis anos ainda, e eu não queria me casar com ela. Não queria uma esposa e filhos para me prender ainda mais a Gaho e a sua aldeia. Eu queria voltar para casa, não pensava em outra coisa.

— O que você fez?

— Encontrei uma maneira de conversar com a garota. Na teoria, isso era proibido, mas, como supostamente estávamos nos cortejando, os anciãos faziam vista grossa. Descobri que a garota já namorava, em segredo, um escravo como eu, mas de uma tribo diferente. Depois disso, foi fácil. Dei ao outro homem tudo de valor que eu tinha, todas as peles e coisas que guardei nos dois anos de cativeiro. Na noite seguinte, minha futura noiva fugiu com o amante.

— Foi muita bondade sua — disse Beatrice.

— Não. — Ele jogou água no rosto e limpou o restante da espuma. — Não fiz nada por bondade. Eu estava determinado a fugir. Determinado a voltar para casa e recuperar a vida que deveria ser minha. Se tivessem me obrigado a me casar com aquela garota, teria sido fácil me acomodar naquela vida. Eu me tornaria membro da família de Gaho de verdade. E nunca mais viria para a Inglaterra. — Reynaud deixou de lado a toalha que usou para secar o rosto e encarou a esposa. Seus olhos eram pretos e inflexíveis. — Na verdade, foi por minha causa que Gaho e todos os integrantes da tribo foram assassinados.

— O quê? — sussurrou Beatrice.

Ele assentiu, retorcendo a boca com amargura.

— Levei cinco anos para juntar fundos suficientes para conseguir fugir, quando tivesse a oportunidade. No meu sexto ano de cativeiro, um comerciante francês passou a visitar a tribo, e, aos poucos, eu o convenci a me ajudar a fugir, apesar de isso ter colocado a vida dele em risco também. Nós passamos três dias andando pela floresta até chegarmos ao acampamento dele. E, lá, fiquei sabendo que os inimigos de Gaho pretendiam atacar sua tribo. Eu estava faminto e cansado, mas juro que voltei correndo para aquela aldeia. Voltei correndo para salvar a mulher que me salvou.

Reynaud olhou para as próprias mãos, flexionando os dedos.

— E o que encontrou? — perguntou Beatrice, porque ela precisava saber como aquela história terrível terminava.

— Cheguei tarde demais — contou ele, baixinho. — Estavam todos mortos, jovens e velhos, a aldeia se encontrava em ruínas, com fumaça para todos os lados. Procurei por Gaho. Virei os corpos de frente para mim, estudei cada rosto ensanguentado.

— Você a encontrou? — sussurrou Beatrice.

Reynaud balançou a cabeça devagar e fechou os olhos, como se quisesse bloquear uma visão.

— Quando cheguei perto de Gaho, só a reconheci pelo vestido. Eu a virei, e seus olhos me encaravam por trás de uma máscara de sangue. Estavam opacos e sem vida. Ela tinha sido escalpelada.

— Sinto muitíssimo.

Ele ergueu a cabeça, seu rosto ficando sério.

— Não sinta. Ela era uma velha indígena. Não significava nada para mim.

— Mas, Reynaud — disse Beatrice, sentando-se na cama —, você disse que ela salvou a sua vida, que o tratava como um filho. Sei que gostava dela.

— Você não entende. — Ele pegou sua faca e encarou a lâmina por um instante. Ficou assim por tanto tempo que Beatrice achou que não ouviria o fim da história. Mas então ele continuou, baixinho: — A tribo que atacou Gaho e a família dela foi a mesma com quem ela tentou criar uma aliança cinco anos antes. A tribo com a qual ela se uniria com o meu casamento.

Beatrice puxou o ar, permanecendo quieta, apenas observando.

— Se eu gostasse dela, teria aceitado me casar. Teria garantido a segurança da aldeia. Eu não fiz isso. Durante o tempo todo que passei com aquela família, eu tinha um objetivo. Voltar para casa. Nada era mais importante do que isso. — Reynaud guardou a faca na bainha de sua calça. — Depois que enterrei Gaho, passei meses vagando pela floresta, fugindo de indígenas e franceses até chegar ao território britânico. E, a cada passo, eu me lembrava de que havia sacrificado Gaho e sua família pela minha liberdade.

— Reynaud...

— Não. — Ele a fitou, ríspido. — Você queria saber, então me deixe terminar. Eu tinha pouquíssimos recursos e nenhum amigo. Quando cheguei a um porto, aceitei emprego como cozinheiro em um navio para poder pagar a passagem para casa.

— Você estava doente e febril quando apareceu aqui — sussurrou Beatrice.

Ele concordou com a cabeça.

— Sobrevivi à base de carne-seca e pequenos frutos durante meses na floresta. Quando cheguei à civilização, estava carne e osso, e a alimentação no navio não era das mais nutritivas. Peguei alguma doença dos marinheiros e estava com febre quando aportamos em Londres.

— Você tem sorte de ter sobrevivido — comentou ela, séria.

— Eu estava determinado — explicou Reynaud. — Não queria morrer sem rever minha terra. E fiz um juramento quando entrei no navio: aquela seria a última vez que eu serviria a alguém. Nunca mais seria capturado, nunca mais seria subjugado por outra pessoa. Preferia morrer a permitir que isso acontecesse. Porque, se acontecesse, eu teria deixado Gaho morrer por nada. Compreende?

Beatrice o encarou, de pé diante dela, alto e orgulhoso. As cicatrizes da época de cativeiro estavam entalhadas em suas costas, os anos de prisão ilustrados pelas tatuagens em seu rosto. Reynaud sempre teria essas marcas, não importava aonde fosse, não importava o que fizesse. Seria impossível esquecer que havia sido escravizado ou de seu juramento de nunca mais se submeter ao poder de outros. Seu marido era um homem rígido e inflexível.

Ele assentiu e disse:

— Agora você sabe.

Beatrice engoliu em seco, se sentindo um pouco enjoada, mas não queria demonstrar fraqueza.

— Sim, agora eu sei.

Reynaud lhe deu as costas e saiu do quarto.

Ela olhou ao redor, perplexa. Aquela história fora pior do que imaginava, porque agora sabia *mesmo*: seu marido jamais se permitiria amá-la.

O QUE DERA em Beatrice para fazê-lo contar aquela história? Reynaud desceu correndo a escadaria até o saguão de entrada. O que mais ela queria? Ele não era um marido atencioso e um amante dedicado? Do que mais sua esposa precisava?

E por que tocar naquele assunto justo hoje? Seu estômago parecia estar se revirando, então Reynaud esfregou a barriga sem perceber ao se aproximar da porta. Precisava manter a mente livre e atenta, sem se deixar distrair por problemas emocionais. Mais tarde, ele se retrataria por sua saída abrupta — traria aquelas flores que Jeremy dissera que ela gostava. Agora, porém, tinha uma reunião com os advogados para discutir a petição para o comitê especial, e não podia faltar.

Reynaud descia as escadas da frente da casa, em direção à rua, ainda perdido em pensamentos sobre Beatrice, quando ouviu alguém chamar seu nome. Ele se virou e teve uma visão do passado.

Alistair Munroe se aproximava, carregando as cicatrizes do ritual indígena de tortura no rosto.

Reynaud se retraiu.

— São horríveis, não são? — comentou Munroe com uma voz rouca.

Reynaud o analisou. A bochecha direita do homem estava marcada por cicatrizes de cortes de faca e galhos em brasa. Um tapa-olho preto cobria uma das órbitas oculares. Ele vira inimigos capturados pelos indígenas sendo torturados duas vezes — a primeira logo após Spinner's Falls, e a segunda em seu quarto ano na tribo de Gaho. O marido dela desaparecera por um mês em um verão, então retornou com um guerreiro inimigo que capturara em um ataque. O homem demorara dois dias para morrer.

— Você gritou? — perguntou ele.

Munroe balançou a cabeça.

— Não.

— Então foi um prisioneiro digno — disse Reynaud. — Se não tivesse sido resgatado, teria sido torturado até a morte. Então os homens da tribo arrancariam seu coração, e todos comeriam um pedaço para absorver um pouco da sua coragem, que eles usariam na batalha seguinte.

Munroe jogou a cabeça para trás e riu, o som rouco e áspero.

— Ninguém nunca falou sobre minhas cicatrizes com tanta franqueza, na minha cara.

Reynaud gesticulou, sem sorrir.

— São medalhas de honra. Também tenho algumas nas costas.

— É mesmo? — Munroe o observou, pensativo. — Você deve ter sido um teimoso desgraçado para sobreviver sete anos como prisioneiro.

— Pode-se dizer que sim. — Reynaud inclinou a cabeça. — Você já conversou com Vale?

— Conversei, sim, e ele me contou que aparentemente você tem uma pequena missão para mim.

— Isso que é um bom homem. — Reynaud sorriu. — Na verdade, são dois favores para lhe pedir. Vou lhe dizer o que preciso que seja feito...

LORDE HASSELTHORPE SUBIU na carruagem e bateu com a bengala no teto para sinalizar ao cocheiro que eles podiam partir. Então se recostou e tirou um caderno de anotações do bolso do casaco. Ele tinha a maioria por poucos votos, mas não havia dúvida de que conseguiriam reprovar facilmente o projeto de lei ridículo de Wheaton para conceder pensão aos veteranos. O governo não podia bancar bêbados e vagabundos para passar o dia inteiro à toa só porque, em determinado momento da vida, serviram ao rei. Mesmo assim, não custava ser meticuloso. Ele lambeu o polegar e virou a primeira página do caderninho, começando a estudar seu discurso contra o projeto.

Na verdade, estava tão concentrado nos argumentos que pretendia defender que levou certo tempo para perceber que a carruagem passava pelo Hyde Park.

Lorde Hasselthorpe fechou a cara e se levantou de um pulo, batendo a cabeça no teto.

— Pare a carruagem! Pare a carruagem, é uma ordem! Maldição, você está indo na direção errada.

A carruagem foi para o canto da rua e parou. Hasselthorpe se preparou para passar um sermão no cocheiro idiota. Porém, antes que conseguisse alcançar a porta, ela se abriu e um rosto familiar surgiu.

— Que diabos você está fazendo? — esbravejou Hasselthorpe.

Capítulo Dezesseis

Então Espada Longa foi morar com a princesa e o pai dela no castelo real, e seus dias eram tranquilos e alegres. A comida era deliciosa e abundante, suas roupas, quentes e macias; ele não precisava lutar contra monstros ou demônios, e a princesa era uma companhia maravilhosa. De fato, quanto mais tempo Espada Longa passava andando a cavalo com a esposa, jantando com ela e passeando pelos jardins do castelo, mais ele se deleitava, até que passou a desejar passar todos os seus dias e todas as suas noites ao seu lado, para sempre.

Ele sabia, porém, que isso não era possível. Seu ano de liberdade estava chegando ao fim, e o Rei dos Duendes logo exigiria seu retorno...

— Espada Longa

A austera arquitetura gótica de Westminster Hall dava ao local um ar conservador muito admirado pela maioria dos membros mais antigos do Parlamento. Ao se aproximar das portas imponentes, um dos cantos da boca de Reynaud se levantou. Quando era mais jovem, ia àquele local com frequência para acompanhar o pai em sessões na Câmara dos Lordes. Era estranho voltar agora, sabendo que viera defender o título do pai — um título que devia ter sido passado para ele sem disputa nenhuma. Reynaud aprumou os ombros e empinou o queixo ao entrar no edifício. Ocorreu-lhe que aqueles eram os mesmos movimentos que costumava fazer antes de uma batalha.

Aquela também era uma batalha, mas ele teria de lutar usando a inteligência.

Ele atravessou o grande saguão de entrada com teto abobadado, passando sob os olhos atentos dos anjos que decoravam as molduras do teto, e seguiu por uma passagem mal iluminada nos fundos. Ela levava a um lance curto de escadas e a uma série de portas de madeira escura. Diante de uma delas, havia um criado vestido com um uniforme sóbrio.

O homem fez uma reverência para Reynaud.

— Estão aguardando o senhor lá dentro, milorde.

Reynaud assentiu.

— Obrigado.

A salinha escura em que entrou era parcamente mobiliada. Quatro fileiras de bancos de madeira diante de uma grande mesa. Ao lado dela, havia uma cadeira alta. O cômodo estava tomado pelo barulho de vozes masculinas, pois os bancos estavam praticamente lotados. Aquela Comissão Investigativa de Direitos Especiais era formada por vinte membros escolhidos pela Câmara dos Lordes para decidir a questão do seu título. Quando Reynaud encontrou um lugar para se sentar, o presidente do comitê, Lorde Travers, levantou-se do banco da frente, onde também se encontrava o tio de Beatrice. Ele viu Reynaud, cumprimentou-o com a cabeça e se posicionou diante da cadeira alta.

— Senhores, podemos começar?

O barulho na sala foi diminuindo aos poucos, apesar de o silêncio completo não ser alcançado, já que vários membros continuavam murmurando e um lorde mais idoso quebrava nozes em um canto, aparentemente ignorando os acontecimentos ao seu redor.

Lorde Travers assentiu, fez um resumo breve e enxuto do caso a ser analisado pelo comitê e então chamou Reynaud.

Ele respirou fundo, os dedos se movendo para tocar a faca que geralmente mantinha pendurada na cintura antes de lembrar que a deixara em casa. Então se levantou, seguiu para a frente da sala e encarou os demais aristocratas. Os rostos que o encaravam de volta eram, no geral, velhos. Será que compreenderiam? Será que ainda sentiam pena dele?

Reynaud respirou fundo.

— Milordes, venho aos senhores hoje para solicitar o título que foi do meu pai, do meu avô, do meu bisavô e do meu tataravô. Peço apenas por algo que é meu por direito de nascimento. Os senhores estão em posse dos documentos que provam minha identidade. Creio que essa questão não seja o problema. — Ele fez uma pausa e fitou os homens que o julgavam. Nenhum deles parecia especialmente comovido. — O problema é aquilo que meu oponente pretende alegar: que sou louco.

Isso fez vários lordes começarem a cochichar. Reynaud sentiu as omoplatas se contraírem. Sua tática era arriscada, mas bem calculada.

Ele deixou os murmúrios silenciarem e então empinou o queixo.

— Não sou louco. O que de fato sou é um oficial do exército de Sua Majestade que talvez tenha passado por mais batalhas e dificuldades do que o normal. Se sou louco, então todos os soldados que lutaram em guerras, que voltaram para casa sem um membro do corpo ou um olho, que têm pesadelos com sangue e gritam enquanto estão dormindo também são loucos. Se os senhores me humilharem, estarão humilhando todos os homens corajosos que lutaram por este país. — As vozes se tornaram mais altas diante da última afirmação, porém Reynaud elevou o tom para ser escutado acima dos murmúrios. — Então, milordes, concedam-me o que é meu e apenas meu. O título que pertenceu ao meu pai. O título que futuramente será do meu filho. O condado de Blanchard. *Meu* condado.

Ouviram-se vozes exaltadas em discussão enquanto ele seguia para seu lugar. Ao se sentar, Reynaud cogitou se tinha acabado de recuperar o título ou se o perdera para sempre.

ALGERNON DOWNEY, o duque de Lister, estava a caminho da Câmara dos Lordes, mas parou diante da escada de sua casa para dar instruções adicionais ao seu secretário.

— Já perdi a paciência. Diga à minha tia que, se ela não sabe fazer contas, então que contrate alguém letrado para fazer isso por ela. Até lá, não pretendo lhe dar mais dinheiro nenhum neste trimestre. Talvez a mulher aprenda a ser mais econômica com seus gastos se alguns comerciantes se recusarem a lhe prestar serviços.

— Sim, Vossa Alteza.

O secretário fez uma reverência profunda.

Lister se virou para descer a escada até a carruagem que o aguardava.

Ou pelo menos era o que pretendia fazer. Em vez disso, parou tão repentinamente que quase perdeu o equilíbrio. Esperando diante do último degrau, à frente de sua casa, estava uma mulher pequena e linda em um vestido verde.

Lister franziu a testa.

— Madeleine, o que está fazendo aqui?

A mulher empinou o peito, colocando em perigo a seda delicada de seu corpete.

— O que eu estou fazendo aqui?

Atrás dele, Lister escutou uma tosse seca. Ele se virou para encontrar o secretário encarando sua amante com os olhos esbugalhados.

— Entre e certifique-se de que Sua Alteza não tenha subitamente a ideia de vir até aqui fora — ordenou o duque.

O homem pareceu um pouco decepcionado, mas fez uma reverência e entrou.

Lister desceu a escada.

— Você sabe muito bem que não deve aparecer na residência da minha família, Madeleine. Se isso for uma tentativa de suborno...

— Suborno! Ah, que graça! Muito bom mesmo — rebateu Madeleine em um tom um tanto sombrio. — E *ela*?

Lister seguiu a direção que a amante apontava e encontrou...

— Demeter? Não estou entendendo.

A dama loura a quem ele se referia jogou o quadril magnífico para um lado e cruzou os braços sobre o busto farto.

— E você acha que eu estou entendendo alguma coisa? Recebi esta carta — ela balançou um papel de aparência elegante — dizendo que você precisava de mim imediatamente, e que eu viesse por favor o visitar, justo aqui, dentre todos os lugares possíveis, se eu tivesse alguma afeição por você.

Lister se empertigou. Seus ancestrais tinham lutado na batalha de Hastings, ele era o quinto homem mais rico da Inglaterra, conhecido por ter um gênio ruim. O fato de duas de suas amantes terem aparecido na frente de sua casa ao mesmo tempo era, de fato, preocupante, mas um cavalheiro com sua experiência, importância e...

— Que raios está acontecendo aqui? — exclamou Evelyn, a mais escandalosa de suas amantes, enquanto virava a esquina. Alta, com o cabelo castanho e imponente, ela o encarou com a mesma intensidade selvagem que geralmente incendiava suas partes íntimas. — Se essa é sua maneira de me dispensar, Algernon, você vai se arrepender, guarde minhas palavras.

Lister se retraiu. Odiava quando Evelyn o chamava pelo nome de batismo. Ele abriu a boca, mas não sabia exatamente o que dizer, algo que jamais lhe acontecera antes. Aquela experiência era assustadoramente similar aos sonhos terríveis que até homens com seu prestígio tinham. Àqueles pesadelos nos quais você se levanta para discursar na Câmara dos Lordes e, ao olhar para baixo, descobre que está só com as roupas de baixo. Ou àqueles em que, de alguma forma, todas as suas amantes apareciam no mesmo lugar, ao mesmo tempo — ou, pior ainda, na porta de sua casa.

Lister sentiu o suor escorrer pelas costas.

É claro, aquilo não era uma reunião de todas as suas amantes. Se fosse, a mulher com quem tinha um caso mais recente estaria ali, e...

Uma carruagem aberta, que de tão alta chegava a ser perigosa, dobrou a esquina, escandalosamente guiada por uma mulher sofisticada, com um garotinho vestido de tons berrantes de roxo e dourado sentado no banco de trás. Todos se viraram para olhar.

Lister observou a cena com a fatalidade de um homem diante de um pelotão de fuzilamento. Francesca parou os cavalos com um floreio. Sua bela boquinha de botão de rosa se abriu.

— Que histórria é essa? — gritou ela em seu pesado sotaque francês.

— O duquê está brrincando com sua pobrrezinha Frrancesca?

Seguiu-se uma pausa demorada e terrível.

Então Evelyn se virou e o encarou com um olhar ameaçador.

— Por que *ela* tem uma carruagem nova?

Foi nesse momento, enquanto as vozes agudas de quatro mulheres ofendidas se erguiam ao seu redor, que o duque de Lister viu um homem tocar a borda do chapéu em cumprimento do outro lado da rua. Um homem com tapa-olho.

Lister piscou. Com certeza não podia ser...

Mas ele não tinha tempo para mais nada quando as mulheres o cercaram. A Câmara dos Lordes teria de esperar.

REYNAUD OLHOU AO redor da sala, tentando avaliar sua situação, mas era quase impossível. Os lordes ainda discutiam entre si de maneira inflamada, às vezes lançando um ou outro olhar curioso em sua direção. Ninguém sorria para ele.

Ele fechou os punhos sobre os joelhos.

O usurpador ocupou o lugar diante da mesa e pigarreou. Então começou a falar, mas sua voz era tão baixa que vários homens gritaram pedindo que falasse mais alto. Reginald parou, visivelmente engolindo em seco, e recomeçou o discurso em um tom mais elevado, porém levemente abalado.

Então, de repente, Reynaud sentiu pena do homem. O tio de Beatrice estava na sexta década de vida, era um sujeito baixinho, parrudo, de rosto avermelhado, que não tinha boa oratória. E Reynaud não tinha muitas lembranças dele. Será que fora o homem que comparecera com a esposa a um jantar de Natal, quando Reynaud estava em casa, de férias de Cambridge? Não se lembrava.

O fato era que Reginald simplesmente não era importante. O homem era um parente distante sem muita chance de herdar o título, já que Reynaud era jovem e saudável. Que surpresa deve ter sido receber a notícia de que se tornaria o conde de Blanchard. Será que ele comemorara sua suposta morte? Reynaud não sabia nem se poderia culpá-lo por isso. A herança do condado provavelmente havia sido o ponto alto de sua vida.

O velho terminou o discurso gaguejando. Ele não tinha muito o que dizer, na verdade, seu argumento principal residia no fato de que possuía o título e era, portanto, o conde. O presidente do comitê assentiu com a cabeça, e o tio de Beatrice voltou para seu lugar nitidamente aliviado.

Lorde Travers se levantou e iniciou a votação.

O coração de Reynaud batia tão alto, de início, que ele não escutou o veredito. Mas então entendeu, e um sorriso largo se espalhou pelo seu rosto.

— ... este comitê, portanto, recomendará a nosso rei soberano, Sua Majestade George Terceiro, que a Reynaud Michael Paul St. Aubyn seja concedido seu título legítimo como o conde de Blanchard.

O presidente do comitê continuou falando dos outros títulos de Reynaud, mas ele não estava mais prestando atenção. O triunfo inundava seu peito. O lorde sentado ao seu lado lhe deu um tapinha nas costas, e o homem atrás dele se inclinou para a frente no banco, dizendo:

— Parabéns, Blanchard.

Meu Deus, como era bom finalmente ser chamado por seu título. O presidente do comitê terminou de falar, e Reynaud se levantou. Os homens ao redor se aproximaram, oferecendo seus cumprimentos, e ele não conseguiu evitar sentir certo cinismo diante daquela súbita popularidade. Ele passara de louco a um dos aristocratas mais influentes do reino. Beatrice tinha razão. Agora, seus poderes eram imensos — e ele poderia usá-los para fazer o bem, se quisesse.

Por cima das cabeças na multidão, ele viu Reginald parado próximo à porta. O homem estava sozinho agora, sem poder nenhum. Houve uma troca de olhares entre os dois, e Reginald o cumprimentou com um aceno de cabeça. Era um gesto elegante, um reconhecimento da derrota, e Reynaud queria ir até lá, mas foi impedido pelo amontoado de gente. Logo depois, Reginald já tinha se retirado da sala.

O comitê já estava se retirando, e Lorde Travers veio dar os parabéns a Reynaud.

— Assunto resolvido, então, não é? Vou pedir ao secretário que redija a recomendação oficial do comitê para ser enviada a Sua Majestade.

— Ah, quanto a isso — começou Reynaud, mas houve uma comoção à porta.

Um rapaz alto, de rosto avermelhado, com olhos azuis extraordinariamente proeminentes, entrou na sala.

— Vossa Majestade! — exclamou Lorde Travers. — A que devemos a honra de sua visita?

— Vim assinar um documento, não é isso? — respondeu o rei George. — Mas que salinha escura. — Ele se virou e olhou para Reynaud. — Você é Blanchard?

— Sou. — Reynaud fez uma reverência profunda. — É uma honra conhecê-lo, Vossa Majestade.

— Capturado pelos selvagens, pelo menos foi o que me contou Sir Alistair Munroe — disse o rei. — Deve ser uma boa história, não é? Nós ficaríamos muito contentes se você viesse tomar chá conosco para nos contar essa aventura. Leve a senhora sua esposa também.

Reynaud se esforçou para não sorrir e fez outra reverência.

— Obrigado, Vossa Majestade.

— Agora, onde está a recomendação? — perguntou o rei, olhando ao redor como se o papel fosse surgir do nada.

— O senhor veio assinar a recomendação? — perguntou Lorde Travers, um tanto chocado. Então estalou os dedos, agitado, para o criado parado à porta. — Walters, traga um papel e uma pena, por favor. Precisamos redigir a recomendação do comitê para a assinatura de Sua Majestade.

O criado saiu em disparada da sala.

— E é também necessário assinar a ordem oficial para que você faça parte efetivamente da Câmara dos Lordes — disse o rei, alegre. E, gesticulando para um servo: — Já a redigimos, só por garantia.

— Vossa Majestade veio bem preparado — disse Lorde Travers em um tom levemente seco. — Se eu soubesse dos planos de Vossa Majestade, teria tomado providências para que os documentos já estivessem prontos. Agora, no entanto, receio que teremos que correr.

— Ah, é mesmo?

O rei ergueu as sobrancelhas.

— Sim, senhor — respondeu Lorde Travers, sério. — A Câmara dos Lordes já está em sessão.

— QUE DIABOS VOCÊ está fazendo? — esbravejou Lorde Hasselthorpe.

Era o colono, Samuel Hartley, subindo em sua carruagem como se tivesse todo o direito do mundo de fazer isso.

— Desculpe — disse o outro homem. — Pensei que você pudesse me dar uma carona.

— O quê? — Hasselthorpe olhou pela janela. Estavam quase nos limites de Londres. — Isso é um assalto? Você sequestrou minha carruagem?

— De forma nenhuma. — Hartley deu de ombros e cruzou os braços sobre o peito, deslizando sobre o assento, as pernas ocupando um espaço grande demais. — Apenas vi que sua carruagem parou e pensei em pedir uma carona. Você não se importa, não é?

— Tenho que estar presente numa sessão da Câmara dos Lordes, no Palácio de Westminster. É claro que me importo!

— Então é melhor avisar ao cocheiro — disse Hartley, de modo extremamente irritante. — Estamos indo na direção oposta.

Mais uma vez, Hasselthorpe se levantou e esmurrou o teto da carruagem.

Dez minutos depois, após uma discussão ridícula com o cocheiro, que parecia ter perdido completamente o senso de direção, Hasselthorpe se sentou de novo.

Hartley balançou a cabeça, triste.

— É difícil encontrar bons empregados. Será que o seu cocheiro está bêbado?

— Ou é isso ou ficou louco — resmungou Hasselthorpe.

No ritmo em que estavam indo, a sessão teria acabado quando chegassem a Westminster. Ele apertou o caderninho nas mãos suadas. Aquela votação era importante — demonstraria sua capacidade de guiar e direcionar o partido.

— Eu estava querendo lhe perguntar — começou Hartley com a voz arrastada, interrompendo seus pensamentos. — A quem você se referiu quando disse a Sir Alistair Munroe que a mãe do traidor de Spinner's Falls era francesa?

A mente de Hasselthorpe parou completamente.

— O quê?

— Porque fiquei remoendo isso, e o único veterano de Spinner's Falls que eu me lembro de ter a mãe francesa é Reynaud St. Aubyn — disse Hartley. — É claro, seu irmão também esteve na batalha, não foi? O tenente Thomas Maddock. Um combatente corajoso, pelo que me recordo. Talvez ele tenha comentado com você por carta sobre um outro oficial que tivesse mãe francesa?

— Não sei do que você está falando — respondeu Hasselthorpe. — Nunca falei nada a Munroe sobre soldados com mães francesas.

Hartley permaneceu em silêncio por um momento, encarando-o.

Hasselthorpe sentiu o suor umedecer suas axilas.

Então o colono disse, baixinho:

— Não? Que estranho. Munroe se recorda vividamente da conversa.

— Talvez estivesse bêbado — retrucou Hasselthorpe, irritado.

Hartley sorriu como se ele tivesse revelado algo comprometedor e disse em um tom despreocupado:

— Talvez. Sabe, fazia muito tempo que eu não pensava no seu irmão Thomas.

Hasselthorpe passou a língua pelos lábios. Estava muito quente ali dentro. A carruagem parecia uma armadilha.

— Ele era seu irmão mais velho, não era? — perguntou Hartley, baixinho.

Capítulo Dezessete

Conforme o fim de seu ano na superfície se aproximava, Espada Longa ficava cada vez mais deprimido, até a princesa Serenidade começar a temer pela vida do marido. Mesmo assim, apesar de distraído e taciturno, o corpo do soldado permanecia saudável e forte. Ela decidiu, então, que o problema devia estar em sua mente, e, para descobrir o que estava acontecendo, passou a questioná-lo intensamente, dia e noite. Tão incomodado ficou o marido que, no fim de tudo, não teve outra opção senão confessar a história. Contou que fizera um péssimo acordo com o Rei dos Duendes. Que poderia permanecer na superfície por apenas um ano, a menos que conseguisse encontrar alguém para ocupar seu lugar no reino dos duendes por livre e espontânea vontade. E que, se ele fracassasse em encontrar tal substituto, seria condenado a trabalhar para o Rei dos Duendes por toda a eternidade...

— Espada Longa

— Westminster é tão masculino, não acha? — refletiu Lottie ao pararem e observarem o salão principal.

— Masculino? — Beatrice encarou o teto alto abobadado, escurecido pelo tempo. — Não sei o que você quer dizer com *masculino*, mas creio que precise de uma boa limpeza.

— O que quero dizer com *masculino* — disse Lottie, passando o braço pelo de Beatrice — é que é um lugar enfadonho, presunçoso e sério demais para notar a presença de meras mulheres.

Beatrice olhou para a amiga, que estava elegante como sempre em um vestido listrado de roxo e marrom. Ela acabara de tirar o capuz da capa de pele, mas suas bochechas estavam coradas do frio que fazia lá fora, e os olhos soltavam faíscas agressivas, que Beatrice desconfiava não terem relação nenhuma com a arquitetura do palácio de Westminster.

— É uma construção, Lottie.

— Exatamente — rebateu a outra. — E todas as construções, pelo menos as mais notáveis, têm uma certa atmosfera espiritual. Eu já lhe contei que senti um calafrio na catedral de St. Paul na primavera passada? Muito estranho isso. Senti um frio percorrer toda a espinha.

— Talvez você estivesse na direção de uma corrente de ar — disse Beatrice, prática. As duas tinham chegado ao fim do salão e parado diante de um corredor. — Para que lado vamos agora?

— Para a direita — respondeu Lottie, decidida. — O caminho à esquerda leva à Galeria dos Visitantes da Câmara dos Comuns, então à direita deve ser o caminho para a galeria dos lordes.

— Humm.

O raciocínio não parecia fazer muito sentido, mas Beatrice nunca visitara o Parlamento antes, e Lottie, sim, então seguiu a amiga.

No fim das contas, por sorte ou acaso, Lottie estava certa. As duas entraram em um corredor estreito que levava a portas duplas. Ao lado, havia uma escadaria para o andar superior. Lá em cima, elas deram dois xelins ao criado que vigiava a entrada e foram admitidas no lado feminino da galeria dos visitantes.

No andar inferior, via-se um salão com bancos enfileirados dispostos dos dois lados, como um coral de catedral, revestidos com estofado vermelho. No meio, havia uma mesa comprida de madeira, e, no fundo, várias cadeiras. A galeria ficava acima do aposento e ocupava três lados.

— Achei que a sessão estivesse em andamento — sussurrou Beatrice.

— E está — disse Lottie.

Beatrice observou os nobres membros da Câmara dos Lordes.

— Eles não parecem estar muito atarefados.

E, de fato, não pareciam. Alguns homens vagavam pela sala ou conversavam em grupos pequenos. Outros estavam reclinados nos bancos estofados, alguns cochilando. Um cavalheiro estava de pé do outro lado da mesa e discursava, mas o barulho era tamanho que Beatrice não conseguia ouvi-lo. Alguns dos lordes pareciam estar provocando o coitado.

— O processo de governo pode ser confuso para quem não está acostumado — disse Lottie em um tom presunçoso.

— Ora, aquele ali é Lorde Phipps! — exclamou Beatrice, desanimada, finalmente identificando o orador. — A situação não parece promissora para o projeto de lei do Sr. Wheaton.

Lorde Phipps era o defensor do projeto de lei para os veteranos na Câmara dos Lordes. Era um homem bondoso, porém um pouco enfadonho e desinteressante, e, como ficara óbvio agora, sem muito talento para oratória.

— Não, não parece mesmo — concordou Lottie, desanimada. — Ele é tão simpático nas reuniões. Uma vez, se sentou ao meu lado e ficou me falando sobre seu gato ruivo.

— Ele ficou com os olhos cheios de lágrimas quando falou sobre sua falecida esposa — disse Beatrice.

— É um bom homem.

As duas observaram enquanto um lorde de peruca comprida e encaracolada, toga preta e dourada, gritava na extremidade da sala, em vão, pedindo ordem. Alguém jogou uma casca de laranja.

— Minha nossa — suspirou Lottie.

Houve uma comoção diante das portas, mas, como a galeria ficava logo acima de onde elas estavam, Beatrice não conseguiu ver imediatamente quem entrava. Então Reynaud surgiu no salão, e seu coração deu um pulo, de forma um tanto dolorosa. Seu marido era tão bonito, uma presença tão dominante e, mais do que nunca, parecia tão distante dela. Ele seguia diretamente na direção do homem na cadeira principal, e cabeças se viraram para acompanhar seu percurso.

— O que ele está fazendo? — perguntou Lottie. — Um aristocrata precisa de uma ordem de convocação do rei para participar do Parlamento.

— Ele deve ter recuperado o título — disse Beatrice, baixinho. E ficou feliz por Reynaud, mas preocupada com tio Reggie. Ele devia estar arrasado. — Quem sabe ele não conseguiu uma dispensa especial?

— Do próprio rei — disse uma voz masculina do corredor que separava a seção feminina do restante da galeria.

— Nate! — exclamou Lottie.

O Sr. Graham cumprimentou a esposa com um aceno de cabeça.

— Lottie. — Ele parou no parapeito, próximo a elas. — Westminster só fala disso. O rei George concedeu o título e o condado a Reynaud. Veio até aqui só para isso.

— Mas como ele conseguiu participar da sessão da Câmara dos Lordes hoje? — perguntou Lottie.

O Sr. Graham deu de ombros.

— O rei emitiu a ordem de convocação ao mesmo tempo.

— Minha nossa! — exclamou Beatrice. — Então ele vai poder votar no projeto de lei do Sr. Wheaton.

Será que o voto dele seria a favor ou contra?

O aristocrata de toga preta e dourada pedia ordem.

— O nobre conde de Blanchard gostaria de ter a palavra sobre essa questão.

Beatrice arfou e se inclinou para a frente.

Reynaud se levantou e apoiou a mão sobre a mesa no centro da sala. Ele permaneceu em silêncio por um momento enquanto os outros se calavam, então disse:

— Senhores, esse projeto foi explicado em detalhes pelo nobre Lorde Phipps. A lei busca prover o bem-estar dos homens valentes que servem este país e Sua Majestade, o rei George, com sua bravura, seu trabalho e, eventualmente, com a própria vida. Algumas pessoas desmerecem esse serviço, julgam os soldados desta ilha verdejante e gloriosa como menos merecedores de uma pensão decente quando chegam a uma idade avançada.

Um lorde gritou:

— Apoiado!

— Talvez essas pessoas pensem que uma refeição de mingau e farinha de ervilha seja um banquete. Talvez essas pessoas pensem que marchar por trinta quilômetros na lama, debaixo de chuva, seja um passeio num belo jardim.

— Apoiado! Apoiado! — Os gritos se tornavam mais frequentes.

— Talvez essas pessoas considerem relaxante encarar tiros de canhão. E gostem de se deparar com o ataque de uma cavalaria a galope. Talvez considerem os gritos de homens morrendo música para seus ouvidos.

— Apoiado! Apoiado!

— Talvez — gritou Reynaud acima dos cânticos — essas pessoas amem a agonia de um membro do corpo decepado, a perda de um olho ou o flagelo de torturas como *esta*.

Então Beatrice cobriu a boca com uma mistura de horror e orgulho. Pois, na última palavra, Reynaud tirou do corpo o paletó e o colete, puxou a camisa até a metade dos braços, revelando a parte de cima das costas. De repente, o salão foi tomado pelo silêncio enquanto Reynaud girava o corpo, a luz refletindo as cicatrizes feias que atravessavam sua pele bronzeada. Na ausência de outro som, o barulho do tecido rasgando soou alto enquanto ele arrancava o restante da camisa e a jogava no chão.

Reynaud ergueu a mão, esticando o braço, imperioso.

— Se uma dessas pessoas estiver presente, que vote contra esta lei.

O salão explodiu em gritos de aclamação. Todos os aristocratas estavam de pé, muitos ainda berrando:

— Apoiado! Apoiado!

— Ordem! Ordem! — pediu inutilmente o homem de toga preta e dourada.

Reynaud permanecia parado, o peito exposto, as costas empertigadas no centro do salão, exibindo com orgulho as cicatrizes que Beatrice sabia serem motivo de vergonha. Ele olhou para cima e a viu. Ela se levantou, batendo palmas, com lágrimas nos olhos. Reynaud assentiu discretamente com a cabeça, então foi distraído por outro homem.

— Ele aprovou a lei — gritou o Sr. Graham. — Vai haver uma votação, mas é apenas uma formalidade. Seu tio não pode mais votar na Câmara, e Hasselthorpe e Lister não apareceram.

Lottie se inclinou na direção dele.

— Você deve estar decepcionado.

O Sr. Graham balançou a cabeça.

— Decidi que Hasselthorpe não é um líder que desejo seguir. — Então lançou um olhar envergonhado para Beatrice. — Tenho quase certeza de que ele estava por trás daquela situação no baile da Srta. Molyneux. De qualquer forma, pretendo votar a favor do projeto de lei do Sr. Wheaton.

— Ah, Nate! — exclamou Lottie, e jogou os braços em torno do pescoço do marido de forma muito imprópria.

Beatrice olhou para baixo, sorrindo, enquanto Lottie e o Sr. Graham se beijavam.

— Senhor! Senhor! — chamou um criado. — Cavalheiros não são permitidos na ala feminina da galeria!

O Sr. Graham ergueu a cabeça apenas um pouco.

— Maldição, ela é minha esposa. — E, enquanto olhava nos olhos de Lottie de uma forma extremamente amorosa, acrescentou: — E meu amor.

Então a beijou de novo.

Aquilo era demais para as emoções já à flor da pele de Beatrice. Ela se viu secando lágrimas que escorriam por suas bochechas. Para dar aos amigos mais privacidade e se recompor, saiu de fininho da galeria, descendo silenciosamente as escadas. No corredor escuro do primeiro andar, ela ficou sozinha, se apoiando ligeiramente contra a parede.

Por que o marido fizera aquilo? Na semana anterior, ele dissera que nunca mais queria falar sobre as cicatrizes. Então por que revelá-las para um salão cheio de desconhecidos? Será que o projeto de lei era tão importante assim para ele — ou, que pensamento maravilhoso, será que fizera aquilo por ela, no fim das contas? Beatrice se sentiu egoísta, desejando que o marido tivesse apoiado a lei por sua causa. A vida de inúmeros soldados estava em jogo. Talvez Reynaud tivesse agido apenas em nobre consideração aos veteranos. Mas ele lhe dera aquele olhar... Ah, ela não devia imaginar tanta coisa a partir de um simples olhar!

Enquanto contemplava todas essas possibilidades mentalmente, os lordes tinham se aquietado, mas agora voltavam a berrar, e ela sabia pelos gritos de "Blanchard! Blanchard!" que Reynaud tinha feito a proposta de lei do Sr. Wheaton ser aprovada. Seu coração quase transbordava. Ela se virou para voltar à galeria, um pouco desatenta, e bateu em um corpo masculino largo.

Beatrice levantou o olhar, abrindo um sorriso de desculpas, que desapareceu assim que viu em quem esbarrara.

— Lorde Hasselthorpe!

O aristocrata parecia lívido. Seu rosto estava pálido e brilhava de suor. Ele encarava as portas fechadas da Câmara dos Lordes, mas, ao ouvir a voz dela, se virou para encará-la. Seus olhos focaram nela e então se tornaram frios.

— Lady Blanchard.

— AO VERDADEIRO CONDE de Blanchard! — gritou Vale, um tanto embriagado, enquanto erguia uma caneca espumante de cerveja.

— Blanchard! Blanchard! — entoaram Munroe, Hartley e quase todos na taverna extremamente sórdida em que estavam.

Vale já havia pagado duas rodadas para todo o bar apertado e repleto de fumaça.

Os quatro ocupavam uma cabine no canto, a mesa arranhada e esburacada por vários clientes anteriores. A garçonete era bonita e tinha seios fartos, e, a princípio, havia, obviamente, grandes expectativas a respeito deles. Agora, porém, depois de meia hora de muita dedicação, ela havia resolvido jogar seu charme para uma mesa de marinheiros próxima.

Reynaud não conseguia deixar de pensar em como a tentativa da mulher de seduzir Vale teria tido um final muito diferente sete anos antes.

— Obrigado. Obrigado a todos. — Reynaud estava ainda na segunda caneca, apesar da insistência de Vale para que bebesse mais. Ainda tinha certo medo de não ficar completamente alerta, talvez uma sequela de seus anos de cativeiro. — Sem a ajuda de vocês hoje, cavalheiros, a tarefa teria sido muito mais difícil. Portanto, a Munroe, que foi tão hábil em distrair certo duque e ainda solicitou a presença de outro cavalheiro prestigioso em Westminster.

— Hurra! — gritaram os clientes da taverna, que, em sua maioria, não tinham ideia do que estava sendo dito. Até mesmo a garçonete sacudiu seu pano endossando o coro.

Munroe apenas sorriu e inclinou a cabeça.

Reynaud se virou para Vale.

— A Jasper, que deu o voto decisivo para a aprovação da lei dos veteranos do Sr. Wheaton!

— Hurra!

Vale corou, o vermelho se espalhando com intensidade por seu rosto envergonhado. É claro, aquilo também podia ser efeito da bebida.

— E a Hartley, que atrasou o maior opositor do projeto de lei!

O colono também inclinou a cabeça diante dos gritos da multidão, apesar de seus olhos continuarem sérios. Ele esperou até os fregueses da taverna se aquietarem e voltarem para as próprias conversas, então declarou:

— Há algo que todos vocês deviam saber sobre Hasselthorpe.

— O quê? — De repente, Vale não parecia nem um pouco bêbado.

— Ele negou ter dito a Munroe que a mãe do traidor era francesa.

Qualquer outro homem provavelmente protestaria, porém Munroe apenas ergueu as sobrancelhas e disse:

— Ora, ora.

— Por que ele mentiria sobre algo assim? — Reynaud baixou a caneca de cerveja, desejando ter bebido ainda menos. Eles estavam perto de uma resposta, dava para sentir.

— Talvez a primeira afirmação é que fosse mentira — sugeriu Hartley, baixinho.

— Como assim? — questionou Vale.

— Quando ele disse a Munroe que a mãe do traidor era francesa, Reynaud ainda era tido como morto. Hasselthorpe não estava se arriscando ao jogar as suspeitas para cima dele. Além disso, ele também sabia que havia boas chances de Munroe jamais revelar essa informação. A notícia seria terrível demais para Vale suportar. Por que causar confusão quando o suposto traidor estava morto?

Munroe assentiu.

— É verdade. Eu quase não contei a Vale. Mas concluí que a verdade, mesmo dura, é melhor que mentiras.

— E que bom que você decidiu fazer isso — disse Hartley. — Porque, quando Reynaud voltou, Hasselthorpe ficou encurralado. Será que deveria insistir na mentira e comprometer um homem que agora estava vivo? Ou seria melhor chamar Munroe de mentiroso? De um jeito ou de outro, ele precisava afastar rapidamente quaisquer suspeitas de si mesmo.

— Então você acha que Hasselthorpe é o verdadeiro traidor — disse Reynaud, baixinho. — Por quê?

— Pense um pouco. — Hartley se inclinou para a frente. — Quando Vale foi questionar Hasselthorpe, o homem levou um tiro, mas não foi fatal. De raspão, pelo que me foi dito. Então ele saiu de Londres e se isolou em sua propriedade perto de Portsmouth. Quando Munroe o questionou, ele contou uma mentira para evitar mais perguntas. E lembrem-se disso: o irmão mais velho de Hasselthorpe era Thomas Maddock, o tenente Maddock, do vigésimo oitavo regimento de infantaria.

— Você acha que ele matou tantas pessoas assim para herdar o título? — Vale franziu a testa.

Hartley deu de ombros.

— Certamente seria um motivo para trair o regimento. Não era algo assim que estávamos procurando esse tempo todo? Um motivo para trair o vigésimo oitavo? Eu perguntei por aí, e Hasselthorpe era o irmão mais novo. Ele herdou o título pouco depois da morte de Maddock. Na verdade, o pai deles morreu antes de Maddock, mas parece que ele nunca recebeu a notícia do falecimento do pai. Foi morto em Spinner's Falls antes que a informação chegasse até ele.

— Isso tudo é muito bom, muito bonito — interrompeu-o Munroe, sua voz rouca rangendo. — Já estabelecemos o motivo que Hasselthorpe teria para trair o regimento, mas ainda não entendo como ele conseguiria fazer isso. Apenas os oficiais que marchavam com o vigésimo oitavo sabiam do nosso destino final. A informação era mantida em segredo justamente para que não sofrêssemos uma emboscada.

Reynaud se remexeu.

— Apenas os oficiais do vigésimo oitavo... e os superiores que ordenavam as rotas.

— Em que você está pensando? — Vale se virou para ele, empolgado.

— Hasselthorpe era ajudante do general Elmsworth no Quebec — disse Reynaud. — Se ele não ficou sabendo da rota por Maddock, já que, afinal de contas, os dois eram irmãos, também não seria difícil descobri-la. O próprio Elmsworth pode ter contado a ele.

— Ele ainda teria que entregar a informação aos franceses — comentou Munroe.

Reynaud deu de ombros, afastando de vez a caneca de cerveja.

— Ele estava no Quebec. Vocês lembram? O lugar estava cheio de tropas francesas que capturamos, civis franceses e indígenas que apoiavam os dois lados. Era um caos.

— Seria fácil fazer isso — disse Hartley. — A questão agora é: ele fez isso mesmo? Temos suposições e conjecturas, mas não fatos concretos.

— Então teremos que encontrar os fatos — disse Reynaud, sério. — Combinado?

Os demais homens assentiram.

— Combinado — responderam, juntos.

— Vamos descobrir a verdade — disse Vale, e ergueu a cerveja.

Todos o imitaram e bateram as canecas, tornando o brinde oficial.

Reynaud bebeu em solidariedade aos outros. Ele esvaziou a caneca e a bateu sobre a mesa.

— E a ver o maldito traidor sendo enforcado.

— Apoiado!

— A próxima rodada é por minha conta — avisou Reynaud.

Vale se inclinou para a frente, exalando no amigo seu hálito de cerveja.

— Será que um homem recém-casado como você não deveria voltar para casa?

Reynaud fechou a cara.

— Já vou para casa.

Vale se levantou e baixou as sobrancelhas espessas.

— Brigou com sua senhora?

— Isso não é da sua maldita conta! — Reynaud escondeu a cara na caneca de cerveja, mas, quando a devolveu para a mesa, Vale ainda o encarava com os olhos desfocados. E, se não fosse pela cerveja, Reynaud provavelmente não diria: — Ela acha que não me importo com os outros, se quer saber.

— Ela não sabe que você se importa com ela? — perguntou Hartley do outro lado da mesa.

Que ótimo. Tanto ele como Munroe estavam prestando atenção, parecendo duas velhas fofoqueiras.

Munroe se remexeu.

— Ela precisa saber, homem.

— Vá para casa — disse Vale, solene. — Vá para casa e diga à sua esposa que a ama.

E, pela primeira vez na vida, Reynaud começou a achar que os conselhos amorosos de Vale talvez — talvez — estivessem certos.

Capítulo Dezoito

Bem, apesar de a princesa Serenidade ter se casado com Espada Longa para recompensá-lo por ter salvado seu pai, ela passara a amar profundamente o marido nos meses que passaram juntos. Quando ficou sabendo daquele destino terrível, a moça se tornou quieta e retraída, refletindo em silêncio sobre o que aquela notícia representava para ela. E, após muitas caminhadas demoradas pelo jardim do palácio, chegou a uma decisão: ela se ofereceria ao Rei dos Duendes no lugar de Espada Longa.

Assim, na véspera do retorno do marido ao reino dos duendes, a princesa Serenidade drogou o vinho dele. Enquanto Espada Longa dormia, ela lhe deu um beijo carinhoso e foi ao encontro do Rei dos Duendes...

— Espada Longa

Sete anos de planejamento. Sete anos de movimentos cuidadosos em um tabuleiro gigante de xadrez. Alguns tão minimamente calculados que nem os inimigos mais inteligentes conseguiam decifrar suas verdadeiras intenções. Sete anos que deviam culminar com ele se tornando primeiro-ministro e o líder de fato do país mais poderoso do mundo. Sete anos de espera paciente e desejos secretos.

Sete anos destruídos em uma tarde, por um homem — Reynaud St. Aubyn.

Hasselthorpe vira a percepção nos olhos de Hartley ao mencionar Thomas. Pobre, pobre Thomas. Seu irmão nunca fora destinado à grandeza. Por que Thomas deveria herdar o título quando ele poderia usá-lo de maneira muito melhor? Porém, agora, aquela velha decisão voltava para assombrá-lo. Vale, Blanchard, Hartley e Munroe. Todos em Londres ao mesmo tempo, todos raciocinando juntos. Hasselthorpe sabia aonde aquilo chegaria. Seria apenas questão de tempo até que o prendessem.

Tudo porque St. Aubyn tinha voltado para casa. Ele olhou com raiva para o outro lado da carruagem, para a esposa de seu inimigo. Beatrice St. Aubyn, condessa de Blanchard agora, nascida Corning. A pequena Beatrice Corning estava sentada diante dele, amarrada e amordaçada. Seus olhos estavam fechados acima do pano que cobria sua boca. Talvez estivesse dormindo, mas ele duvidava disso.

Hasselthorpe nunca prestara muita atenção nela antes; só notara que a moça era uma boa anfitriã durante os eventos políticos do tio. Sua aparência era suficientemente agradável, acreditava ele, mas não era nenhuma beldade estonteante. Dificilmente seria o tipo pelo qual homens dariam a própria vida.

Ele grunhiu e olhou pela janela. A noite estava bastante escura, quase sem luar, e era impossível distinguir onde estavam. Hasselthorpe baixou a cortina. Por outro lado, pela quantidade de horas que passaram viajando, sabia que deviam estar se aproximando de sua propriedade em Hampshire. Ele dissera a Blanchard que esperaria até o raiar do dia, e faria isso. O barco que Hasselthorpe contratara para buscá-lo em Portsmouth chegaria às oito. Então só poderia esperar até o amanhecer, no máximo, antes de seguir para o ponto de encontro combinado. Primeiro iria para a França, depois talvez para a Prússia, e, quem sabe, para as Índias Orientais. Não era difícil um homem mudar de nome e começar uma nova vida nos cantos mais remotos do mundo. E, com dinheiro suficiente, talvez conseguisse até recuperar sua fortuna.

Se tivesse dinheiro suficiente. Maldita idiotice — agora via isso — de concentrar a maior parte de seu capital em investimentos. Ah, eram investimentos bons, investimentos confiáveis que lhe trariam rendimentos estáveis, mas isso não lhe adiantava de muita coisa no momento, não era? Ele tinha algum dinheiro em espécie e pegara todas as joias que Adriana tinha na casa; porém, não eram muitas.

Não o suficiente para recomeçar da maneira que gostaria.

Hasselthorpe observou a garota diante de si, avaliando seu valor. Ela era sua última aposta, sua última chance de levar consigo uma pequena fortuna. É claro que *ele* jamais arriscaria sua vida, seu dinheiro, por qualquer mulher, que dirá por aquela criança pálida, mas a aposta não era essa, era?

A real pergunta era se Blanchard se importava o suficiente com a esposa para pagar seu resgate com uma pequena fortuna... e com a própria vida.

JÁ PASSAVA DA meia-noite quando Reynaud voltou para a mansão Blanchard. A comemoração com Vale, Munroe e Hartley havia durado muitas horas e terminara em uma taverna infame que Vale jurara produzir a melhor cerveja de Londres. Então foi admirável de sua parte conseguir enxergar o homem esperando nas sombras, ao lado da escada.

— O que você está fazendo aí? — Reynaud levou a mão até onde sua faca estaria.

A sombra se moveu e de repente surgiu um garoto que não devia ter mais de doze anos.

— Ele disse que você me daria um xelim.

Reynaud olhou de um lado para o outro da rua, para o caso de o garoto ser uma distração.

— Quem?

— Um grã-fino, que nem você.

O garoto lhe entregou uma carta com selo.

Reynaud enfiou a mão no bolso e jogou uma moeda para ele. O garoto saiu correndo sem falar mais nada. Então Reynaud ergueu a carta. A luz estava fraca demais para que ele conseguisse ver direito, mas notou que não havia nada escrito do lado de fora. Ele subiu as escadas e entrou, acenando com a cabeça para o lacaio que bocejava no saguão. Beatrice provavelmente já estaria na cama, e ele ansiava por se deitar ao lado de sua maciez quente, mas a surpresa daquela carta estranha o intrigava. Reynaud seguiu para a sala de estar, acendeu algumas velas na lareira e abriu a carta.

A caligrafia no interior estava quase ilegível e bastante borrada, como se tivesse sido fechada depressa:

Não serei enforcado.

Traga as joias da família Blanchard. Venha sozinho para minha propriedade no campo. Não conte a ninguém. Esteja aqui ao raiar do dia. Se chegar depois disso, se chegar acompanhado, ou se chegar sem as joias, encontrará sua esposa morta.

Estou com ela.

Richard Hasselthorpe

* * *

Reynaud mal terminou de ler a última linha e já estava correndo para a porta da sala de estar.

— Você! — gritou ele para o lacaio assustado. — Onde está sua patroa?

— Milady ainda não voltou esta noite.

Mas Reynaud já subia a escadaria, saltando os degraus. Aquilo era impossível. Ela devia estar ali. Talvez o lacaio não tivesse registrado sua chegada. A mensagem era uma brincadeira. Ele chegou ao quarto e escancarou a porta.

Quick pulou da cadeira onde estava sentada, perto da lareira.

— Ah, milorde, o que houve?

— Lady Blanchard está aqui? — questionou ele, apesar de ver que a cama permanecia arrumada e vazia.

— Sinto muito, milorde. Ela saiu hoje à tarde, para ir ao Parlamento, e ainda não voltou.

Meu Deus. Reynaud encarou a carta em suas mãos. *Estou com ela.* A propriedade de campo de Hasselthorpe ficava a horas de distância, e o sol logo nasceria.

FAZIA HORAS QUE viajavam. Beatrice enrijeceu o corpo, para se segurar enquanto a carruagem fazia uma curva. Não podia usar as mãos, que fazia um bom tempo estavam dormentes, amarradas às suas costas, e tinha medo de machucar o rosto caso caísse no chão. Ela duvidava muito de que Lorde Hasselthorpe se daria ao trabalho de segurá-la.

Ela se remexeu um pouco, tentando mover os dedos, mas foi inútil. O lugar onde a corda cortava seus pulsos doía, mas ela não sentia nada além disso. Então se lembrou de quando Reynaud lhe contara que passara dias andando pela floresta no Novo Mundo com as mãos amarradas. Como ele aguentara tamanho tormento? A dor devia ser intensa, e o medo de perder as mãos, terrível. Agora, Beatrice desejava ter dito alguma coisa quando ele lhe contara sobre as experiências que tivera, queria ter expressado sua compaixão de forma mais eloquente.

Ter dito que o amava.

Ela fechou os olhos, fincando os dentes com força na mordaça de pano enfiada em sua boca. Não deixaria aquele homem horroroso ver que sentia medo, mas queria — ah, como queria! — ter sido capaz de dizer a Reynaud que o amava. Ela não sabia ao certo por que precisava dizer isso ao marido. Talvez ele nem se importasse — era *bem provável* que não se importasse. Reynaud demonstrara afeto e desejo sexual por ela e nada mais, nada que pudesse ser chamado de amor. Talvez ele tivesse perdido a capacidade de se apaixonar. Parecia que, para ser capaz de sentir um amor verdadeiro e duradouro, o tipo de amor que surgia uma vez na vida — isso se a pessoa tivesse sorte —, era necessário estar disposto a se entregar. Estar disposto a se doar completamente para a outra pessoa, caso necessário. Beatrice sabia que era capaz de fazer isso, mas o marido não se *permitia* amar.

E, mesmo assim, não fazia diferença. Ela descobrira que o amor não precisava ser correspondido para desabrochar. Parecia que seu amor estava totalmente disposto a crescer e até florescer na ausência total do dele. Não havia como controlar isso.

A carruagem balançou, e Beatrice não foi rápida o suficiente para se segurar. Seu ombro bateu na lateral da carruagem com força, de maneira dolorosa.

— Ah — disse Lorde Hasselthorpe. Era a primeira vez que falava depois de horas. — Chegamos.

Beatrice esticou o pescoço, tentando olhar pela janela, mas só via escuridão. A carruagem fez uma curva, e ela firmou os pés no assoalho.

E então o veículo parou.

A porta foi aberta por um lacaio, e Beatrice tentou captar o olhar do homem para, quem sabe, conquistar sua compaixão. Mas ele permaneceu encarando o chão, com exceção de uma olhada rápida para Lorde Hasselthorpe. Não teria ajuda nenhuma daquele ali.

— Venha, milady — disse seu captor de maneira sórdida, puxando-a para que ficasse de pé.

Ele a empurrou à sua frente, para fora da carruagem, e, por um instante, Beatrice temeu cair dos degraus de cara no chão. O lacaio segurou seu braço para ajudá-la a se equilibrar e a soltou com a mesma rapidez. Ela o fitou novamente e viu que o homem franzia levemente as sobrancelhas. Talvez houvesse esperança de que ele a ajudasse, afinal de contas.

Porém, não houve tempo para pensar mais no assunto, pois Lorde Hasselthorpe marchava com ela rumo a uma grande mansão. Mesmo no escuro, dava para ver que a construção era enorme, com apenas uma luz acesa em uma das janelas inferiores. Ao se aproximarem das portas da frente, uma se escancarou, e um criado mais velho parou ao lado da entrada, segurando um candelabro que parecia pesado demais para seu pulso fino.

— Milorde.

O homem baixou a cabeça, sua expressão serena o suficiente para fazer Beatrice se perguntar se Lorde Hasselthorpe tinha o costume de trazer damas amarradas e amordaçadas para casa.

Seu captor não fez nenhum gesto para cumprimentar o mordomo, apenas puxou-a pelos degraus até o saguão de entrada.

Foi só depois de os dois passarem por ele que o velho criado pigarreou e disse:

— Milady está na residência, milorde.

Lorde Hasselthorpe parou tão subitamente que Beatrice tropeçou nos próprios pés. Ele a endireitou, distraído, enquanto encarava o mordomo.

— O quê?

O velho não pareceu perturbado com a ira do patrão.

— Lady Hasselthorpe chegou no início da noite e está dormindo lá em cima.

Lorde Hasselthorpe fechou a cara e olhou para o teto, como se pudesse enxergar a esposa na cama, vários andares acima. Era óbvio que a presença da mulher em sua propriedade de campo era uma surpresa. O coração de Beatrice acelerou um pouco, sentindo um otimismo cauteloso. Lady Hasselthorpe não era conhecida por sua inteligência, mas certamente se oporia ao fato de o marido trazer uma condessa sequestrada para casa, certo?

Isto é, se ela a visse. Pois, agora, Lorde Hasselthorpe a puxava rapidamente para os fundos da casa. Ele entrou em um corredor escuro tão estreito que precisava empurrá-la à sua frente, já que não era possível os dois andarem lado a lado. O caminho levou a uma escada íngreme que descia em caracol até as profundezas da mansão. Beatrice sentiu que começava a suar na parte inferior das costas enquanto descia. Os degraus eram feitos de pedra pura, gastos e escorregadios. Se caísse ali, poderia quebrar o pescoço. Será que era o que Lorde Hasselthorpe pretendia? Será que a mataria por causa de alguma vingança estranha pela vitória de Reynaud no Parlamento? Mas por que levá-la até sua propriedade de campo apenas para assassiná-la? Isso não fazia sentido nenhum.

Beatrice se agarrou a essa ínfima esperança enquanto desciam cada vez mais para o fundo da mansão. Por fim, chegaram a um piso de pedra irregular, então ela se deu conta de que se tratava de uma espécie de masmorra. A casa provavelmente fora construída sobre algum tipo de forte antigo. Hasselthorpe a colocou contra uma parede de pedra. Ela ouviu o retinir de correntes e sentiu o metal frio em seus pulsos.

Ele se afastou e assentiu.

— Isso vai mantê-la aí até o desgraçado do seu marido vir ocupar seu lugar.

Beatrice ficou tensa, tentando pensar em algo para dizer, qualquer coisa que chamasse sua atenção, mas ele simplesmente foi embora, levando a luz junto. Ela ficou sozinha na escuridão fria e úmida. Então puxou a corrente com força, torcendo para o gancho estar podre, mas estava firme. E, assim, a única coisa que podia fazer era ficar ali de pé e esperar, já que a corrente não permitia que se sentasse. Será que morreria naquele lugar, sozinha, no escuro? Ou será que Lorde Hasselthorpe ou algum de seus criados a tiraria dali? Ela pensou em Reynaud, em seus olhos pretos raivosos, em suas mãos confiantes, em sua boca gentil, e chorou por um tempo, se perguntando se algum dia veria novamente aquele rosto querido. Mas sabia que o marido não viria buscá-la.

Ele já lhe dissera. Nunca mais se deixaria capturar por ninguém.

OS PUNHOS DE Reynaud escorregavam pelo pescoço suado do cavalo. Ele estava com o corpo bem rente ao animal, uma mão em cada lado de seu pescoço, segurando as rédeas. Havia trocado o próprio cavalo duas horas atrás, quando já não conseguia mais correr no mesmo ritmo, jogando uma quantidade exorbitante de dinheiro para um estalajadeiro sonolento em troca de seu melhor animal. O bicho era grande e ossudo, nem um pouco bonito, mas era forte.

Força e velocidade eram tudo o que importava agora.

Um alforje repleto estava preso atrás dele. As bolsas continham uma pequena fortuna — todo o ouro que encontrara na casa, assim como as joias que pertenceram à sua mãe. Ele enfiara uma pistola em cada bolso do casaco antes de sair de Londres, mas provavelmente era sua velocidade que desencorajava os ladrões.

O galope do cavalo o sacudia com cada salto de suas pernas compridas, mas Reynaud não se importava mais. Seus braços, suas pernas e as nádegas doíam, as mãos estavam dormentes, os dedos, duros de frio, e, mesmo assim, ele continuava incitando o animal a correr. Eles cavalgavam pela noite escura, desembestados, sem se importar com potenciais buracos ou barreiras que não enxergavam pela estrada, botando em risco a vida do cavalo e a dele.

Não importava. Se não estivesse em Sussex, à porta de Hasselthorpe, ao amanhecer, aquele louco mataria Beatrice, e aí ele não teria mais nenhum motivo para viver mesmo. Era irônico, na verdade. Por tanto tempo, tinha pensado apenas no que perdera e nunca no que ganhara. Reynaud queria seu título, suas terras, seu dinheiro, quando, na verdade, tudo isso não seria *nada* sem *ela* ao seu lado. Aqueles olhos cinzentos tranquilos o observando com curiosidade, sem demonstrar nem medo ou ilusão sobre quem ele era. Aquele sorriso doce, divertido, em sua expressão às vezes séria, quando ela lhe dava uma bronca por ser um idiota. A surpresa em seu rosto quando ele a penetrava, sua boca se abrindo em fascínio pelo prazer que sentia.

Meu Deus! Ah, meu Deus! Ele iria perdê-la. Reynaud sentiu as lágrimas queimando suas bochechas. O dia iria amanhecer logo. Ele incitou o cavalo a correr mais, ouvindo a respiração ofegante do bicho, o retinir das rédeas, o próprio coração batendo desesperado no peito, sabendo que era tarde demais. Não chegaria a tempo.

Ele mataria o desgraçado, o assassino de sua esposa. Ele teria sua vingança em sangue e dor, e então daria um fim na própria vida.

Se Beatrice estivesse morta, não havia motivo para viver.

Capítulo Dezenove

A noite inteira, a princesa Serenidade viajou. Conforme os primeiros raios de sol abençoavam a terra, ela chegou ao lugar onde conhecera Espada Longa um ano antes. Era um terreno árido, desprovido de árvores e de grama. A princesa olhou ao redor, mas não via nenhum outro ser vivo. Quando começou a se questionar se teria ido até lá em vão, uma rachadura apareceu no chão seco, que foi aumentando, aumentando, até que o Rei dos Duendes surgisse das profundezas da terra.

Seus olhos de cor laranja brilharam ao vê-la, e ele sorriu com suas presas amareladas ao dizer:

— E quem seria você?

— Sou a princesa Serenidade — respondeu ela. — E vim tomar o lugar do meu marido no reino dos duendes...

— Espada Longa

Estava escuro, tão escuro, e ela perdera a noção do tempo. Poderia fazer minutos ou horas que estava ali, com os braços dolorosamente retorcidos às suas costas, os olhos se esforçando inutilmente para enxergar na escuridão. De vez em quando, Beatrice caía no sono, apesar da dor e do medo, mas, quando seu corpo ia baixando, os ombros eram repuxados pelas correntes em seus pulsos, e ela acordava de supetão. A princípio, também achava que a masmorra era silenciosa, mas, conforme permanecia ali, começou a escutar coisas. Algo farfalhando.

Garrinhas raspando a pedra. Um lento gotejar de água em algum lugar. No escuro, completamente sozinha, os sons deveriam deixá-la com mais medo. Mas, ao contrário, eram quase reconfortantes. Ela não tinha certeza de que conseguiria se manter sã se, além de não poder ver, também não pudesse ouvir.

Finalmente, ouviu passos distantes, mas que se aproximavam. Beatrice se endireitou, tentando parecer serena, tentando ser corajosa. Reynaud havia sido um prisioneiro corajoso, então ela também podia ser. Ela era uma condessa. Não morreria se lamentando.

A porta da masmorra foi escancarada, e ela se encolheu diante da luz da lamparina.

— Beatrice.

Ah, meu bom Deus, não podia ser. Ela apertou os olhos e viu os ombros largos do marido bloqueando a luz. Ele estava sem chapéu, com as botas enlameadas e arranhadas, e carregava um alforje cheio sobre um dos ombros. Beatrice se jogou para a frente, forçando a garganta, tentando dizer alguma coisa. Tentando alertá-lo. Lorde Hasselthorpe havia passado quase uma hora, na carruagem, esbravejando que se vingaria de Reynaud.

— Não toque nela — disse seu captor, e Reynaud se afastou. Às suas costas, estava Lorde Hasselthorpe, com uma arma firmemente apontada para o marido dela. — Aqui está sua esposa. Você já viu que ela não está machucada. Agora, me dê o dinheiro.

Reynaud não olhava para o outro homem. Seus olhos estavam nos dela, flamejantes, pretos e perigosos.

— Tire a mordaça dela.

— Você já...

Reynaud virou a cabeça e lançou um olhar para Lorde Hasselthorpe.

— Tire.

O homem franziu a testa, mas se aproximou, sem desviar os olhos de Reynaud. Ele tateou, com apenas uma das mãos, o pano amarrado atrás da cabeça dela, e então o nó se desfez.

Beatrice cuspiu o tecido amassado que estava em sua boca.

— Reynaud, ele vai matar você!

— Cale a boca — disse Lorde Hasselthorpe.

— Não. — Reynaud deu um passo na direção do homem, parecendo ignorar a arma erguida entre os dois. Então o encarou por um momento antes de se virar para Beatrice, um músculo pulsando em sua mandíbula. — Ele a machucou?

— Não — sussurrou ela. — Reynaud, você *não pode*...

— Shh. — Ele balançou a cabeça de leve e quase sorriu. — Você está viva. É só isso o que importa.

— Ela está viva, e eu quero o dinheiro — disse Lorde Hasselthorpe, impaciente.

— Que garantia eu tenho de que você vai deixá-la ir embora?

Reynaud a encarava como se tentasse memorizar seu rosto.

Beatrice sentiu um frio começar a se formar em seu ventre.

— Reynaud — sussurrou ela, agora suplicante.

— Minha esposa está aqui — disse Lorde Hasselthorpe. — Ela não tem nada a ver com isso. Vou deixar Lady Blanchard aos cuidados dela e mandar as duas para Londres. Já pedi a um lacaio que traga Adriana aqui.

— Não pretende levar sua esposa com você?

Os olhos de Reynaud eram extremamente carinhosos, e, apesar de falar com o homem armado, não tirava os olhos do rosto de Beatrice.

— Por que eu deveria? — questionou Lorde Hasselthorpe, impaciente.

O canto da boca de Reynaud se contorceu. Como ele podia achar graça de alguma coisa naquela situação?

— Por algum sentimentalismo, talvez?

— Não tenho tempo para sentimentalismo nem para suas gracinhas — rebateu Lorde Hasselthorpe, irritado. — Se quiser que sua esposa sobreviva para ver o raiar do dia...

— Pois bem.

Reynaud jogou o alforje aos pés de Lorde Hasselthorpe ao mesmo tempo em que a esposa do homem surgia à porta da masmorra.

— Ora, milorde, ninguém me informou que tínhamos convidados — exclamou Lady Hasselthorpe, como se ser acordada antes do amanhecer para cumprimentar visitantes na masmorra fosse plenamente normal. E não pareceu notar que o marido apontava uma arma para um dos "convidados".

Ela fez menção de entrar, mas o lacaio corpulento ao seu lado a impediu.

— É melhor não, milady. Está sujo aí dentro.

Lorde Hasselthorpe assentiu para o homem. Apesar das palavras do lacaio, o motivo real para impedi-la devia ser evitar que ela se aproximasse demais de Reynaud.

— Gostaria que você levasse Lady Blanchard de volta a Londres, minha querida — disse Lorde Hasselthorpe. — Ela não está se sentindo bem, e tenho negócios para discutir com Lorde Blanchard.

O aristocrata enfiou um dos braços por trás de Beatrice e abriu as correntes em torno de seus pulsos.

Ela sentiu um aperto no peito.

— Reynaud, não posso deixar você aqui.

Lorde Hasselthorpe encarou Reynaud com a cara fechada.

— Para mim, não faz diferença, mas você sabe qual é a outra opção.

Reynaud apertou a boca.

— Deixe-me falar com ela.

— Como quiser.

Ele se inclinou até sua orelha, pressionando o rosto no dela. As mãos de Beatrice ainda estavam amarradas às costas. Ela desejou que estivessem livres, para que pudesse tocar aquele rosto tão querido.

— Você precisa ir com Lady Hasselthorpe — sussurrou ele em seu ouvido.

Beatrice sentiu lágrimas quentes marejarem seus olhos.

— Não. Não, você disse que nunca mais se submeteria a outra pessoa.

— Eu estava errado. — Reynaud deu uma risadinha baixa que soprou em sua bochecha. Ele tinha cheiro de cavalo e couro, tinha o cheiro do marido dela. — Eu estava muito errado. Fui tolo e vaidoso, e por pouco não percebi isso a tempo. Quase perdi você. Mas isso não aconteceu.

— Reynaud. — Ela soluçou.

— Shh — sussurrou ele. — Você me perguntou se eu a amava. Eu amo. Eu amo você mais do que minha própria vida. Nada mais importa neste mundo para mim, só que você esteja viva. Pode fazer isso por mim? Pode viver?

O que Beatrice poderia dizer? Seu marido estava sacrificando a própria vida, ela sabia disso. Sacrificando a si mesmo para salvá-la, e queria que ela simplesmente saísse daquele lugar e o deixasse ali... Beatrice balançou a cabeça, a garganta repleta de tristeza.

Reynaud segurou o rosto dela com as duas mãos e olhou para ela, e, pela primeira vez desde seu retorno, ela viu o rapaz risonho do quadro em seus olhos pretos. Eles a fitavam, confiantes e por inteiro, com um brilho travesso.

— Pode, sim — disse seu marido com aquela voz grave e profunda que ela tanto amava. — Por mim. Viva por mim.

— Eu amo você — sussurrou Beatrice, então viu alegria nos olhos dele.

Ela se virou, cambaleando, e saiu daquele lugar horrível. Lorde Hasselthorpe disse alguma coisa, e Lady Hasselthorpe balbuciou algo com a voz alegre, mas ela não escutou nada, porque estava deixando Reynaud para trás. Então se virou pela última vez à porta e olhou por cima do ombro.

Seu marido estava ajoelhado diante da parede de pedra onde ela estivera presa. Ela notou que havia três anéis de ferro na parede. Ela tinha sido acorrentada ao do meio, mas, agora, havia correntes nos dois outros, que ficavam nas extremidades. Os braços fortes de Reynaud estavam esticados e totalmente abertos, e Lorde Hasselthorpe observava enquanto o lacaio corpulento prendia os pulsos dele. O chão frio de pedra devia ser um incômodo sob os joelhos de seu marido, e ela sabia que as correntes machucavam, mas ele encontrou seu olhar e sorriu para ela.

Sorriu enquanto seus braços eram presos em cruz.

QUANDO ESCAPOU DO cativeiro, muitos meses antes, Reynaud havia jurado que nunca mais permitiria que o capturassem vivo. Ele prometera a si mesmo que morreria antes de ser pego pelo inimigo. E, na época, tinha de fato a intenção de cumprir o juramento.

Agora, porém, ele o estava quebrando. Reynaud encontrava-se ajoelhado aos pés de seu adversário, os braços esticados, abertos, e acorrentados à parede, indefeso, e se sentia feliz. Nada disso importava contanto que Beatrice estivesse viva. Ele podia suportar aquilo e coisas bem piores, desde que a esposa sobrevivesse.

Hasselthorpe se inclinou e abriu o alforje. O colar de safira da mãe de Reynaud caiu no chão, à luz da lamparina. O homem resmungou e pegou a joia.

— Muito bom. — As pedras azul-escuras brilhavam enquanto ele as examinava. — As joias da família Blanchard, se não estou enganado.

Hasselthorpe sorriu para Reynaud.

Ele deu de ombros.

— Sim, são.

— Muito bom mesmo. — Hasselthorpe enfiou o colar de volta no alforje e amarrou a corda, fechando-o, enquanto falava com o lacaio brutamontes. — Certifique-se de que meu cavalo esteja pronto, com a minha mala. O barco parte em duas horas, e preciso sair logo para chegar a tempo.

Pela primeira vez, o grande criado deu sinais de raciocínio próprio. Ele hesitou, olhando para Reynaud.

— E ele?

Hasselthorpe encarou o lacaio com frieza.

— Isso não é da sua conta.

O homem alternou o peso entre os pés.

— Mas, veja bem, vão colocar a culpa em mim.

— O quê?

— Pelo que acontecer com ele. — O lacaio empinou o queixo a fim de indicar Reynaud. — O senhor vai embora, e vou ficar aqui com um nobre morto. A primeira pessoa que vão culpar serei eu.

Reynaud sorriu. O homem tinha razão.

— Ah, pelo amor de Deus — explodiu Hasselthorpe no momento em que a porta da masmorra se abria.

Lady Hasselthorpe entrou com Beatrice logo atrás.

Jesus Cristo! Reynaud se jogou para a frente, mas os elos grossos de ferro não se moveram. Hasselthorpe se virou para a porta, apontando a arma para Beatrice.

— Saia daqui! — ordenou Reynaud.

Beatrice o encarava, seu lindo rosto exibindo uma expressão determinada. Ele puxou as correntes com toda a sua força e sentiu-as cederem um pouco.

Hasselthorpe se virou quando as correntes retiniram. A luz da lamparina refletia no cano da pistola em sua mão. O homem a apontou enquanto Reynaud mostrava os dentes, desafiando-o.

— Não! — gritou Beatrice.

Lady Hasselthorpe correu até o marido.

— Richard! Você perdeu o juízo?

— Beatrice!

Reynaud se impulsionou de novo, e o anel de ferro que prendia seu pulso direito se soltou da parede.

Hasselthorpe se virou para ele com a arma, mas Lady Hasselthorpe estava ali, e Beatrice, maldição, *Beatrice* se jogou em cima do homem.

A arma explodiu com uma trovoada ensurdecedora, ecoando pelas paredes de pedra e pelo teto. Por um instante, todos ficaram paralisados.

— Beatrice — sussurrou Reynaud.

Ela o encarou com um olhar confuso e ergueu a mão em sua direção. Havia sangue em seus dedos.

BEATRICE FICARA QUASE surda com o tiro da pistola, mas, mesmo assim, conseguiu escutar o urro raivoso de Reynaud. Seu marido parecia um leão enfurecido, como um arcanjo colérico vindo dos céus para infligir vingança contra um mero mortal. Ele deu um salto para a frente, esticando a mão que estava solta na direção de Lorde Hasselthorpe. A corrente provocou um som agudo e alto ao bater no anel de ferro, e ele foi puxado para trás, as pontas dos dedos roçando a manga do outro homem.

— Por Deus! — exclamou Lorde Hasselthorpe.

Ele caiu em cima de Beatrice, agarrando o braço dela.

Aquela não foi a melhor coisa a fazer.

Reynaud urrou de novo e se lançou para a frente. O outro anel de ferro explodiu da parede. Ele pulou sobre Lorde Hasselthorpe, arrancando-o de cima de Beatrice.

Lady Hasselthorpe gritou.

Reynaud acertou um soco no rosto do oponente. O som foi terrível, e Lorde Hasselthorpe caiu no chão. Reynaud correu para o chão de pedra, ajoelhando-se por cima dele, o punho fechado acertando o rosto do homem repetidas vezes.

— Pare! Faça-o parar! — Lady Hasselthorpe agarrou o braço de Beatrice. — Ele vai matar Richard.

E mataria mesmo. Reynaud não parecia querer parar, mesmo diante do fato de que seu oponente não demonstrava resistência.

— Reynaud — chamou ela. — Reynaud!

Ele parou de repente, o peito ofegante, as mãos ensanguentadas pendendo ao lado do corpo, e as correntes ainda penduradas nos pulsos.

Beatrice se aproximou e, hesitante, tocou seu cabelo preto curto.

— Reynaud.

Seu marido se virou subitamente e apoiou o rosto em sua barriga, as mãos grandes segurando seu quadril.

— Ele machucou você.

— Não — disse ela, acariciando aquela cabeça adorável, sentindo seu calor sob as palmas das mãos. — Não. O sangue era dele. O tiro deve ter acertado nele. Não estou ferida.

— Eu não ia aguentar — disse Reynaud colado ao corpo ela. — Não ia aguentar se você se machucasse.

— Mas eu estou bem — sussurrou Beatrice. Ela segurou as mãos grandes e feridas do marido e o levantou. — Estou inteira e em segurança. Você me resgatou.

— Não — disse Reynaud ao ficar de pé. — Eu que fui resgatado. Eu estava perdido e destruído, e você me resgatou. — O conde se inclinou e sussurrou, com os lábios colados aos dela. — Você me salvou.

Ele a puxou para perto, e Beatrice foi de bom grado, feliz, para os braços do homem que ela amava.

E que a amava também.

Capítulo Vinte

Ao escutar as palavras da princesa, o Rei dos Duendes jogou a cabeça para trás e riu até seu cabelo verde se armar em torno de sua cabeça.

— Você será uma excelente aquisição para a minha coleção, querida.

E ofereceu a ela a mão áspera. A princesa Serenidade levou uma de suas pequenas mãos brancas à do rei. Nesse momento, Espada Longa apareceu, correndo em disparada.

— Parem! — gritou ele quando os viu. — Parem com essa coisa grotesca! Eu não sabia quais eram os planos da minha esposa, mas, quando acordei no escuro e não a encontrei, suspeitei do pior. Passei a noite inteira correndo para impedir que isso acontecesse.

— Ah — suspirou o Rei dos Duendes. — Mas, mesmo assim, você chegou tarde demais. O pacto que fiz com a sua esposa já está acordado e selado. Não há nada que você possa fazer. Você a perdeu para mim...

— Espada Longa

— O que vai acontecer com Lorde Hasselthorpe? — perguntou Beatrice, bem mais tarde, naquele dia.

Ela estava sentada à penteadeira, de camisola, escovando o cabelo.

E observava Reynaud pelo espelho. Ele estava deitado na cama com o roupão aberto e o peito nu à mostra. O marido tinha tirado os sapatos e as meias, mas permanecia de calça. Ela quase o perdera naquele dia, e o pavor que sentira ainda não havia desaparecido por completo. Se ela pudesse, teria passado o dia inteiro atrás dele, apenas para ver se estava respirando. Mas os dois tiveram de se separar no início da manhã. Reynaud estava decidido a levar Lorde Hasselthorpe para a prisão, e Beatrice precisara fazer o exaustivo trajeto de volta a Londres na companhia de Lady Hasselthorpe, que estava transtornada. A pobrezinha não fazia ideia da natureza assassina do marido, e, para completar, parecia amar de verdade aquele homem terrível. Beatrice havia feito o trajeto todo tentando consolá-la.

Por esse motivo, ela e Reynaud se reencontraram apenas pouco antes do jantar, quando ele lhe dera um abraço rápido e se retirara para tomar banho. Seu cabelo ainda estava úmido, e ela queria tocá-lo, mas se controlou, sentindo-se estranhamente tímida.

— Ele vai ser acusado de traição e assassinato — respondeu Reynaud. — E, quando for julgado culpado, será enforcado.

— Será terrível para Lady Hasselthorpe. — Beatrice estremeceu de leve, colocando a escova com cuidado sobre a penteadeira. — Ele contou mesmo aos franceses qual era a rota do seu regimento só para matar o irmão?

Reynaud deu de ombros, fazendo com que o roupão se abrisse ainda mais.

— É provável que tenha recebido alguma recompensa financeira por isso também, mas creio que o motivo principal tenha sido esse, para roubar o título do irmão.

— Que homem horrível.

— De fato.

Beatrice se virou no banco a fim de olhar para ele.

— Eu ainda não agradeci por você ter ajudado a aprovar o projeto de lei do Sr. Wheaton.

— Não precisa me agradecer — afirmou Reynaud, baixinho. — A lei beneficia os soldados. Meus homens. Eu devia ter demonstrado mais interesse por isso antes, em vez de só me preocupar comigo mesmo.

Ela se levantou e foi até o marido.

— Você perdeu tudo. Havia um motivo para estar concentrado no que precisava recuperar.

— Não. — Reynaud balançou a cabeça e desviou o olhar, um músculo se tensionando em sua mandíbula. — Eu só pensava no dinheiro, nas terras e no meu título. Não parei para pensar no que realmente importava. E quase foi tarde demais.

Beatrice sentiu a garganta apertar. Então subiu na cama para se sentar ao lado dele, passando os dedos pelo seu peito.

— O que realmente importa, então?

Ele se virou para ela, pegando sua mão, e Beatrice se sobressaltou.

— Você. — Reynaud beijou a ponta de seus dedos, observando-a com olhos pretos tão sérios que eram quase assustadores. — Você. Só você. Entendi isso no caminho até a propriedade de Hasselthorpe. Entendi e sabia que era tarde demais. Meu Deus, Beatrice. Passei horas em cima daquele cavalo, achando que você estaria morta quando eu chegasse.

— Achei que você talvez não fosse atrás de mim — admitiu ela.

Reynaud fechou os olhos como se sentisse dor.

— Você devia estar apavorada. Deve me odiar.

— Não. — Beatrice levou suas mãos unidas até a boca e beijou as juntas dos dedos do marido. — Eu nunca seria capaz de odiá-lo. Eu amo você.

Em um movimento súbito, Reynaud a agarrou e girou por cima dela. Sua posição era dominante e agressiva. Ela devia ter ficado assustada, mas a verdade era que não sentia medo nenhum do marido.

Ele se inclinou para perto dela, o nariz deles quase se encostando.

— Não diga isso se não for verdade. Não vai ter volta, nem *restrições*, quando você for minha de verdade. Não tenho o hábito de abrir mão do que desejo depois de tê-lo conquistado. Seja cautelosa.

Beatrice segurou o rosto do marido com as duas mãos.

— Não vou ser cautelosa. Quero sair correndo e pulando. Vou gritar para todos ouvirem. Eu amo você. Amei você desde que apareceu caindo na minha festa. Antes disso, na verdade. Desde que eu era garota e vi aquele quadro na sala azul. Eu amo você, Reynaud. Eu amo...

Ele cobriu a boca dela com a dele, engolindo as palavras. Beatrice deslizou as mãos para cima, se deliciando com a sensação suave do cabelo do marido sob suas palmas. Reynaud estava vivo. Ela estava viva. A felicidade invadiu seu corpo, e ela abriu as pernas debaixo dele, convidativas.

Felizmente, ele parecia estar pensando a mesma coisa.

Reynaud afastou a boca da sua, gemendo enquanto tateava entre seus corpos.

— Você é minha. Para sempre, Beatrice.

Ele se ergueu e puxou a saia da camisola dela. Algo se rasgou, então Beatrice sentiu o pênis quente dele em suas dobras. Reynaud a penetrou uma vez, duas vezes, então entrou por completo, mas parou.

Então baixou a cabeça e estremeceu.

— Beatrice.

Ela se esticou devagar, sensual.

— Ah, Deus, pare — murmurou Reynaud. — Beatrice...

Ela enroscou uma das pernas em torno das panturrilhas do marido e a outra em seu quadril.

— Humm?

E o apertou em seu interior.

O membro dele se mexeu dentro dela.

— Nossa.

— Faça isso de novo — murmurou ela, esfregando o quadril contra o dele.

Reynaud estava deitado em cima dela, seu peso todo em Beatrice, e ela não tinha forças para movê-lo, mas conseguia se movimentar, e foi o que fez.

— Você vai me matar — sussurrou ele, encostando a testa na dela.

— Sério?

Ela enfiou as mãos dentro do roupão do marido, massageando suas costas.

— Sério — gemeu ele. — E vou morrer feliz.

— Então vamos morrer juntos — sussurrou Beatrice contra sua boca.

Ela o beijou de um jeito delicado, leve e gentil, os lábios ligeiramente abertos, tentando mostrar o quanto ela o amava, porque realmente não tinha palavras que expressassem o suficiente.

E talvez Reynaud tenha compreendido. Ele suspirou de leve, movendo as mãos para segurar o rosto da esposa e levantando o próprio rosto para observá-la enquanto começava a se impulsionar para a frente e para trás em cima dela. Então se segurou e, de repente, só a penetrou um pouco mais, o movimento mínimo e controlado, causando um efeito devastador nela. Beatrice o observou, aquele homem que amava, aquele homem que oferecera sua vida por ela, enquanto faziam amor. Seu rosto era duro e sério, com as tatuagens de pássaros exóticas e agourentas, mas sua boca era carinhosa, e em seus olhos havia uma emoção que a fez arquear o corpo em sua direção.

— Beatrice — sussurrou Reynaud, e seus movimentos ficaram mais rápidos.

Ela o agarrou, seus músculos ficando tensos, a respiração acelerando, observando-o, esperando. Ele ergueu ligeiramente o corpo sobre ela, se esfregando, estimulando-a no lugar certo. E Beatrice perdeu o controle. De repente, sem nenhum aviso. Gemendo, tremendo e chorando, fazendo força para cima, pressionando-se contra ele, encarando aqueles olhos pretos implacáveis. O calor a invadiu, parecendo interminável.

— Beatrice — gritou ele. — Nossa! Beatrice!

E ele teve espasmos de prazer em cima dela, estremecendo enquanto a inundava com sua semente. Tremendo, com os olhos pretos arregalados e desesperados, com a boca retorcida como se estivesse em agonia.

Devagar, Reynaud fechou os olhos e baixou a cabeça enquanto seu peito grande ofegava em busca de ar.

Beatrice acariciou suas costas, traçando pequenos círculos preguiçosos, sentindo o próprio corpo preenchido, a mente descansada.

Ele inclinou a cabeça e a beijou, a língua reivindicando sua posse. Ela se arqueou de novo, incontrolável, com os nervos ainda à flor da pele.

Reynaud levantou a cabeça e a encarou.

— Eu amo você, Beatrice. Agora e para sempre. Eu amo você.

Ela sorriu.

— E eu amo você. Agora e para sempre.

Era como um novo começo. Um novo pacto.

Então ela puxou a cabeça na direção dela a fim de selar o pacto com um beijo.

— ENTÃO ELE FOI condenado — disse Samuel Hartley, em voz baixa, quase um mês depois.

— Condenado. E o enforcamento será antes da virada do ano — informou Reynaud no mesmo tom.

Os cavalheiros tinham se reunido em um canto da sala azul, mas as damas não estavam muito distantes, e elas tinham uma audição excepcionalmente boa. O assunto não era apropriado para aquele dia.

— É bem feito — disse Reginald St. Aubyn, não tão baixo assim. Ele notou a sobrancelha erguida de Vale e corou. — Eu já disse que jamais teria apoiado o sujeito se soubesse que ele assassinou o irmão, que dirá sendo um traidor da Coroa. Deus do céu.

— Ninguém sabia — grunhiu Munroe. — A culpa não é sua, homem.

— Ah. — Reginald pigarreou, parecendo surpreso. — Bem, obrigado.

Hartley se inclinou para a frente a fim de dizer alguma outra coisa, e Reynaud conteve um sorriso. No último mês, tinha se acostumado com a presença de "tio Reggie", e, apesar de os dois ainda não serem melhores amigos, estavam se dando bem. O fato de Reginald ser um administrador muito talentoso, fazendo o dinheiro render aos montes, ajudara bastante. No entanto, teria aceitado Reggie mesmo que ele fosse o velho mais insuportável do mundo. O homem havia criado Beatrice, e ela o amava. Nada mais importava, no fim das contas.

Ele olhou para onde as damas estavam reunidas, perto do canapé. Beatrice estava na companhia das outras, achando graça de algum comentário feito por Lady Munroe. Ela usava um vestido cor-de-rosa claro, e seu cabelo brilhava como ouro sob a luz das velas. As safiras da família Blanchard resplandeciam em seu pescoço, mas até elas pareciam opacas perto da beleza radiante de seu rosto. Se os dois estivessem sozinhos, Reynaud iria até lá, a pegaria no colo e a levaria para a cama, para demonstrar o quão profunda era sua devoção. Ele tinha a sensação de que aquele desespero para convencê-la de seu amor jamais passaria. Reynaud respirou fundo. Eles estavam com convidados no momento, e levaria horas até que Beatrice fosse só sua.

Reynaud olhou para Emeline, sentada no centro do canapé, redonda como uma laranja. Ele notara que Hartley olhava com frequência na direção dela e estava satisfeito com o fato de o homem ter tamanha dedicação à irmã. Lady Munroe — Helen — estava um pouco afastada, apesar de todas as damas a incluírem na conversa, e *tante* Cristelle se entronizara em uma poltrona dourada. Lady Vale encontrava-se sentada ao lado de Emeline no canapé, com a postura bem ereta e um sorrisinho nos lábios.

A risada de uma dama levou seu foco para outro canapé, onde a Srta. Rebecca Hartley se sentava. Ao lado dela, parecendo tenso, estava um rapaz em roupas pretas simples, o cabelo escuro preso atrás.

— Creio que terei um novo cunhado no ano que vem — murmurou Hartley para Reynaud.

Ele resmungou.

— Emeline me contou que ele era lacaio na casa dela.

— É verdade. — Hartley olhou de novo para a esposa. — Mas O'Hare passou o último ano inteiro aprendendo a administrar os meus negócios nas colônias. Ele é fantástico com números. Creio que, se Emeline e eu decidirmos passar uma temporada prolongada na Inglaterra, posso deixá-lo encarregado dos armazéns de Boston.

Reynaud ergueu as sobrancelhas.

— Ele parece jovem demais para isso.

— E é — concordou Hartley. — Mas daqui a alguns anos... — O colono deu de ombros. — E é claro que seria bom para manter os negócios na família.

Reynaud olhou de novo para o casal no canapé. As bochechas da Srta. Hartley estavam coradas, e O'Hare não tirava os olhos dela desde que entrara na sala.

— Então você aprova a união.

— Aprovo, sim. — A boca de Hartley se curvou em um sorriso. — Não que minha opinião faça diferença. Confio em Rebecca para escolher um marido.

Uma agitação súbita na conversa das damas fez Reynaud virar a cabeça. Beatrice se inclinava para a frente, colocando um pacote no colo de Emeline.

— O que elas estão aprontando agora? — perguntou Hartley ao seu lado.

Reynaud balançou a cabeça, sentindo o sorriso voltar ao ver a expressão animada de Beatrice.

— Não faço ideia.

— OS CAVALHEIROS ESTÃO falando sobre aquele traidor horroroso de novo — comentou *tante* Cristelle para ninguém em específico.

Beatrice olhou para eles. Os homens estavam reunidos em um canto, e Lorde Hasselthorpe era um assunto frequente de conversas, mas Reynaud parecia livre de preocupações naquele dia. Ele notou o olhar dela e lhe direcionou uma piscada lenta, fazendo suas bochechas esquentarem. Minha nossa! Agora não era hora de ficar lembrando o que o marido fizera com ela naquela manhã.

Beatrice se virou rapidamente para Emeline.

— Abra, por favor.

— Não há necessidade de presentes — disse Emeline, mas parecia bem contente.

No último mês, Beatrice descobrira que a cunhada era muito gentil, apesar da aparência intimidadora.

— Na verdade, é para Lady Vale, Lady Munroe e para mim também. Mas você vai ver. Vamos, abra logo.

Emeline tirou a tampa da caixa. Lá dentro, encontrou quatro livros encadernados, cada um de uma cor diferente. Havia um azul, um amarelo, um lilás e um vermelho.

Ela olhou para Beatrice.

— O que são?

Beatrice balançou a cabeça.

— Abra um.

Emeline escolheu o azul e abriu. Então perdeu o fôlego.

— Ah. Ah, minha nossa. Eu quase esqueci.

Ela olhou de Melisande para Helen, depois para Beatrice.

— Como...?

Tante Cristelle se inclinou para a frente.

-- O que é isso?

— É o livro de contos que minha babá costumava ler para mim e para Reynaud quando éramos pequenos. Perdoem-me. — Emeline secou os olhos com as pontas dos dedos. — Entreguei o livro original para Melisande traduzir.

— E eu o fiz — disse Lady Vale em sua voz firme. — E, quando acabei, pedi a Helen que transcrevesse a tradução. Ela tem uma caligrafia tão elegante.

Helen corou.

— Obrigada.

— Ela me devolveu os papéis, depois de fazer quatro cópias, e passei um tempo sem saber o que fazer com eles — explicou Melisande. —

Quando Beatrice se casou com Reynaud, pedi a ela que encadernasse. Mas não imaginava que ela fosse fazer quatro livros.

Beatrice sorriu.

— Todas nós fomos responsáveis por isso, então achei que cada uma devia ter um livro de recordação.

— Obrigada — disse Emeline, baixinho. — Obrigada, Melisande e Helen, e obrigada a você também, Beatrice. É um presente maravilhoso. — Ela abraçou o livro azul e olhou na direção aos cavalheiros. — Por muito tempo, a única coisa que eu tinha de Reynaud eram as lembranças, e este livro foi uma das melhores. Agora, tenho meu irmão de volta. Eu me sinto tão grata.

Beatrice precisou secar os próprios olhos. Reynaud tinha retornado, e ela também se sentia grata por isso.

Nesse momento, a porta da sala de estar se abriu, revelando a silhueta elegante do mordomo.

— O jantar está servido, milorde.

— Ah. Que bom — disse Reynaud. Ele foi a passos largos até o local onde *tante* Cristelle estava sentada e fez uma reverência para ela. — Sei que não é apropriado que um cavalheiro acompanhe a esposa ao jantar, mas ainda somos recém-casados. A senhora poderia me dispensar apenas desta vez?

A velha dama o encarou com seriedade em seus olhos azul-claros, mas então os suavizou.

— Tsc. Que menino bobo. Mas é Natal, afinal de contas, então vou lhe perdoar. — Ela acenou com a mão, dispensando-o. — Leve sua esposa. Todos vocês, levem suas esposas. E, você — chamou ela, apontando para tio Reggie, que ficou visivelmente assustado —, pode me acompanhar!

Reynaud ofereceu o braço para Beatrice enquanto os convidados se reuniam para serem guiados até a sala de jantar. Ela levou os dedos à manga de sua camisa, e ele inclinou a cabeça, se aproximando dela.

— Eu já lhe desejei um feliz Natal, senhora?

— Já — respondeu Beatrice. — Várias vezes. Mas não me canso de ouvir.

— E receio que eu nunca vá me cansar de dizer. — Os olhos de obsidiana de Reynaud pareciam dançar. — Nem hoje, nem no futuro. Então me permita dizer novamente agora e tantas outras vezes que virão: feliz Natal, meu amor. Feliz Natal, minha querida Beatrice.

Então ele a beijou.

Epílogo

Ao ouvir as terríveis palavras do Rei dos Duendes, Espada Longa caiu de joelhos diante dele. Então desembainhou a lâmina mágica e a jogou aos pés do soberano, dizendo:

— Eu lhe darei minha espada, mesmo que isso signifique minha própria morte, se você libertar minha esposa.

O Rei dos Duendes o encarou, tão chocado que seus olhos cor de laranja quase explodiram.

— Você abriria mão da sua vida por esta mulher?

— Com prazer — respondeu Espada Longa, simplesmente.

O Rei dos Duendes se virou para a princesa Serenidade.

— E você decidiu sacrificar a si mesma por toda a eternidade para salvar este homem?

— Já disse que sim — respondeu a princesa.

— ARGH! — gritou o rei, frustrado, arrancando seus cabelos verdes. — Então é Amor Verdadeiro. Que terrível! Não posso lidar com uma força tão poderosa quanto o Amor Verdadeiro. — Ele se inclinou para pegar a espada, mas o metal chiou enquanto o mero toque queimava sua pele maldosa. — Bah! Até a espada está contaminada com amor! Que reviravolta desagradável!

E o Rei dos Duendes, mais irritado do que nunca, desapareceu pela rachadura na terra de onde tinha saído.

A princesa Serenidade se aproximou do marido e se ajoelhou diante dele, que continuava de joelhos sobre a terra. Ela segurou suas mãos e disse:

— Não compreendo. Você odiava o Rei dos Duendes, me contou isso. Então por que tentou impedir meu sacrifício?

Espada Longa levou as mãos da esposa aos lábios e as beijou, uma de cada vez.

— A vida sem você seria pior do que uma eternidade no reino dos duendes.

— Então você me ama? — sussurrou ela.

— Com todo o meu coração — respondeu ele.

A princesa Serenidade estremeceu e olhou para o lugar onde o Rei dos Duendes estivera antes.

— Você acha que ele vai voltar para nos buscar?

Espada Longa sorriu.

— Você não ouviu, minha querida? Temos uma magia tão poderosa que é capaz de destruir até o próprio Rei dos Duendes: nosso amor um pelo outro.

Então ele a beijou.

Este livro foi composto na tipografia Minion
Pro, em corpo 11/16, e impresso em
papel off-white no Sistema Cameron da
Divisão Gráfica da Distribuidora Record.